dtv

Sardinien, 1994. Auf der Schnellstraße Carlo Felice kommt es zu einem bewaffneten Überfall auf einen Geldtransporter der Banco di Sardegna. Die Räuber können unerkannt flüchten. Ihre Beute: zehn Milliarden Lire. Nur einer bleibt nach einem Schusswechsel mit den Sicherheitsleuten verletzt liegen: Gabriele Sanna wird verhaftet und zu zwanzig Jahren Gefängnis verurteilt.

Zwölf Jahre später wird Bacci Pagano von Sanna beauftragt, seinen drogenabhängigen Sohn Valentino auf Sardinien zu suchen. All die Jahre hat der Inhaftierte die Namen seiner ehemaligen Komplizen nicht preisgegeben, weshalb er vermutet, dass Valentino seinen Anteil der Beute einfordern will. Die Ankunft des Genueser Privatdetektivs auf Sardinien ruft auch sofort einige zwielichtige Personen auf den Plan, die sich um sein »Anliegen« kümmern. Für einen Außenstehenden ist es nicht leicht, die verschworene Gemeinschaft der Inselbewohner zu durchschauen ...

Bruno Morchio, geboren 1954 in Genua, hat Psychologie und italienische Literatur studiert und arbeitet heute in seiner Heimatstadt als Psychotherapeut. Bisher hat er sieben Kriminalromane mit dem Genueser Privatdetektiv Bacci Pagano veröffentlicht, die in mehrere Sprachen übersetzt und in Italien Bestseller wurden.

Bruno Morchio

Der Tod verhandelt nicht

Kriminalroman

Aus dem Italienischen von
Sophia Simon

Deutscher Taschenbuch Verlag

Von Bruno Morchio
ist im Deutschen Taschenbuch Verlag erschienen:
Bitteres Rot (21204)

Gino und Giampaolo Muggironi
sowie all meinen Freunden in Tertenia gewidmet

Ausführliche Informationen über
unsere Autoren und Bücher
finden Sie auf unserer Website
www.dtv.de

FSC www.fsc.org
MIX
Papier aus verantwortungsvollen Quellen
FSC® C019821

Deutsche Erstausgabe 2011
Deutscher Taschenbuch Verlag GmbH & Co. KG,
München

Titel der italienischen Originalausgabe:
›Con la morte non si tratta‹

Umschlagkonzept: Balk & Brumshagen
Umschlaggestaltung: Wildes Blut, Atelier für Gestaltung,
Stephanie Weischer unter Verwendung eines Fotos
von Trevillion Images/Lee Frost
Satz: Greiner & Reichel, Köln
Gesetzt aus der Stempel Garamond 10/13
Druck und Bindung: Druckerei C.H. Beck, Nördlingen
Gedruckt auf säurefreiem, chlorfrei gebleichtem Papier
Printed in Germany · ISBN 978-3-423-21303-5

Das Licht

Prolog

Der Mistral peitschte das Land mit rasierklingenscharfen Böen, und die Luft flirrte über dem sengenden Asphalt. Die Autos und Transporter, die über die Staatsstraße 131 in Richtung Süden rasten, schienen sich am Horizont wie in einer Luftspiegelung aufzulösen.

Unerbittlich brannte die Sonne auf die Köpfe der drei Männer in dem BMW herab, der auf dem Seitenstreifen parkte. Die drei starrten mit leerem Blick auf das Straßenschild vor ihnen.

SEMESTENE.

Seit über einer Stunde warteten sie nun schon. Die Fenster waren heruntergedreht, und im Radio lief ein Lied von Adriano Celentano.

Der jüngste von ihnen hatte vor lauter Nervosität schon sieben Marlboro geraucht. Tiefschwarze Augen dominierten sein Gesicht mit den feinen, sensiblen Zügen.

»Wann kommt der alte Trottel denn endlich?«, fragte er und drückte die achte Zigarette in dem Aschenbecher aus, der in das Armaturenbrett aus Wurzelholz eingelassen war.

»Pass auf, was du sagst, Mario«, erwiderte der Mann neben ihm auf dem Fahrersitz.

»Hilfe, ich mach mir gleich in die Hosen vor Angst.«

»Ein bisschen mehr Respekt, ja? Er könnte dein Vater sein.«

»Oder mein Großvater. Seine Frau würde ich mir trotzdem gern mal vornehmen.«

Blitzschnell zog der Fahrer eine Smith & Wesson Kaliber .22 aus dem Gürtel und hielt sie seinem Gegenüber unters Kinn.

»Ich habe gesagt, ein bisschen mehr Respekt! Ohne ihn wären wir gar nicht hier.«

»Was soll das?«, kam eine Stimme vom Rücksitz. »Steck die Pistole weg. Ihr wollt wohl, dass sie uns erwischen?«

»Früher oder später lege ich dich um, Giovanni«, zischte der junge Mann auf dem Beifahrersitz und blies dem Älteren, der die Pistole inzwischen weggelegt hatte, den Rauch seiner nächsten Zigarette ins Gesicht.

Die drei redeten Sardisch miteinander, und zwar jenen Dialekt, der im Süden der Insel gesprochen wird, an der Grenze zwischen den Provinzen Nuoro und Cagliari. Der Mann mit der Pistole war um die fünfzig, hatte einen dunklen Teint und graue Haare. Der auf dem Rücksitz war etwas jünger, schlank und athletisch gebaut, und seine Augen schimmerten grünblau. Er wirkte angespannt, aber dennoch irgendwie gleichgültig und alles andere als bereit, sich in den Streit hineinziehen zu lassen.

Plötzlich tauchte im Rückspiegel der weiße Mercedes auf, den sie erwarteten.

»Da ist er ja endlich«, sagte Giovanni. Mit einem Griff unter den Sitz beförderte er drei geladene Gewehre hervor, eine Pumpgun der Marke Remington 870 und zwei Maschinengewehre AK 47.

Kaum war der Mercedes an ihnen vorbeigefahren, sprangen Mario und der Mann vom Rücksitz aus dem Wagen, und Mario warf die brennende Kippe in das trockene Gras am Straßenrand. Sofort fingen die Halme Feuer, Flammen züngelten ringsherum auf und breiteten sich, vom Wind angefacht, so schnell aus, dass sie ruckzuck den Asphalt erreichten. Unterdessen hatte Giovanni den ersten Gang eingelegt und ließ den BMW quer auf die Fahrbahn rollen, sodass der gepanzerte Transporter, der sich von hinten näherte, scharf abbremsen musste.

Die Gesichter unter Sturmhauben versteckt und mit ihren Gewehren auf die Reifen ballernd, rannten die drei Männer auf den Geldtransporter zu und zwangen die beiden Sicherheitsmänner, mit erhobenen Händen auszusteigen. Als Giovanni dann noch eine Handgranate aus der Tasche zog, verstanden sie sofort, dass sie keine andere Wahl hatten, und öffneten den Laderaum.

Darin befanden sich zwei weitere Männer, die, ohne Widerstand zu leisten, ausstiegen und sich dann mit ihren Kollegen mit hinter dem Kopf verschränkten Händen auf den Asphalt legten, bewacht von dem Banditen mit den grünblauen Augen, der die schwere Remington auf sie gerichtet hatte und gleichzeitig die Straße im Auge behielt.

Seine Komplizen kletterten unterdessen in den Transporter und kamen kurz darauf mit drei prall gefüllten Postsäcken wieder heraus, mit denen sie zum BMW zurückrannten. Als sie das Auto fast erreicht hatten, ging der Geldräuber mit den grünblauen Augen langsam rückwärts, wobei er mit der Waffe die Sicherheitsmänner in Schach hielt.

Die Flammen züngelten inzwischen gierig um eine Korkeiche am Straßenrand. Der Mistral hatte das Feuer einige Meter von dem BMW weggetrieben, der von einer Wolke aus dickem, nach Kerosin riechendem Rauch umgeben war. Plötzlich näherte sich von hinten ein Lieferwagen, und auf einmal war auch das Heulen einer Sirene zu hören.

»Polizei! Los, schnell weg hier!«, schrien Giovanni und Mario und sprangen in den Wagen.

Der Mann, der noch immer die Pumpgun umklammert hielt, drehte sich in Richtung des BMW und begann zu rennen.

Das nutzte einer der Sicherheitsmänner: Auf dem Boden liegend zog er seine Dienstwaffe, eine Beretta, zielte und drückte ab. Der Bandit, der ihn bis eben noch bedroht hatte, taumelte und brach zehn Meter vor dem BMW mitten auf der Straße zusammen. Der Fahrer des Fluchtfahrzeugs hielt seine Kalaschnikow aus dem Fenster und feuerte. Während der Geldtransportfahrer, der geschossen hatte, vor Schmerz aufschrie, schlugen die Wagentüren des BMW mit einem dumpfen Knall zu, und er raste schlingernd davon.

Auf dem in Rauchschwaden gehüllten Asphalt lagen der Sicherheitsmann und der Kriminelle reglos in einer riesigen Blutlache.

Zwölf Jahre später

In der Küche roch es nach Knoblauch und abgestandener Tomatensoße. Das Licht der Nachmittagssonne fiel durch das geschlossene Fenster, das auf den Bisagno hinausging. Draußen stand der Sommer kurz vorm Explodieren, doch von innen betrachtet wirkte er schon wie eine verblichene Erinnerung. Auch die Augen des Mädchens sahen traurig aus. Halb misstrauisch, halb gereizt schaute sie mich an, bevor ihr Blick zu dem Kleinkind weiterwanderte, das in triefnassen Windeln in einer Ecke auf dem Boden saß.

»Valentino ist nicht da. Er ist abgehauen und hat mir dieses kleine Andenken dagelassen. Ohne einen Cent. Und zudem bin ich schon wieder schwanger.« Sie strich sich über den Bauch, der sich unter dem geblümten Kleid wölbte, das sie mit jenem nachlässigen Charme umhüllte, der billigen Fummeln vom Wochenmarkt anhaftet.

Ich betrachtete sie eingehend und kam zu dem Schluss, dass man ihr mit nur wenigen Mitteln den Zauber der Jugendlichkeit, den sie allmählich zu verlieren drohte, hätte zurückgeben können. Auch der Kleine schaute mich an, in den Augen den gleichen Ausdruck wie seine Mutter. Plötzlich fing er an zu weinen.

»Ich weiß. Deswegen bin ich hier. Ihre Anwältin, Signora Aliprandi, hat mir alles erklärt.«

»Und was wollen Sie dann noch von mir?«

»Informationen, die mir helfen könnten, ihn zu finden.«

»Ihn zu finden?! Wieso das denn?«

»Weil er sich sonst immer tiefer reinreitet. Die Anwältin konnte den Richter dazu überreden, noch mal ein Auge zuzudrücken, aber wenn er sich nicht bald auf der Polizeidienststelle sehen lässt, kommt er wieder hinter Gitter.«

»Aha, Sie sind also Polizist.«

»Nein, ich bin Privatdetektiv. Ich arbeite für Valentinos Anwältin und werde dafür bezahlt, ihn ausfindig zu machen, bevor der Überwachungsrichter den Aufhebungsbescheid für den Hausarrest unterschreibt.«

Sie warf noch einmal einen Blick auf meine Visitenkarte, die ich ihr bei der Begrüßung überreicht hatte, dann zuckte sie mit den Schultern, legte die Karte in eine Schublade im Küchenschrank und ging zu ihrem Kind hinüber. Meine Worte schienen sie beruhigt zu haben.

»Setzen Sie sich. Wollen Sie einen Kaffee?«

»Danke, gern.«

Ich holte mir einen Stuhl und setzte mich an den alten Tisch, der mitten in der Küche stand und mit Saugern und Fläschchen vollgestellt war. Die junge Frau beugte sich zu dem Kind hinunter und nahm es auf den Arm. Es war ungefähr ein Jahr alt, und seinen Speckfalten fehlte eigentlich nur ein bisschen Sonnenbräune und seinen Augen das Licht eines Lächelns.

»Wo ist denn jetzt der Kinderstuhl? … Ah, er muss im Flur stehen. Könnten Sie ihn mir bitte bringen?«

Ich fand den Stuhl im Schlafzimmer, wo er auf dem Bett neben einem Berg zerknitterter Wäsche und schmutziger Unterwäsche lag. Das Chaos ließ erahnen, dass sich der Alltag für sie als zunehmend anstrengend entpuppte. Ich half ihr, das Kind in den Stuhl zu heben. Es schluchzte noch immer. Von den Schulterriemen eingezwängt, saß es am Tisch und schaute durch den Schleier seiner Tränen mal mich, mal seine Mutter an, die nun Kaffeepulver in den Espressokocher füllte und ihn dann auf die Gasflamme stellte.

»Wenn er eingebuchtet ist, kann er wenigstens nicht abhauen«, murmelte sie vor sich hin.

»Wenn er eingebuchtet ist, kann er aber auch nicht arbeiten. Wovon wollen Sie dann leben mit dem Kind? Mit den zwei Kindern?«

»Meine Schwiegermutter unterstützt uns. Sie zahlt auch die Anwältin. Wussten Sie das nicht?«

Ich schüttelte den Kopf, doch sie hatte mir schon den Rücken zugekehrt. Ich ließ den Blick über ihre Hüften wandern und versuchte mir vorzustellen, wie sie wohl ausgesehen haben mochte, bevor das alles passiert war. Sie war noch ein halbes Kind. Ein Mädchen aus der Vorstadt, das sich in einen Jungen aus der Vorstadt verliebt hatte. In einen dieser kleinen Reviermacker. Den Sohn eines Bankräubers, der schon auf den Titelseiten der Gazetten gelandet war, als der Kleine noch nicht einmal zehn Jahre alt war. Ein Halbwaise, aufgewachsen in einem Viertel, wo die Lücke, die ein zu zwanzig Jahren Haft verurteilter Vater hinterlässt, nur durch zwei Dinge gefüllt werden kann: durch Verbrechen oder Heroin. Valentino hatte sich für Letzteres entschieden. Er hatte angefangen, sich das Zeug zu spritzen, als er noch die Schulbank in der Mittelstufe drückte. Um sich den Stoff zu besorgen, tat er das, was kleine Halunken wie er eben so tun: hin und wieder ein kleiner Diebstahl, hier und da ein bisschen dealen. Schließlich das Übliche: Entzug, Betreuung durch den Sozialdienst, Jugendstrafanstalt. Als er einen Anwalt brauchte, wandte er sich an meine Freundin Gina Aliprandi. Sie hatte sich schon für seinen Vater ins Zeug gelegt, war sogar nach Sassari gefahren, um ihn zu verteidigen. Und nun setzte sie sich auch für den Sohn ein. Sie hatte für ihn Hausarrest erwirkt und ihm sogar eine Arbeit als Bauhelfer besorgt. In der Zwischenzeit hatten Valentino und seine Freundin nämlich ein Kind in die Welt gesetzt. Aber nach drei Monaten war er verschwunden.

Die junge Frau hantierte schon eine ganze Weile schweigend am Herd herum.

»Können Sie mir bitte eins erklären?«, sagte sie auf einmal unvermittelt und warf mir über die Schulter einen schiefen Blick zu. Inzwischen hatte der Espressokocher angefangen zu brodeln. »Wieso gebt ihr euch eigentlich solche Mühe? Valentino ist doch bloß ein kleiner Junkie. Er wird irgendwo auf der Straße hocken, mit einer Spritze im Arm. Das war bis jetzt jedes Mal so.«

»Macht Ihnen die Vorstellung, zwei Kinder alleine großzuziehen, nichts aus?«

»Und ob mir das was ausmacht! Bloß dass es am Ende aufs Gleiche hinausläuft.«

»Wieso?«

»Na ja, ist doch egal, ob sie als Waisen aufwachsen oder als Kinder von einem Drogenabhängigen.«

Sie brachte den dampfenden Espressokocher zum

Tisch und stellte ihn auf einen Topflappen, weit genug weg von den nackten Füßen des Kindes. Dann ging sie zum Küchenschrank, um zwei Tassen und die Zuckerdose zu holen.

»Zucker?«, fragte sie mich, während sie den Kaffee eingoss.

»Nein, ich trinke ihn schwarz, danke.«

Aus der Tischschublade nahm sie einen Teelöffel, setzte sich und gab zwei gehäufte Löffel Zucker in ihre eigene Tasse.

»Mein Leben ist so schon schwarz genug.«

Ich lächelte ihr zu und suchte den Blick ihrer großen dunklen Augen, doch vergeblich. Sie mieden mich. Die gesenkten Lider verliehen ihr etwas Schutzloses, was mich eigentlich hätte weich stimmen müssen. Vielleicht war sie ja schüchtern. Vielleicht aber auch einfach nur jung.

»Warum fragen Sie mich nicht, von wem ich bezahlt werde?«

»Weil ich es schon weiß. Von Signora Aliprandi, der Anwältin meines Schwiegervaters.«

»Ich sehe, Sie sind gut informiert. Wissen Sie denn auch, warum Ihr Schwiegervater beschlossen hat, mich anzuheuern?«

Sie hatte ihren Kaffee ausgetrunken, und als sie die Tasse abstellte, schaute sie zu ihrem Kind und ließ den Blick liebevoll auf ihm ruhen. Ein Madonnenantlitz wie von Raffael gemalt. Dann fuhr sie sich mit der Zunge über die Lippen und schenkte mir ein unschuldiges, ausweichendes Lächeln.

»Tja, man tut eben so einiges für seinen Sohn.«

»Auch wenn er seine Seele für ein paar Gramm Heroin verkauft hat?«

»Das eigene Kind bleibt das eigene Kind.«

Der Kleine hatte inzwischen zu weinen aufgehört und saß still da. Aus einem Impuls heraus ballte ich die Faust und hieb mit voller Wucht auf den Tisch, sodass Tassen, Zuckerdose und die Nuckelflaschen in die Luft hüpften. Das Kind schrak zusammen und fing aus vollem Hals an zu schreien. Nun brüllte auch ich, und zwar ohne Rücksicht auf Verluste.

»Glauben Sie wirklich, Sie können mich für dumm verkaufen?«

»Drehen Sie jetzt völlig durch? Sie erschrecken den Kleinen!«

»Kommen Sie mir bloß nicht so. Wissen Sie, wie viel ich koste? Mindestens fünfhundert Euro am Tag. Sie glauben doch wohl nicht im Ernst, dass irgendjemand bereit ist, so eine Summe lockerzumachen, bloß, damit ich hier mit Ihnen Kaffee trinke!«

Nun war sie es, die mit der flachen Hand auf den Tisch schlug. Sie sprang auf und richtete einen Blick auf mich, der auch den Kleinen verstummen ließ.

»Jetzt passen Sie mal gut auf, Sie Möchtegerndetektiv. Hören Sie sofort auf, hier rumzubrüllen. Und falls Ihnen das nicht klar ist: Wir sind hier im Haus meiner Schwiegermutter, und ich kann Sie jederzeit hochkant rauswerfen, wenn mir danach ist. Warum auch immer Sie hier sind – halten Sie mich für so blöd? Natürlich weiß ich, warum Gabriele Sanna Sie zu mir geschickt hat. Hinter diesem ganzen Interesse für den kleinen, abgefuckten Junkie steckt doch viel mehr!«

Ja, sie war jung. Aber schüchtern? Keine Spur.

»Wollen Sie die Wahrheit wissen? Sie sind auf der falschen Fährte. Dieses Superhirn von meinem Schwiegervater und seine Anwältin haben nicht den leisesten Schimmer davon, wie Valentino wirklich ist. Sie bilden sich tatsächlich ein, dass ein Fixer wie er in der Lage ist, den Helden zu spielen und die Beute von damals ausfindig zu machen. Der Alte weiß gar nichts von seinem Sohn. Er sitzt seit zehn Jahren im Knast, und in dieser ganzen Zeit hat er Valentino vielleicht zehn-, zwölfmal zu Gesicht bekommen. Er verwechselt seine eigenen Bedürfnisse mit der Realität. Valentinos Hirn ist von den Drogen total benebelt. Der wäre nie im Leben dazu imstande, die Komplizen seines Vaters suchen zu gehen.«

»Gabriele Sanna ist davon überzeugt, dass sein Sohn nach Sardinien gefahren ist.«

Sie warf den Kopf nach hinten und lachte höhnisch auf.

»Nach Sardinien! Gabriele Sanna ist ein armer Irrer. Sein Sohn wird gerade irgendwo in der Altstadt rumhängen, bis oben hin vollgepumpt mit Heroin.«

»Wie kommen Sie darauf?«

»Immerhin habe ich schon seit fünf Jahren das Vergnügen mit diesem Fixer. Fünf beschissene Jahre, in denen ich für ihn die Beine breit mache, damit er seinen Scheißtrieb abreagieren kann. Und das ist dabei rausgekommen.« Sie deutete auf den Jungen und dann auf ihren Bauch. »Zwei schöne Ergebnisse, finden Sie nicht? Zum Glück macht sich meine Schwiegermutter den ganzen Tag für uns krumm und putzt Bahnhofsklos.

Valentino war ja nicht einmal in der Lage, auch nur einen Monatslohn nach Hause zu bringen. Wo soll der denn da den Mumm herhaben, den Anteil seines Vaters einzutreiben? Noch dazu von einem Raubüberfall, der mehr als zehn Jahre her ist! Valentino in Sardinien wie Indiana Jones auf der Suche nach dem verlorenen Schatz – so ein Schwachsinn! Der Alte hofft wohl immer noch, dass sein Sohn aus dem gleichen Holz geschnitzt ist wie er.«

»Mein Auftraggeber macht sich große Sorgen. Seine Komplizen sind wohl nicht gerade zimperlich.«

»Umso idiotischer. Dieser Hosenscheißer von Valentino hat sogar vor seinem eigenen Schatten Angst. Das widerlichste Zeug, das gerade in Umlauf ist, drehen die Dealer immer ihm an. Dabei sind das auch nur ein paar halbgare Versager.«

Ihre Enttäuschung verriet eine Wut, die noch allzu nah dran war an der Liebe, der sie mal entsprungen war. Sie würde Valentino sofort wieder aufnehmen, wenn er zurückkäme. Wäre bereit, wieder die Beine für ihn breit zu machen. Mit ihrem Bauch und dem Kind. Mit dem Blümchenkleid vom Wochenmarkt, den großen Augen und den angespannten Lippen. Mit jenen samtigen Wangen, die sich jetzt purpurrot gefärbt hatten.

»Na gut«, sagte ich versöhnlich. »Ich nehme an, das war alles.«

»Was sollte denn sonst noch sein?«

»Haben Sie nach ihm gesucht? Mal ein bisschen rumgefragt?«

Ich stand auf und streichelte dem Kind über den

Kopf. Der Kleine zuckte erschrocken zusammen, aber immerhin weinte er diesmal nicht. Vielleicht hatte er für heute schon alle Tränen vergossen.

»Na, und ob ich ihn gesucht habe! Ich habe seine Freunde gelöchert und die Schweine zur Rede gestellt, die ihm den Stoff verkaufen. Keiner hat ihn gesehen, keiner weiß etwas. Aber die sind ja alle genau wie er. Für einen Schuss würden die sogar ihre eigene Mutter verhökern.«

»Ich möchte Sie um einen Gefallen bitten: Würden Sie mir Bescheid sagen, wenn er sich meldet? Meine Telefonnummern stehen auf der Visitenkarte, die ich Ihnen gegeben habe.«

»Wenn er sich meldet, schmeiße ich seine Sachen vor die Tür und schicke ihn zum Teufel. Oder soll ich ihn gleich zu seiner Signora Aliprandi schicken?«

»Sie werden doch nicht auf Gina Aliprandi eifersüchtig sein. Sie könnte Ihre Mutter sein.«

Die Art, wie sie mir antwortete, sprach Bände und bestätigte mir, dass ich richtig lag.

»Ich eifersüchtig? Auf wen denn? Valentino kommt ohne mich nicht klar – ebenso wenig wie ohne das Heroin.«

Sie begleitete mich zur Wohnungstür. Bevor ich die Stufen hinunterging, rutschte mir noch ein letzter Rat heraus.

»Erzählen Sie herum, dass der Richter noch mal ein Auge zudrückt, wenn Valentino sich innerhalb einer Woche meldet.«

»Wirklich?«

»Ja, das hat er versprochen.«

Gina Aliprandi hatte mir versichert, dass der Richter geistig sehr beweglich sei und einen gesunden Menschenverstand habe. Und außerdem war er wohl nicht ganz unempfänglich für die Reize einer flotten Fünfzigjährigen, die ungebunden und obendrein äußerst geschickt darin war, den Ballast ihrer feministischen Überzeugungen abzuwerfen, sofern es sich für ihre Arbeit als nützlich erwies.

Ein Land, das nach Zistrosen und Myrte duftet

Ich saß auf der Piazza San Donato an einem Tischchen der Cafeteria »Le Corbusier«, vor mir einen Elsässer Gewürztraminer, und wartete auf die Rechtsanwältin Gina Aliprandi. Meine Charatan-Pfeife hatte ich wie immer mit englischem Tabak gestopft, und ihr Rauch stieg in langsamen Spiralen hinauf zu den Dachterrassen, auf denen wie leuchtende Farbtupfer Geranien blühten. Es war fast neunzehn Uhr, in der sommerlichen Luft lag der süße Duft von Glyzinien und Jasmin, und die ersten Jugendlichen – die Vorhut der freitäglichen Nachtschwärmer – kamen schon die Hauptstraße herunter, um auf der Piazza ihre Altersgenossen zu treffen, während diejenigen nach Hause eilten, die das Wochenende in ihren vier Wänden einläuten wollten. Diejenigen, die schon über vierzig waren. So wie ich.

Gina kam wie üblich mit über einer halben Stunde Verspätung. Sie trug eines ihrer typischen Afterwork-Outfits: ausgewaschene Jeans und ein malvenfarbenes Poloshirt. Morgens zauberte die Frau Anwältin hingegen einen ganz anderen Kleidungsstil aus dem Schrank: Kostümjäckchen und atemberaubende Miniröcke, die sie – ebenso wie ihren Körper, über den die Jahre auf Zehenspitzen hinweggehuscht zu sein schienen – ganz gezielt einsetzte, um die Männerbastion Gericht zu stürmen.

Genoveffa Aliprandi, genannt Gina. Wir kannten uns seit der Schulzeit und hatten uns nie aus den Augen verloren, auch weil sie hin und wieder aus beruflichen Gründen auf mich zukam: Für einen Anwalt ist es immer praktisch, wenn er einen erfahrenen Privatdetektiv an der Hand hat. Sie ist eine Freundin allererster Güte, die liebe Gina. Eine echte Genießerin – beim Essen, und noch viel mehr beim Trinken und Rauchen. An manchen Abenden war sie selbst einem Joint gegenüber nicht abgeneigt. Als Single und eingefleischte Feministin behandelte sie Männer sowohl vor Gericht als auch im Bett wie Toilettenpapier. Einmal benutzen und dann entsorgen. Mit Ausnahme weniger ausgewählter Freunde, die eine Rolle zwischen Leibwächter und Seelentröster einnahmen. Und die sie weder vor Gericht noch in ihr Bett zerrte. Dazu gehörte auch ich.

Die Schwelle zu den Fünfzigern hatte sie mit einer Lebenslust überschritten, die mich immer wieder aus der Fassung brachte. So, als ob alle Tiefschläge des Lebens spurlos an ihr vorübergegangen wären. Eine reine Seele, der sie die Schutzhülle des gesunden Menschenverstands übergestülpt hatte, so, wie man sich ein Präservativ überzieht.

»Entschuldige die Verspätung, ich habe im Stau gesteckt«, begrüßte sie mich ohne die geringste Hoffnung, dass ich ihr glaubte, als sie sich am Tisch niederließ.

Dann zündete sie sich eine Zigarette an. Eine Zeit lang hatte sie nur französische Marken wie Gauloises oder Gitanes geraucht, vorzugsweise mit Maispapier. Genau wie mein Freund Salvatore Pertusiello, seines Zeichens Leiter der Mordkommission. Einer der vielen, die vor dreißig Jahren einen Parka angezogen und vor den Schulen und der Uni Flugblätter verteilt hatten. Er war dem schwarzen Tabak seiner Jugend treu geblieben, während Gina zu ultralight übergegangen war und das in demselben Maße bedauerte wie ein Alkoholiker, der gezwungen ist, zum Aperitif Tomatensaft zu trinken.

»Was nimmst du?«, fragte ich und kippte den letzten Schluck Wein hinunter, der inzwischen fast lauwarm war.

Sie warf einen Blick auf die große Armbanduhr, die ihrem Vater gehört hatte.

»Und du?«

»Was hältst du von einem Negroni auf Eis?«

»Au ja, und dazu ein paar Häppchen, damit ich mir den Bauch vollschlagen kann. Ich habe nämlich das Mittagessen ausfallen lassen, und mir hängt der Magen in den Kniekehlen.«

Ich stand auf und ging in die Bar, um zu bestellen. Als ich mich wieder zu ihr setzte, kreuzten sich unsere

Blicke, und ich bemerkte, dass sie mich erwartungsvoll ansah.

»Ich habe mit der Freundin von Valentino gesprochen. Willst du meine Einschätzung hören?«

Sie nickte wortlos.

»Meiner Meinung nach sagt sie die Wahrheit. Der Junge hat wieder angefangen, Drogen zu nehmen.«

»Sein Vater ist da anderer Meinung.«

»Das Mädchen sagt, ihr Schwiegervater sei ein armer Irrer.«

»Gabriele Sanna hat eine Menge Macken, aber er hat auch Menschenkenntnis. Und Valentino ist sein Sohn.«

»Genau deswegen könnte er falsch liegen. Bei den eigenen Kindern ist immer Liebe im Spiel, und in dem Fall …«

»Das letzte Mal, als Valentino bei seinem Vater im Gefängnis war, hat er ihm eine Menge Fragen gestellt. Über den Überfall, über die Höhe der Beute und über seine damaligen Komplizen. Bis dahin hatte er das Ganze nie angesprochen.«

»Davor war er ja auch noch ein Kind. Der Überfall auf den Geldtransporter war sicher ein Tabuthema. Kannst du dir vorstellen, was das für ihn bedeutet haben muss? Als man seinen Vater eingebuchtet hat, war er gerade mal zehn.«

»Vielleicht hast du recht …«

Die Kellnerin brachte die zwei Negroni, die orangerot in den mit Eiswürfeln gefüllten Gläsern leuchteten, dazu viele kleine Teller mit allen möglichen Leckereien. Schinkenpastetchen, kleine Pizzen, warme, duftende Foccaccia mit Käse, Taggiasca-Oliven in Salzlake,

Salzgebäck und Pommes frites. Gina verschlang alles mit einem Heißhunger, der die Bewunderung all derer hervorrief, die so ähnlich tickten wie sie – und den bangen Respekt aller anderen, die die Dinge lieber etwas langsamer angehen ließen, aus Angst, ihre Ressourcen zu erschöpfen.

»Was hat Gabriele Sanna seinem Sohn erzählt?«, fragte ich.

»Alles und nichts. Er hat nie die Namen seiner Komplizen preisgegeben. Nicht mal mir, obwohl ich seine Anwältin bin. Und das kommt ihn teuer zu stehen. Er muss mindestens noch zehn Jahre sitzen.« Sie nahm einen großen Schluck ihres Aperitifs. »Wenn der Geldtransportfahrer, der geschossen hat, bei dem Überfall umgekommen wäre, hätten sie Sanna lebenslänglich aufgebrummt. Aber selbst in dem Fall hätte er sich auch nicht anders verhalten. Ich kenne ihn, er schmort lieber im Knast vor sich hin, als sich Verrat vorwerfen zu lassen.«

»Valentinos Kleine hat mir erzählt, dass sie und ihr Kind vom Geld der Schwiegermutter leben. Stimmt es, dass Sannas Frau auf dem Bahnhof Toiletten putzt, um den Unterhalt für die Familie aufzubringen?«

»Ja, Toiletten putzt sie, das stimmt. Aber Sanna ist bereit, dich ziemlich gut zu bezahlen. Ein bisschen Geld müssen sie also schon haben.«

»Seinen Anteil von der Beute?«

»Du hast's erfasst.« Sie zündete sich eine Zigarette an, schlug die Beine übereinander und setzte sich aufrecht hin, um mir nun ihre Sicht der Dinge zu erklären. »Nicht seinen *ganzen* Anteil. Er hat mir mal gesagt, dass seine Komplizen seiner Frau nur ungefähr hundert Millionen ausgezahlt hätten. Lire, wohlgemerkt. So viel, dass sie gerade über die Runden komme. Sobald er rauskomme, wolle er selbst den Rest der Summe eintreiben. Ich war mir nie sicher, ob ich ihm glauben sollte oder nicht. Aber seit Valentino verschwunden ist, bin ich überzeugt, dass er die Wahrheit gesagt hat.«

»Wie viele Täter waren es denn damals?«

»Die Sicherheitsleute vom Geldtransport haben drei Männer gesehen. Aber es ist so gut wie sicher, dass es noch einen vierten gab, oder sogar noch mehr, die den Überfall organisiert haben.«

Ich erinnerte mich gut an das Jahr 1994, als die Nachricht vom »Raubüberfall des Jahres« die Titelseiten der Zeitungen zierte. Zehn Milliarden Lire hatten die Täter aus dem Transporter der Banco di Sardegna mitgehen lassen. Der Wachmann, der auf Gabriele Sanna geschossen hatte, war von einer Kugel in die Schulter getroffen worden und nur knapp mit dem Leben davongekommen. Das Fluchtfahrzeug der Banditen, ein in Sassari gestohlener BMW, wurde drei Tage später an einem Abhang in der Nähe von Nuoro gefunden – völlig ausgebrannt. Niemand hatte je etwas über den Verbleib der Banditen oder des Geldes erfahren.

»Das ist, als ob man eine Nadel in einem Heuhafen suchen wollte.«

Gina trank ihren Negroni aus und schaute mich schräg von der Seite an.

»Wo hast du deine Vespa abgestellt?«

»Ganz hier in der Nähe. Wieso?«

»Ich habe das Auto in Carignano stehen lassen, und in einer Stunde muss ich in Recco sein.«

»Wann willst du endlich mal ein bisschen dein Tempo drosseln?«

»Wenn ich tot bin«, antwortete sie trocken. »Aber vorher muss ich noch ein Buch für meine Mutter kaufen. Sie wird heute zweiundachtzig.«

Ich stürzte meinen Drink hinunter und bezahlte die Rechnung.

Auf der Suche nach der Buchhandlung einer sardischen Freundin zwängten wir uns durch die düstere Via Canneto il Lungo. Dieser *caruggio*, eine der typischen engen Gassen Genuas, wimmelte von Menschen, Araber und Südamerikaner mischten sich völlig selbstverständlich mit Genuesern. Je näher wir dem Meer kamen, desto stärker spürten wir, wie die Wärme des Tages den Geruch von Fäulnis und Urin aus dem Asphalt schwitzte. Keilförmig schob sich das Blau des Himmels zwischen die Gebäude, in bizarren Formen, die sich in den Schnörkeln der Dachrinnen noch verengten, während das Licht auf die Farben der in der Gasse ausgestellten Waren rieselte: das lebhafte Rot der Erdbeeren und der Kirschen, das Gelb der Zucchiniblüten und das Grün der Salatköpfe.

»Sardinien ist groß«, nahm ich den Faden wieder auf. »Valentino kann sonst wo stecken.«

»Nicht ganz: Gabriele Sanna hat geredet. Die Sorge um seinen Sohn hat ihn gezwungen, aus der Deckung zu kommen.«

»Hat er dir gesagt, wo du den Jungen suchen sollst?«

»Er wähnt ihn an einem Ort, den du gut kennst. Den wir beide gut kennen.«

Ich warf ihr einen Blick zu. Ich sah ihr förmlich an, was für einen Spaß es ihr machte, mich auf die Folter zu spannen.

»Gina, kann es sein, dass du eine Schwäche für Heimlichtuereien hast?«

»Ich mag Sardinien, Bacci. Und du auch, das weiß ich … Gabriele Sanna hat mir gesagt, dass du Valentino in Tertenia suchen sollst.«

»Ach, du lieber Gott!«

Tertenia. Das Dorf des guten alten Virgilio Loi. Das Ziel meiner Pilgerfahrten, die ich seit über zwanzig Jahren dorthin unternahm. Eine uralte Geschichte von der Sorte, die tief in einem drin noch immer brennen.

Alles hatte vor dreißig Jahren angefangen, als bei einer Demonstration ein zweiundzwanzigjähriger Polizist ums Leben kam. An jenem Tage fielen mehrere Schüsse, aber es wurde nie geklärt, aus welcher Pistole der Schuss stammte, der den jungen Gesetzeshüter getötet hatte. Aber eins wusste ich mit Sicherheit: Ich war es nicht gewesen. Allein deshalb, weil ich damals gar keine Pistole besaß. Noch heute wird mir schlecht, wenn ich in eine derartige Situation gerate. Auf einen Menschen zu schießen ist für mich schlimmer als eine Cholerainfektion. Überhaupt war in jenem Jahr alles schiefgelaufen. Man musste schon blind sein, um nicht zu sehen, dass ein paar Waffen plötzlich Ernst ins Spiel brachten, denn sie verwandelten den politischen Kampf in einen Krieg und uns selbst in Terroristen. Einige predigten die Theorie vom *compagno*, der sich auch mal irren kann, und nach der Schützen auf jeden Fall gedeckt gehörten, da sie »auf dieser Seite der Barrikade« standen. Eine Barrikade, die sie im Kopf errichtet hatten, in deren Schutz sie regelrecht delirierten und sich zu Fanatismus und einer nicht vorhersehbaren Grausamkeit hinreißen ließen.

So kam es, dass ich an jenem Tag, als ich eine Pistole auf dem Asphalt liegen sah, auf die bescheuerte Idee kam, sie aufzuheben, damit sie nicht jemandem in die Hände fallen konnte, der sie womöglich benutzt hätte. Ich wollte sie in den nächsten Gully werfen, wo sie keinen Schaden anrichten konnte.

Sie haben mich festgenommen, bevor ich mich der Waffe entledigen konnte. Kurz vorher war der junge Polizist getroffen worden, und so hängten sie mir einen Prozess an. Zu meinem Glück war mit der verfluchten Pistole kein Schuss abgegeben worden, außerdem hatte sie ein anderes Kaliber als die .38er, die das Leben des Polizisten ausgelöscht hatte. Aber nach diesem Tag hatte ich abgeschlossen. Ich hatte aufgehört, meine Spielchen auf dem Rasen der Revolution zu treiben.

Ich wurde zu zehn Jahren Gefängnis verurteilt, die schließlich durch Strafmilderung auf fünf Jahre verkürzt wurden. Fünf Jahre saß ich, fünf Jahre im Hochsicherheitstrakt von Novara, die zu den besten meines Lebens hätten werden können, von einundzwanzig bis sechsundzwanzig. Sie haben in mir einen unendlichen Groll hinterlassen. Keiner kann sie mir je zurückgeben.

Die ersten elf Monate saß ich in Einzelhaft, in einer Zelle von zweieinhalb Metern Länge und Breite. Mit weißen Wänden, weißer Decke, einer weißen Neonleuchte, weißem Klo und Waschbecken. Eine Pritsche, ein kleiner Tisch, ein Metallstuhl, weiter nichts. Nicht einmal ein Fenster. Der weiße Uterus, der den Embryo des künftig gesellschaftlich kompatiblen Staatsbürgers austragen sollte. Stattdessen warf er mich ein für alle Mal aus der Bahn.

Das einzig Positive an jenen Jahren war, dass ich damals alles über die sardische Ogliastra lernte, bis ich sie aus dem Effeff kannte, als sei ich selbst dort geboren worden und aufgewachsen. Sardinien war nämlich die Heimat des Aufsehers, der mir das Essen brachte. Dreimal pro Tag. Ein junger Sarde, etwas älter als ich. Er hatte unglaubliches Heimweh nach dem Duft von Zistrosen und Myrte, also ließ ich ihn erzählen und verschlang seine Worte mit wesentlich größerem Appetit als den Fraß, den sie mir vorsetzten, um mich am Leben zu erhalten. Der junge Mann hieß Virgilio Loi und kam aus Tertenia, einem Dorf an der sardischen Weststraße, zehn Kilometer vom Meer entfernt – einem Meer mit den Farben und dem Leuchten der Augen einer verliebten Frau.

Virgilio Loi hatte mich gerettet, und ich würde ihm dafür immer dankbar sein. Ihm hatte ich es zu verdanken, dass ich nicht irgendwann einmal mit dem Kopf gegen die weiße Wand rannte und den Psychologen am Hals packte, den das Justizministerium geschickt hatte, um zu beurteilen, ob ich nach elf Monaten Isolationshaft »integriert« werden konnte. Der Psychologe hatte die Güte, mir zu bescheinigen, dass ich nicht mehr zu retten gewesen wäre, wenn sie mich noch ein paar Monate länger in Einzelhaft gelassen hätten.

»Integriert zu werden« bedeutete, in einer Zelle mit zwei gewöhnlichen Kriminellen zu landen, mit separatem Klo, drei Pritschen, einem kleinen Tisch, zwei Metallstühlen und einem kleinen, vergitterten Fenster. Aber immerhin hatte ich von diesem Moment an die Gelegenheit, mit anderen menschlichen Wesen zu sprechen und von ihnen als derjenige gesehen zu werden, der ich war: weder Terrorist noch Verbrecher, höchstens ein Idealist, aber das sah die Gefängnisleitung zum Glück nicht als Vergehen an.

Sie taten alles, um meine Strafe zu verkürzen. Erlaubten, dass man mir von zu Hause Bücher schickte, Berge von Büchern. Im Gefängnis absolvierte ich quasi ein Studium. Nicht, um Karriere zu machen. Und auch nicht, um mir eine Zukunft aufzubauen. Das Gefängnis ist kein Platz, um an die Zukunft zu denken, höchstens daran, wie viele Tage man noch absitzen muss. Ich hatte für mich studiert, um durchzuhalten. Um lebendig und innerlich unversehrt zu bleiben.

So kam es, dass ich mir damals die Verpflichtung auferlegte, nach meiner Entlassung jedes Jahr ins Land meines Retters zu pilgern, und tatsächlich fuhr ich seither im Sommer nach Tertenia und an die Strände von Sarrala, um zu baden und die Sonne und das Licht einer Landschaft zu genießen, die nach Zistrosen und Myrte roch. Und um Virgilio Loi zu besuchen, der sich, seit er nun in Rente war, dem Anbau von Cannonau-Trauben und der Wildschweinjagd widmete. Wenige Meter vom Strand entfernt hatte er ein Ferienhaus gebaut, dessen eine Hälfte er an Touristen vermietete, vor allem an Sarden, die im Juli und August aus Cagliari und den Orten in der Mitte der Insel kamen, um sich auf dem feinen Sand in der Sonne zu aalen. Mir und den Freunden, die mich in den Urlaub begleiteten, überließ er es zu einem Sonderpreis. Zu den unerschütterlichsten Stammgästen hatte seit jeher auch Gina Aliprandi gehört.

»Aber die Familie Sanna stammt nicht aus Tertenia«, sagte ich in dem verzweifelten Versuch, mein Feriendorf aus dem Dunstkreis von Raubüberfällen und Ähnlichem herauszuhalten. »Jedenfalls habe ich dort noch nie etwas von ihnen gehört.«

»Sie kommen aber auch aus der Ogliastra. Aus Lanusei«, erwiderte Gina und verschwand in der Buchhandlung.

Wenig später kam sie mit genervtem Gesichtsausdruck wieder heraus – ohne das Buch, das sie ihrer Mutter schenken wollte, die als Partisanen-Kurierin seinerzeit unter dem Decknamen »Pasionaria« aktiv gewesen war. Wir machten uns auf den Weg zu einem anderen Buchhändler, wobei es, ortskundig, wie wir waren, keiner Absprache bedurfte, um uns auf den Weg zu einigen. Aus dem Halbschatten des *caruggio* traten wir auf die Via San Lorenzo, auf der es von Menschen nur so wimmelte.

Das grelle Sonnenlicht blendete uns und ließ die gebräunte Haut meiner Begleiterin regelrecht aufleuchten. Wir gingen die Via Scurreria hinunter bis zum Campetto und dann weiter zur Via San Luca. Die zweite Buchhandlung war der inoffizielle Treffpunkt einer Gruppe alter Freunde, die von einer noch kleineren Insel als Sardinien stammten, die bekannt dafür war, dass sie während des Faschismus berühmte Sommerfrischler beherbergt hatte. Auch dort hatten wir kein Glück. So beschlossen wir, einen letzten Versuch zu unternehmen, und gingen zum Porto Antico, wo ein Freund und Zechbruder von mir ein Antiquariat hatte, der sich auch sonst mächtig ins Zeug legte, um das kulturelle Leben zu fördern und die Stadt aus ihrer dumpfen Schläfrigkeit zu reißen.

»Diebe, Nutten und Buchhändler«, sagte Gina, während wir um die Ecke des Palazzo del Millo bogen, »darauf beschränken sich meine Bekanntschaften in der Altstadt.«

»Ich kenne da auch noch so eine total hippe Anwältin.«

Fünf Minuten später kam sie strahlend mit einem als Geschenk verpackten Buch wieder aus dem Laden meines Freundes.

»Warum gerade Tertenia?«, fragte ich.

Sie zuckte die Schultern, mit einem Ausdruck falschen Bedauerns. Falscher Zerknirschtheit. Alles inszeniert, von Anfang an.

Du Aas, in was für eine Falle hast du mich da bloß gelockt?

Ich hatte meine Vespa, eine alte amaranthfarbene 200 PX, vor der Fakultät für Architektur auf der Via Sant'Agostino geparkt. Gina wartete daneben, während ich hinauf in meine Wohnung eilte, um zwei Helme zu holen.

»Komm schon, Bacci Pagano«, flüsterte sie mir von hinten ins Ohr, als ich mich in den Verkehr einfädelte. »Wir haben fast Juni. Der ideale Zeitpunkt für Urlaub auf Sardinien.«

»Du kannst mich mal, Frau Anwältin.«

»Dich nicht, denn morgen Abend bin ich mit dem Vertreter eines Lexikonverlags zum Essen verabredet, den ich auf den Klippen von Pieve kennengelernt habe. Der hat sich an mich drangehängt wie eine Klette. Brillant ist er nicht gerade, im Gegenteil, eher langweilig, aber er hat Wahnsinnsschultern. Und den Rest wage ich mir kaum vorzustellen.«

Ihren weißen Polo hatte sie an der Via Corsica geparkt. Die Rotunde von Carignano, von der aus man zum Touristenhafen und den Werften kommt, war menschenleer. Der Sonnenuntergang hatte das Meer in ein rötliches Licht getaucht.

»Jetzt zick nicht so rum«, fügte sie noch hinzu, während sie in ihr Auto stieg. »Du machst ein bisschen Urlaub und verdienst nebenbei einen Haufen Geld. Und Gabriele Sanna wird dich im Übrigen im Voraus bezahlen.«

Und damit gab sie Gas und fuhr davon. Allein mit der Vespa, deren Motor ruhig zwischen meinen Knien knatterte, schaute ich hoch zur Sonne, die bald hinter dem Monte Beigua verschwinden würde, und dachte, dass die Frauen, so sehr sie einem auch eine gute Freundin sein und Freud und Leid mit einem teilen und so treffsicher sie unsere Befindlichkeiten erfassen konnten, manchmal gar nichts verstanden. Ihr Pragmatismus siegte dann über jede Art von Gefühl. Und um diese harte Schale zu durchbrechen, brauchte man schon einen Hammer.

Ankunft auf Sardinien

Klares Wasser sprudelte und schäumte um die rotierende Schiffsschraube. Der kleine Hafen feierte die Ankunft der Tirrenia-Fährschiffe jedes Mal wie ein Großereignis. Wie aus Krippenbauten zusammengesetzt wirkte der Hafen von Arbatax mit seinem Nuraghen-Nachbau aus Beton, der Bar »Rosa dei venti« und der langen asphaltierten Mole, deren Belag in der Hitze fast zu schmelzen schien. Kaum hatte ich mit der Vespa laut scheppernd die Rampe des Schiffes überwunden, überwältigten mich die Luft und die Sonne. Süß und gleichzeitig herb. Glühend. Die Reise war lang und beschwerlich gewesen, und der Zwischenstopp in Olbia hatte das Ganze nur noch aufreibender gemacht. Zwanzig Stunden Langeweile, lustlose Lektüre und kaum Schlaf. Die Fähre war voll mit Deutschen und Holländern, allesamt blond, blass und hungrig nach Wärme und Sonne, was ihre milchweiße Haut sicher teuer zu stehen kommen würde. Bald würde sie sich knallrot färben und leuchten wie glühende Holzscheite.

Es war ein klarer Tag mit einer feuchten Brise, die vom Meer herüberwehte. Am Horizont war nicht eine einzige Wolke zu sehen. Ich setzte die Sonnenbrille auf und reihte mich gerade in die Schlange der Autos ein, die von der Rampe fuhren, als ich ihn bemerkte, vermischt mit dem Gestank der Auspuffe, dem salzigen Geruch des Meeres, dem Deodorant, das die Nordlichter ein wenig zu verschwenderisch aufgetragen hatten, um die Strapazen der langen Reise zu übertünchen: Es war der Duft der Zistrosen. Ich schloss die Augen und wusste: Ich war auf Sardinien.

Die Straße von Tortolì nach Cagliari, eingebettet zwischen dem Meer und den Bergen, kannte ich wie meine Westentasche. Weinberge erstreckten sich zwischen Hainen aus Eukalyptusbäumen, Korkeichen, Kaktusfeigen und dem Schilfrohr, welches das Kiesbett der ausgetrockneten Wildbäche säumte. Am Horizont die Umrisse der Berge, die ins Meer hinabzustürzen schienen. Dahinter duckte sich die Küste von Sarrala, der der Mistral im Schutz der Felsen nichts anhaben konnte. Nur der letzte Abschnitt der Straße war neu gemacht. Ein Tunnel, ähnlich dem des Mont Blanc, durchbohrte jetzt den Fels und ersparte den Autofahrern die abenteuerlichen Kurven. An der Ausfahrt Tertenia verließ ich die Bundesstraße.

Es war drei Uhr nachmittags, und auf der Straße war kein Mensch zu sehen. Der Ort sah aus wie eh und je, mit den teils unverputzten Ziegelhäusern, die dicht gedrängt entlang der Hauptstraße standen. Die ewige Unfertigkeit Süditaliens, des Südens aller Länder der Erde. Eine der Eigenschaften, die den unüberwindbaren Gegensatz zwischen den zwei Lagern verkörpern, in die diese Welt geteilt ist. Mit der Zeit hatte ich gelernt, dass die Menschen hier die Improvisation gar nicht wahrnahmen und auch keine Probleme damit hatten. Dort, wo man dem Schicksal seinen Lauf ließ, zählte einfach nur die Gegenwart.

Deshalb war ich auch nur mit einer kleinen Tasche angereist, die ich auf dem Gepäckträger festgeschnallt hatte. Vor der erstbesten Bar stieg ich von der Vespa und nahm den Helm ab. Ein paar junge Hirten in schwarzen Hemden, festen schwarzen Zwillichhosen und schweren Bergschuhen standen davor und tranken Bier. Ihre Haut war sonnenverbrannt, das Haar pechschwarz, die Bärte waren ungepflegt und stoppelig. Sie musterten mich mit dem gleichen entgeisterten Ausdruck, mit dem sie wohl auch einen Marsmenschen bedacht hätten. Nur einer von ihnen schien mich zu erkennen und deutete einen Gruß an.

Drinnen, wo die Luft abgestanden und nach kaltem Rauch roch, saßen die ewig gleichen alten Männer mit ihrer *coppola* auf den Köpfen schwadronierend an den Tischen. Der Wirt, ein fast kahler, kleiner Mann mit unglaublich dunkler Haut und dichten grau melierten Augenbrauen, die ihm ein teuflisches Aussehen verliehen, schien mich wiederzuerkennen.

»Na, auch wieder auf Urlaub hier?«, fragte er, während er mir einen Espresso machte.

»Urlaub und Arbeit. Beides.«

Wortlos stellte er mir den Kaffee hin.

»Ich bin hier, weil ich jemanden suche.« Ich sprach absichtlich laut, denn ich wollte, dass mich alle hörten.

Er nickte kaum merklich, während er Espressotassen und Gläser in dem Edelstahlbecken spülte.

»Einen jungen Mann aus Genua, der seit ein paar Wochen verschwunden ist. Sein Vater ist davon überzeugt, dass er hier ist, und hat mich hergeschickt, damit ich ihn suche.«

Aus der Hosentasche zog ich ein Farbfoto und zeigte es ihm. Es war ein ziemlich aktuelles Bild von Valentino Sanna. Er sah sehr jung darauf aus und schaute etwas verloren und mit dem leeren Lächeln eines Heroinabhängigen in die Kamera.

Der Barmann warf nur einen flüchtigen Blick darauf. »Und warum soll der gerade hier sein?«

»Das will ich ja herausbekommen. Aber erst mal muss ich ihn finden.«

»Haben Sie schon eine Unterkunft?«

»Ja, in Sarrala. Ein Freund vermietet mir sein Haus.«

Er nickte noch einmal. Die Tatsache, dass ich ihn nicht mehr zu brauchen schien, entband ihn wohl seiner Meinung nach von weiteren Fragen.

»Virgilio Loi«, setzte ich hinzu.

Das Lächeln, das er mir daraufhin schenkte, stand in keinem Verhältnis zur Bedeutung dieser Information. Aber hier im Dorf war Virgilio Loi eine Institution.

Tatsächlich wagte der Wirt sich nun aus der Deckung.

»Richtig, ich habe mir gleich gedacht, dass ich Sie schon mal gesehen habe.«

»Ja, ich besuche Virgilio schon seit mehr als zwanzig Jahren.«

»Arbeiten Sie auch auf Asinara?«

»Nein, ich kenne ihn vom Hochsicherheitstrakt in Novara.«

Erneutes Nicken. Eines von denen, die ein Gespräch für beendet erklären.

Nach einigen Dienstjahren in Novara hatte man den Strafvollzugsbeamten Virgilio Loi auf die Insel Asinara versetzt, wo er weitere zehn Jahre im Gefängnis von Fornelli gearbeitet hatte. Bis zur vorzeitigen Rente.

Ich hatte meinen Espresso ausgetrunken. Bevor ich ging, musste ich aber erst noch meine Mission zu Ende führen.

»Der Junge, den ich suche, heißt Valentino Sanna. Sein Vater, Gabriele Sanna, war einer der Banditen von dem Überfall auf den Geldtransporter der Banco di Sardegna. 1994, auf der Carlo Felice. Er sitzt im Gefängnis und muss dort wohl auch noch eine Weile bleiben.«

Der Wirt deutete ein Lächeln an. Vermutlich, um seine Verlegenheit zu überspielen. Oder um mir zu zeigen, dass er meinen Worten nicht allzu viel Glauben schenkte.

»Seit wann schicken Häftlinge Wachleute in der Weltgeschichte herum, um ihre Kinder aufspüren zu lassen?«

»Ich bin kein Gefängniswärter. Ich bin Privatdetektiv.«

»Wenn ich mich recht entsinne, sind die Sannas aus Lanusei und nicht aus Tertenia.«

»Ganz genau. Trotzdem ist Gabriele Sanna davon überzeugt, dass sein Sohn sich hier rumtreibt.«

Der Sarde zuckte mit den Schultern. Als ein Mädchen die Bar betrat und ihn um einen halben Liter Milch bat, nutzte er die Gelegenheit, sich von mir abzuwenden. Nachdem er sie bedient hatte, bezahlte ich meinen Kaffee und verabschiedete mich.

Als ich ins Freie trat, hatte ich das unbestimmte Gefühl, soeben eine Zeitbombe gelegt zu haben. Der gleißende Asphalt zwang mich, die Sonnenbrille aufzusetzen, obwohl ein kühles, frisches Lüftchen wehte.

Ohne die Vespa, meinen Helm und die Tasche zu beachten, ging ich zu Fuß die Via Roma entlang bis zur nächsten Bar. Die gleiche Szene wiederholte sich in zwei weiteren Cafés, wo ich einen Toast und ein Glas frischen Vermentino zu mir nahm. Am Ende war ich genauso schlau wie vorher. Ich ging zurück zu meiner alten 200 PX und fuhr in Richtung Sarrala.

Virgilio Loi saß auf der Veranda, hinter der die beiden Wohnungen lagen. Seine eigene und die, die er an Gäste vermietete. Von außen sahen die Häuschen gleich aus, doch das täuschte: Das eingeschossige, leicht erhöht liegende Haus, in dem die Gäste untergebracht wurden, hatte nämlich verputzte Wände und warmes Wasser. Die Außenwände waren weiß getüncht, auf allen vier Seiten befanden sich mit Aluminiumrollos und Fliegengittern geschützte Fenster.

Virgilio hielt eine Flasche Ichnusa-Bier in der Hand und kaute auf einem kalten Toscano-Stummel herum. Offensichtlich hatte er schon eine ganze Weile auf mich gewartet. Er war längst nicht mehr der junge Mann, den ich einst in Novara kennengelernt hatte, denn er war nicht nur dreißig Jahre älter, sondern auch dreißig Kilo schwerer geworden und hatte inzwischen schneeweißes Haar. Jetzt, da er nicht mehr im Dienst war, trug er es im Nacken zu einem Pferdeschwanz zusammengebunden. Auch der Bart, der wohl seit ein paar Tagen keinen Rasierapparat mehr gesehen hatte, war komplett weiß. Als er noch seine Wärteruniform trug, hätte man ihm das nie erlaubt: Ein Gefängnisaufseher kann unmöglich einen Bart und lange Haare tragen. Eins aber hatte sich nicht geändert: Virgilios schwarze Augen, die immer ein Stück über den Horizont hinausschauten. Darin sah ich ihm jetzt seine Freude an, mich wiederzusehen, auch wenn seine Gesten wie immer verhalten und seine Worte eher sparsam waren. Gefühle zu zeigen, war noch nie seine Stärke gewesen.

Stattdessen legte er mir eine Hand fest auf die Schulter.

»Na endlich. Ich habe mir schon langsam Sorgen gemacht.«

Im Sonnenlicht setzte sich die weiße Mähne hell leuchtend von seinem Gesicht ab. Harte Züge, in welche die Zeit deutlich sichtbare Falten gegraben hatte, tief wie die Gedanken, die seine stillen Momente erfüllten. In jungen Jahren hatte sein sehniger Körper an den Stamm eines Olivenbaums erinnert, inzwischen waren davon nur noch die Verwachsungen seiner kräftigen Muskulatur übrig, die unter der wohligen Fettschicht eines pensionierten Beamten ruhte, jedoch noch jederzeit einsatzbereit war. Ein Mann, der endlich vom Zwang der Uniform befreit war und sich nun allein dem fruchtbaren Boden und der Betrachtung des Meeres widmen konnte.

»Sorgen? Wieso das denn?«

»Weil du einen echt miesen Job hast. Und weil man nie wissen kann.«

Da war sie schon – die erste von vielen Perlen der Weisheit, die ich während meines unvorhergesehenen Aufenthalts in Tertenia serviert bekommen würde.

Ich ließ mich in einen der Korbstühle vor dem Holztisch fallen, holte eine Pfeife aus meiner Tasche, die erste, die ich zu fassen bekam, eine kanadische Savinelli, stopfte sie in aller Ruhe und zündete sie genüsslich an. Virgilio hatte es sich inzwischen in dem anderen Korbstuhl bequem gemacht.

Auf dem Tisch stand eine Flasche, die auf den ersten Blick aussah, als wäre sie mit Wasser gefüllt. Aber die glänzenden Tropfen, die daran herunterliefen, verrieten mir, dass es kein Wasser sein konnte.

»Grappa?«

Jetzt lachte er, der alte Loi, und nickte wohlgefällig.

»*Abbardente*. Und zwar eiskalt. Ich habe ihn gerade aus dem Tiefkühlfach geholt.«

Gläser waren allerdings nirgends zu sehen. Die Flasche stand also nur da, um mich zu provozieren. Einer seiner üblichen Scherze.

»Hast du nicht was Leichteres?«

Er verzog den Mund zu einem breiten Grinsen. Dann nahm er die Grappaflasche, stand auf und ging ins Haus.

»Ich habe extra auf dich gewartet, damit wir was Richtiges aufmachen können.«

Als er wieder herauskam, trug er in der einen Hand eine Flasche kühlen Wein und in der anderen zwei Weingläser. Ein Torbato aus Alghero. Strohgelb, ins Goldene spielend. Er entkorkte die Flasche und schenkte ein. Dann reichte er mir eines der Gläser.

»Auf deine Gesundheit«, sagte er und erhob sein Glas. »Willst du mir jetzt vielleicht endlich erklären, warum du hier bist?«

»Sag du mir lieber erst mal, wo deine Frau ist.«

»Sie ist im Dorf geblieben, mit Laura. Angelica kommt doch nur im August zum Strand runter, wenn die Touristen da sind. Sie sagt, dieser Ort mache sie melancholisch, wenn er so verlassen sei.«

»Und wie geht's deiner Tochter?«

»Die regt mich vielleicht auf! Sie macht grundsätzlich nicht das, was ihr Vater ihr sagt. Laura ist vor Kurzem sechzehn geworden. Sie geht jetzt aufs Gymnasium in Jerzu. Heute Abend wirst du sie alle beide sehen. Wir erwarten dich zum Abendessen.«

Mich zu ernähren, schien seine Berufung zu sein, und zwar vom ersten Tag an, an dem wir uns getroffen hatten. Ich begann zu erzählen. Jedes einzelne Detail, in aller Ruhe. Mein Redefluss wurde nur ab und an von einem Schluck Wein unterbrochen, den ich ebenso wie mein Gesprächspartner schweigend genoss. Stück für Stück und wohlgeordnet entspann sich meine Geschichte. Irgendwann holte Virgilio sich eine Toscano, entblätterte sie mit seinen Fingern, die ebenfalls dick geworden waren, kappte die Spitze mit dem Zigarrenschneider und zündete sie an. Die Luft stand still. Es kündigte sich ein schöner Abend an. Von der Sanddüne drang das ruhige, gleichmäßige Murmeln des Meeres zu uns herüber, es kroch entlang des erdigen Pfades bis zu dem blühenden Hibiskus und dem Johannisbrotbaum, die die Veranda umstanden und uns die Aussicht auf den Horizont versperrten.

»Das klingt nicht gerade überzeugend«, meinte er, als ich mit meiner Erzählung fertig war. »Wer weiß, ob dieser Junge überhaupt hier ist.«

»Kannst du dich mal ein bisschen umhören?«

»Ja klar. Aber so richtig glauben tust du das selbst nicht, stimmt's?«

Er kannte mich gut, der alte Loi. Wahrscheinlich, weil er mich in einer Zeit erlebt hatte, als ich völlig fertig war. Am Boden zerstört. Mit einer Zukunft voll alter Wunden und schmerzlicher Erinnerungen, die mir wie Nägel in der Seele steckten. Das Schlimme war, dass ich nicht einmal jemandem die Schuld geben konnte. Den Richtern etwa, die sich an Gesetze hielten, die sie selbst nicht verabschiedet hatten? Den Freizeit-Revolutionären, die den Krieg theoretisierten und kein gutes Haar am Staat ließen? Die frei herumliefen, während ich im Hochsicherheitstrakt saß? Krieg führten gegen das bisschen Staat, was in diesem vermaledeiten Operettenstaat noch übrig geblieben war? Viele von ihnen landeten später fest in den Diensten der Fernsehsender unseres grinsenden Millionärs. Mein Freund Virgilio Loi hatte recht. Es kostete mich unglaublich viel Mühe, überhaupt noch an etwas zu glauben.

»Wo willst du denn anfangen zu suchen?«

»Ich habe mich vorhin schon ein bisschen mit den Leuten im Dorf unterhalten. Es könnte durchaus sein, dass jemand von ihnen auf mich zukommt.«

»Warum glaubt der alte Sanna, dass sein Sohn gerade hierhergekommen ist?«

»Wahrscheinlich, weil er weiß, dass einer der Komplizen in Tertenia lebt.«

Er nahm die Flasche und schenkte uns Wein nach.

»Einer der Banditen von der Carlo Felice? Hier in Tertenia?«

Wie eine Lawine breitete sich in ihm nun einer dieser

ruhigen Momente aus, an die ich mich im Laufe der Zeit gewöhnt hatte. Ein langes Schweigen, von Gedanken erfüllt, die in seinem Kopf herumliefen wie Wildschweine in der Macchia. Vom Pfad im Weinberg drang kaum hörbar das Rauschen der Wellen, die sanft an den Sandstrand schwappten. Dann sah ich, wie seine Stirn sich langsam glättete. Zwischen zwei Zügen an seiner Zigarre entspannten sich seine Lippen und formten sich zu einem Lächeln.

»Es müsste sich also um jemanden handeln, der viel Geld gemacht hat«, murmelte er.

»Vor allem viel auf einmal.«

»Vor zehn Jahren.«

»Vor zwölf, um genau zu sein.«

»Er ist Ende der sechziger Jahre ausgewandert«, begann er zu erzählen. »Nach Südfrankreich. Jetzt müsste er so um die Siebzig sein. In meiner Kindheit fuhr er ein riesiges weißes Auto. Nach Tertenia ist er ziemlich genau vor zehn Jahren zurückgekommen. Mit einer französischen Ehefrau und einem ansehnlichen Kapital. Er hat sich ein Haus am Fuße des Nuraghen bauen lassen und begonnen, Land zu kaufen. Hier in Sarrala und im Dorf, in Tertenia. Aber auch in Richtung Cagliari, in Villaputzu und Muravera. Weideflächen, Korkeichenhaine und Hänge voller Reben. Alles Land, das er von einem ganzen Heer Tagelöhner, Hirten und ein paar Halbpächtern bestellen lässt.«

»Sag mir, wie er heißt!«

»Otello Ganci. In der Vergangenheit haben die Leute einiges über ihn erzählt. Aber du weißt ja, wie das hier auf der Insel ist. Wer viel Geld hat, der hat den Respekt der anderen und kann sich einige Vorteile sichern, aber er zieht zwangsläufig auch Neider an.«

»Wo kann ich ihn finden?«

»Er lebt abgeschieden in seiner Villa, und manche sagen, er sei sehr krank. Aber seine Frau kommt jeden Morgen an den Strand, direkt hier vorm Haus.« Auf seinem Gesicht zeigte sich nun ein leicht maliziöser Ausdruck. »Sie heißt Martine.«

Am Strand

Am Morgen weckte mich das Meer. Sanft brandete es in der Ferne ans Ufer und ließ kaum hörbar seinen Atem vernehmen. Es war schon nach neun, und ich fühlte mich wie neugeboren, froh, in Sarrala zu sein. Der Kühlschrank war gut gefüllt; es war sogar Ziegenmilch da, die ich abkochte und mit Genuss zum Frühstück trank. Einer der Schwager von Virgilio Loi war Hirte und versorgte ihn regelmäßig mit frischer Milch und Ricotta. Von dem Schafsfrischkäse genehmigte ich mir gleich zwei große Löffel, ehe ich den Espressokocher auf die Herdplatte stellte, um mir einen starken schwarzen Kaffee zu brauen.

Ich dachte an das köstliche Abendessen, das uns Angelica Loi am Abend zuvor serviert hatte. An die *culurgionis*, mit Kartoffeln, Käse und Minze gefüllte Nudelteigtaschen. An den geschmorten Lammbraten. Und an das trockene *pane pistoccu* mit *caglio*, einem

Käse aus der Region, der mithilfe von Lab aus dem Magen eines unmittelbar nach dem Trinken der ersten Muttermilch getöteten Zickleins heranreift. Die Köstlichkeiten spülten wir mit zwei Flaschen schönem, reifem Cannonau und einer halben Flasche torfigem Whisky hinunter. Es sah ganz so aus, als sollte ich recht behalten: Die drei Flaschen Lagavulin, die ich meinem alten Freund geschenkt hatte, würden nicht lange halten. Außerdem hatte ich noch ein Glas Pesto Genovese mitgebracht. Angelica und ihre Tochter Laura waren total verrückt danach. Mein Freund René, der Crêpe-Koch, den alle wegen seines Feuereifers, den er beim Fischen an den Tag legt, »*il capitano*« nannten, war ein echter Profi und zauberte sein Pesto nach allen Regeln der Kunst.

Auf der Toilette las ich noch schnell das letzte Kapitel des Buches, das ich auf die Reise mitgenommen hatte, eines exzellenten Krimis aus den Siebzigerjahren. Er handelte von einem ziemlich heruntergekommenen Privatdetektiv, der mit einem alten, alkoholabhängigen Schriftsteller sowie einer vom Bier aufgedunsenen Bulldogge zu tun hatte und nach einer Frau suchte, die vor zehn Jahren verschwunden war. Die Mutter der Frau zahlte ihm siebenundachtzig Dollar dafür, dass er ihre Tochter aufspürte. Nach zehn Jahren. Nicht zum ersten Mal fragte ich mich, wieso in Amerika Privatdetektive weniger verdienten als Putzfrauen. Ob das eine Art bitterböse Ironie des Buchmarkts war oder eher an der puritanischen Gesinnung der Autoren solcher Geschichten lag? Doch dann fiel mir ein, dass auch meine Tochter seit zehn Jahren aus meinem Leben verschwunden war. Das versetzte mir wieder diesen Stich mitten ins Herz. Ich musste niemanden dafür bezahlen, dass er sie suchte. Ein Anruf würde genügen – wenn sich nur ihre Mutter nicht so querstellen würde.

Ich weiß nicht, warum ich das tat, aber auf einmal sprang ich auf und rannte splitternackt ins Schlafzimmer, um mein Handy zu holen. Im Bad setzte ich mich noch einmal auf die Kloschüssel und suchte die Nummer. In all den Jahren hatte ich tunlichst darauf geachtet, sie nicht versehentlich zu löschen. Ich handelte intuitiv und ohne groß darüber nachzudenken. Nach nur wenigen Sekunden Wartezeit ertönte ihre Stimme. Sie klang kristallklar. Frisch wie Morgentau.

»Ja?«

»Ciao, Aglaja. Ich bin's, dein Vater.«

Kurze Pause. Ein mittelschwerer Schock. Achterbahnfahrt der Gefühle. Wirbelnde Gedanken im Sog des Schrecks. Meines, aber sicherlich auch ihres. Schließlich brachte sie mit einer Mühe, auf der zehn Jahre Stillschweigen lasteten, Laute hervor, die an das klägliche Wimmern eines neugeborenen Kindes erinnerten.

»Ciao, Pa …«

Aber das reichte mir schon. Denn beim letzten Mal, als ich sie gesprochen hatte, war ich zu Eis erstarrt: *»Es tut mir leid, aber ich habe dir nichts mehr zu sagen.«*

Jetzt nannte sie mich immerhin wieder Pa. Offensichtlich hatte das kleine Daiquiri-Gelage, das ich mir zwei Monate zuvor mit ihrer Mutter gegönnt hatte, doch etwas gebracht. Im Café »Roger«, nur ich und Clara, meine Exfrau.

Aglaja stand jetzt kurz vor ihrem achtzehnten Geburtstag. Und nannte mich Pa. Das hatte sie seit ihrem achten Lebensjahr nicht mehr getan. Seit ihre Mutter und ich uns nach Monaten ständiger Reibereien getrennt hatten. Jeder Anlass war damals für einen Streit gut gewesen.

Zehn Jahre später, bei dem Gelage, hatten wir wieder gestritten. Aber wir hatten auch geredet. Vielleicht hatten wir es sogar geschafft, den hauchdünnen Faden der Zuneigung wieder zusammenzuknoten, einer Zuneigung, die so tief war, dass sie das Ende unserer Liebe überdauert hatte. Leider schaffte Clara es jedoch nicht, Zuneigung von Liebe zu unterscheiden, das war offenbar zu schwierig für sie. Zwischentöne waren nicht ihre Stärke, ihre Welt war ganz und gar in Schwarz-Weiß gehalten. Für meine Exfrau war die Unveränderbarkeit von Gefühlen ein Dogma, ein Glaubensgrundsatz. Sinnlos, darüber zu diskutieren. Die Welt musste sich in ihren Bahnen bewegen. Geometrischen Bahnen, die sie in ihrem Kopf entwarf, wobei sie sich vormachte, dadurch alle Unwägbarkeiten umschiffen zu können, die das Leben so bereithielt. Clara würde die Zukunft am liebsten in eine Zwangsjacke stecken. Ich dagegen trug nicht einmal Unterhosen. Was für eine Chance hätte unsere Beziehung da haben können?

»Wie geht's dir, Kleine?«

Wieder ein kurzes Zögern. Vielleicht war es Groll oder einfach nur die Tatsache, dass ich sie so nannte.

»Ganz gut. In ein paar Tagen habe ich Ferien.«

»Deswegen rufe ich an.« Das war glatt gelogen.

Obendrein ertappte ich mich dabei, dass ich mich jetzt erst fragte, wieso sie zu dieser Uhrzeit ans Telefon ging. »Wieso bist du eigentlich heute nicht in der Schule?«

»Die Griechisch- und Lateinlehrerin ist krank. Der Unterricht fängt erst um zehn an. Aber sag mal, wenn du gedacht hast, dass ich in der Schule bin, warum hast du dann angerufen?«

»Ich hab es eben einfach mal probiert.«

»Wolltest du mit Mama sprechen? Sie ist nicht da. Sie arbeitet.«

»Nein, ich wollte mit dir sprechen. Ich bin gerade in Sardinien, beruflich. Aber ich glaube, ich werde nicht viel zu tun haben, außer am Strand rumzuliegen, mich zu sonnen und ein Buch zu lesen. Das ist ein wunderschöner Ort hier. Außerdem hat der Freund, bei dem ich wohne, eine Tochter in deinem Alter. Wenn du mit der Schule fertig bist, könntest du herkommen.«

Sie überlegte ein paar Sekunden lang. »Das muss ich erst mit Mama bereden. Wo ist denn das genau?«

»In der Ogliastra, im Süden von Arbatax. In Sarrala. Das ist der am Meer gelegene Teil von einem größeren Dorf, Tertenia.«

»Hat das was mit der Costa Smeralda zu tun?«

»Nein, nicht mal entfernt. Hier gibt es nur Schafe und Hirten. Zwei Bars, zwei Trattorien und einen endlos langen, einsamen Strand.«

»Das gefällt mir. So was wie Porto Cervo oder Porto Rotondo kann ich nämlich nicht ab. Und die Leute, die sich da rumtreiben, erst recht nicht.«

»Ich wohne in einem Haus am Strand. Heute Morgen bin ich vom Meeresrauschen aufgewacht ...«

»Okay, kannst du mich heute Abend noch mal anrufen?«

»Sicher. Ist um acht in Ordnung?«

»Ja, super.«

Als ich auflegte, war ich wie elektrisiert. Auf diesem fremden Klo hier war ich gerade zehn Jahre Wut und Schmerzen losgeworden. Zehn Jahre Schuldgefühle. Zehn Jahre, die ich weitab von meiner Tochter verbracht hatte. Und das einfach so, ohne viel Tamtam.

Während ich über Aglajas Worte über die Costa Smeralda und die Leute dort nachdachte, wusch ich mir das Gesicht und zog meine Badehose an. Ein großes Strandhandtuch aus Frottee, meine Pfeife und die Sonnenbrille – mehr brauchte ich nicht.

Gemächlich schlenderte ich den Pfad durch den Weinberg entlang und fühlte mich so wohl wie seit zehn Jahren nicht mehr. Oder vielleicht noch länger. Irgendetwas hat also überlebt, dachte ich. Clara hatte bei unserer Tochter offenbar ganze Arbeit geleistet. Nicht alles, was wir an Schönem geteilt hatten, war verloren gegangen. Aglaja hasste die Reichen und ihre Rituale, die bis zum Erbrechen in der Klatschpresse und im Fernsehen wiedergekäut wurden.

Es war ein klarer Tag, und die Morgenluft roch noch frisch. Sie war erfüllt vom Duft nach Macchia, nach Zistrosen, Minze und Myrte, den die Feuchtigkeit der Nacht und die Sonne, die inzwischen hoch am Himmel stand, erweckt hatten. Der Geruch nach Harz wehte von den Pinien herüber, die ganz in der Nähe des Strandes wuchsen, dort, wo die Erde zu Sand wurde und Lentisken die Sicht aufs Meer versperrten. Der einsame

Strand lag schlummernd da, umfangen von den klaren Grüntönen und der Stille. Hier und dort ragte eine Palme empor und spendete einem Haus Schatten, das wie ein Farbfleck aus der Vegetation herausragte.

Am Strand spürte ich die sanfte Wärme des feinen Sandes unter den Füßen, der von Weitem weiß wie Schnee wirkte. Das Meer mit seinen türkisfarbenen und smaragdgrünen Streifen schien im Licht zu beben; an der breitesten Stelle schimmerte es in Indigo- und Kobaltblau. Es kam mir entgegen wie ein alter Freund, den man nach langer Zeit wiedertrifft. Zu meiner Linken, über den roten Felsen, reckte der Cartucceddu dem Himmel seinen Gipfel entgegen. Der Berg war in das Licht der Sonne getaucht, die sich ihren Weg durch die steinigen Täler und die finsteren undurchdringlichen Steineichenwälder bahnte. Weiter unten, wo der Cartucceddu ins Meer zu stürzen schien, lag der Yachthafen still und verlassen da. Der Strand, der sich über einen Kilometer weit von Nord nach Süd erstreckte, wurde Foxi Manna genannt, die »Große Mündung«.

In der Ferne sah ich das Schilf den Strom umsäumen, der inzwischen kaum mehr als ein Rinnsal war. Ein Rinnsal, das sich im Sand verlor, bis es sich mit dem salzigen Wasser des Meeres vermischte. Im Juli und August war er stets ausgetrocknet, im Juni dagegen führte er wohl noch Wasser. Virgilio hatte mir gesagt, dass das Frühjahr sehr regenreich gewesen sei. Hinter dem Schilf lag der dichte Streifen aus Pappeln und Eukalyptusbäumen, unter denen die Badenden ihre Autos abstellten. Aber auch das passierte nur im Juli und August sowie an den Sonntagen. Jetzt konnte man die Badegäste an einer Hand abzählen. Der Strand war so gut wie leer.

Deswegen war es leicht, sie zu finden. Ausgestreckt auf einem quietschbunten Handtuch, blickte sie aufs Meer hinaus. Mit beiden Händen hielt sie sich einen aufgeklappten Spiegel vors Gesicht, um die Sonne darauf zu lenken. Während ich mich langsam von hinten näherte, hatte ich genug Zeit, sie eingehend zu betrachten. Ein bemerkenswerter Körper, auf dem die Sonne bereits die Patina einer zarten, mit Geduld und Ausdauer erworbenen Bräune hinterlassen hatte. Der Geduld und Ausdauer von jemandem, der nichts anderes zu tun hatte im Leben. Ihre helle Haut hatte nur einen ganz leichten Bernsteinton, die Sonne würde ihrem blassen Teint wohl nie mehr als eine leichte Färbung schenken. Ich breitete mein Handtuch in etwa zwei Metern Entfernung neben ihr aus, setzte mich und ließ den Blick übers Meer schweifen, als beobachtete ich die Luftspiegelung einer Insel.

Zwischen ihr und mir lag eine Mischung aus Verlegenheit und Staunen, fast so greifbar wie ihre Strohtasche, aus der eine Klatschzeitung herauslugte. Sie trug eine knappe weiße Bikinihose und einen breiten Strohhut, um den sie ein fuchsiafarbenes Tuch gebunden hatte. Das Bikinioberteil war geöffnet, die Träger hingen herab, die Brüste schmiegten sich mit wollüstiger Erhabenheit in die beiden Körbchen und hatten Mühe, sich darin zu verbergen. Sie besaß einen großen, sinnlichen Busen. Ihr Körper wäre ohne die Züchtigung einer eisern eingehaltenen Diät wahrscheinlich längst verblüht.

Ich grüßte freundlich, woraufhin sie mich über die Ränder ihrer Brille hinweg ansah. Ein lebhafter, neugieriger Blick, mit dem sie mich von oben bis unten maß, sodass ich mich ein wenig für meine Touristenblässe schämte. Erst jetzt konnte ich ihre hellbraunen Augen sehen, in deren Winkeln die Zeit gnadenlos Krähenfüße eingraviert hatte. Auf einmal fielen mir auch die kurzen naturroten Haare und die über das ganze Gesicht verteilten Sommersprossen auf. Ihre Züge hatten etwas von einem jungen Mädchen bewahrt.

»Schöner Tag heute, was?«

Sie nickte schweigend und musterte mich mit einer Mischung aus Provokation und Ironie. Unbehagen schien ich ihr nicht zu bereiten.

»Kennen wir uns?«

»Nein, aber das ist für mich kein Problem.«

»Schüchtern sind Sie nicht gerade.«

Ich hörte das stumpfe, kehlige »R« und den typischen Akzent der Franzosen sofort heraus.

»Na ja, ich unterhalte mich gern mit Leuten. Und hier ist die Auswahl ja nicht groß.« Ich machte eine weitläufige Handbewegung, bei der ich mir selbst lächerlich vorkam. »Aber ich habe absolut nicht die Absicht, Sie zu belästigen. Wenn Sie lieber alleine sein möchten, brauchen Sie es bloß zu sagen.«

Sie lächelte. »Nein, nein«, antwortete sie ruhig, so, als ob wir uns schon ewig kennen würden. »Manchmal finde ich die Einsamkeit hier auch …« Ihr fiel der richtige Ausdruck nicht ein. »… *très lourd* … wie sagt man: bedrückend?«

Ich nickte und streckte ihr eine Hand entgegen. »Ich heiße Bacci Pagano und komme aus Genua.«

»Martine Ganci.«

Sie presste sich mit dem linken Arm das Bikinioberteil vor die Brust und reichte mir dann die andere Hand. Ich berührte sie nur ein wenig. Mit den Fingerspitzen.

»Französin?«

»Ja. Aus Marseille.«

»Wie kommt's, dass es Sie von der Côte d'Azur an diesen einsamen Strand hier verschlagen hat?«

»In Nizza habe ich meinen Mann kennengelernt. Er ist in Tertenia geboren. Wie alle Sarden, die über die ganze Welt verstreut leben, wollte er im Rentenalter zurück in sein Heimatdorf. Und wie alle braven Ehefrauen bin ich ihm gefolgt. Deshalb bin ich jetzt hier.«

»Ihr Mann hat großes Glück gehabt. Mit einer Frau wie Ihnen.«

Sie antwortete nicht, sondern hielt das Bikinioberteil weiter mit einer Hand fest, stützte sich auf den Ellenbogen auf und begann dann ihre Tasche zu durchsuchen. Nach einer Weile nahm sie ein Fläschchen Sonnenöl heraus, streckte sich wieder auf dem Handtuch aus, gab ein paar Tropfen auf die Finger und rieb sich Gesicht, Arme und Schultern ein. Sie schien völlig in diese Tätigkeit versunken, wie eine Katze, die sich putzt. Als ob sie sich durch dieses Spiel mit der eigenen Haut ganz in sich selbst zurückziehen könnte und es ihr eine leichte Erregung verschaffen würde ... Doch noch ehe ich den Gedanken zu Ende denken konnte, gab sie den Ball an mich zurück, ohne mich anzusehen.

»Und Sie, Monsieur Pagano? Wie sind Sie in diesem gottverlassenen Nest gelandet?«

»Das ist eine lange Geschichte. Es würde mehrere Vormittage dauern, sie Ihnen zu erzählen.«

»Umso besser. Fangen Sie einfach mit der ersten Folge an.«

»Belassen wir es bei einer Zusammenfassung: Also, ich komme seit über zwanzig Jahren hierher. Ich wohne bei dem Mann, der vor langer Zeit Wärter in dem Gefängnis war, in dem ich als Terrorist einsaß. Er ist seither einer meiner besten Freunde.«

»Sie machen also Urlaub hier.«

»Nicht ganz. Normalerweise komme ich im Juli oder August für die Ferien her. Dieses Mal bin ich hier, um einen jungen Mann zu suchen, der in großen Schwierigkeiten steckt.«

»Ein Verwandter von Ihnen?«

»Nein, ich kenne ihn nicht einmal. Die Angelegenheit ist rein beruflich.«

»Wollen Sie damit sagen, dass Sie Detektiv sind?« Mit einem Schlag nahm ihr Gesicht einen ernsten Ausdruck an. Sie wandte den Blick von mir ab und murmelte gedankenversunken: »Komischer Zufall, dass ein Mann, der mal im Gefängnis gesessen hat, so einen Beruf ausübt.«

»Was ist daran so komisch?«

»Ich habe in meinem Leben schon viele Verbrecher kennengelernt. Mörder, die später Mönche geworden sind, und Polizisten, die zu Banditen wurden. Aber ein Terrorist, der sich in einen Polizisten verwandelt hat, ist mir noch nicht untergekommen.«

Ich musste lachen. »Ich war nie ein Terrorist, ich wurde nur als solcher verurteilt. Und ich bin auch kein Polizist.«

»Aber wenn Sie im Gefängnis waren und nun diesen Job machen, spielen Sie gern mit dem Tod.«

»Sie irren sich. Ich spiele gern mit dem Leben. Mit dem Tod lasse ich mich nur ein, wenn mich jemand dafür bezahlt.«

Sie ließ die Sonnenbrille auf die Nasenspitze gleiten und sah mich durchdringend an. Eine Frau, die sich nichts vormachen ließ.

»Diese Narben da, haben Sie sich die bei der ›Arbeit‹ geholt?«

»Sagen wir mal, das sind Kriegsverletzungen.«

»Haben Sie schon mal jemanden umgebracht? Und wie war das?«

»Ich habe mich danach übergeben und Fieber bekommen.«

»Man sieht, Sie lieben starke Gefühle, sonst hätten Sie längst den Beruf gewechselt.«

»Ich habe Sie ja gewarnt. Es ist eine lange Geschichte. Jetzt müssen Sie schon ein bisschen Geduld aufbringen und mir zuhören.« Ich stopfte meine Pfeife und zündete sie an. »Ich saß fünf Jahre hinter Gittern, weil ich eine gute Tat vollbracht habe. Ich habe während einer Demonstration versucht, eine geladene Pistole aus dem Verkehr zu ziehen, damit sie niemand benutzt. An jenem Tag war das schon einmal passiert, und ein Zweiundzwanzigjähriger war dabei ums Leben gekommen. Sie haben mich mit der Pistole festgenommen und mich mit Anfang zwanzig in ein Hochsicherheitsgefängnis gesperrt. In dem Alter kann einem echt was Besseres passieren. Ich habe im Gefängnis studiert. Dann ist jedoch meine Mutter gestorben. Mein Vater ist ihr kurz darauf gefolgt. Als ich wieder auf freiem Fuß war, hatte ich keine Eltern mehr, und mein Diplom war mir scheißegal. Ich habe dann die verschiedensten Jobs angenommen, habe mir meinen Lebensunterhalt als Gepäckträger, Türsteher, Tankwart und Matrose verdient und bin um die halbe Welt gereist. Auf Kuba habe ich auf einer Zuckerrohrplantage gearbeitet und Haschisch aus Marokko verschoben. Bei all dem habe ich es aber leider zu nichts gebracht und auch keinen Frieden gefunden. Und wissen Sie, warum? Weil ich mit dieser blöden Pistole abrechnen musste.«

»Und da war es die beste Lösung, Detektiv zu werden?«

»Es gibt keine Lösungen. Eine Pistole hat mein Leben zerstört. Daher sollte so ein Ding wenigstens dazu beitragen, mir ein einigermaßen würdiges Leben zu verschaffen. Als Detektiv verdient man ganz gut.«

Ein leichter Nordwind kräuselte das Meer und ließ mich erschauern. Eine Welle schlug zwei-, dreimal gegen den Strand; ihr Plätschern wirkte auf mich wie Hohn. Vielleicht wollte mich das Mittelmeer damit für meine Neigung zu extremen Stimmungswechseln verspotten – ich war voller Euphorie hier angekommen und steigerte mich gerade in eine dumpfe, ohnmächtige Wut auf meine Vergangenheit hinein.

Die Französin hielt den Blick gesenkt und folgte gedankenverloren den Linien, die sie mit dem Zeigefinger in den Sand zeichnete. Erst als das Schweigen unerträglich wurde, entschloss sie sich zu sprechen. Ihre Worte überzeugten mich vollends davon, dass sie keine Frau war, die Ausflüchte zuließ.

»Das Verbrechen ist ein Spiel, das sich selbst legitimiert. Es braucht keine Rechtfertigung. Da liegt eine Pistole auf der Straße, die irgendjemand dort hat liegen lassen. Es reicht völlig, sich zu bücken und sie aufzuheben.«

»Jetzt werden Sie nicht zynisch.«

»Ich zynisch?«, sagte sie mit einem aggressiven Unterton. »Sie behaupten, dass man gut verdient, wenn man eine Knarre hat, und da darf ich nicht zynisch sein? Weil ich eine Frau bin?«

»Um Gottes willen, nicht doch … Wovon reden Sie überhaupt? Wollen Sie selbst jemanden umbringen? Den Mann, der Sie geheiratet hat und jetzt zwingt, hier zu leben?«

»Mich hat niemand zu irgendetwas gezwungen, Monsieur. Ich bin eine unabhängige Frau.«

»Unabhängige Frauen denken nicht über Pistolen nach.«

»Sie haben mich erst dazu gebracht, mit Ihrer … seltsamen Geschichte. Außerdem meinte ich das mehr allgemein.«

»Allgemein über solche Sachen zu sprechen, zeugt von schlechtem Stil.«

»So gesehen ist es auch schlechter Stil, eine Geschichte wie Ihre dem Erstbesten, der einem über den Weg läuft, zu erzählen … Es sei denn, es geht darum, eine schöne Frau ins Bett zu kriegen.«

»Wenn ich eine schöne Frau ins Bett kriegen will,

dann mache ich ihr ein Kompliment und schicke ihr einen Blumenstrauß.«

»Komplimente und Blumen? Dafür sind Sie doch gar nicht der Typ.«

»Unterschätzen Sie mich nicht. Im Gefängnis haben sie mir weiß Gott Galanterie und gute Manieren beigebracht.«

Jetzt lächelte sie und wirkte wieder entspannt. Die Bemerkung über die Legitimität des Verbrechens ging mir dennoch nicht aus dem Kopf; es war, als würde ich von einer Vorahnung beschlichen.

»Sie sagten vorhin, dass Sie schon einige Polizisten und Verbrecher kennengelernt hätten. Bevor oder nachdem der Sarde Sie geheiratet hat?«

Sie zog die Augenbrauen zusammen, aber auf ihrem Gesicht blieb der Schatten eines Lächelns. Wie ein Hauch Parfüm, der in einem Raum hängen geblieben ist.

»Wohin soll das führen?«

»Dorthin, wo Sie mich haben wollen, Madame.«

»Finden Sie nicht, dass Sie ein bisschen schnell vorpreschen?«

»Wenn dem so ist, dann bremsen Sie mich. Sie wollen mir weismachen, dass Sie Erfahrung im Umgang mit Polizisten und Kriminellen haben und sich weder von Verbrechen noch von Pistolen einschüchtern lassen. Dann tun Sie aber auch nicht so, als ob Sie sich wundern, wenn ich Sie jetzt, da ich Ihnen meine Geschichte erzählt habe, darum bitte, ebenfalls die Karten auf den Tisch zu legen.«

Bevor sie antwortete, dachte sie eine Weile nach.

Vielleicht, um abzuwägen, was sie mir gleich erzählen wollte. Mehrmals fuhr sie sich mit der Zunge über die Unterlippe.

»Kein Bluff, Monsieur Pagano. Ich bin im Norden von Marseille aufgewachsen und habe miterlebt, wie die *banlieues* sich mit Immigranten aus dem Maghreb füllten, die aus den Trümmern des französischen Kolonialreiches geflohen waren. Ich habe mit ihnen gespielt, bin mit ihnen zur Schule gegangen. Bis mir so ein algerischer Bastard die Unschuld geraubt hat. Er war dreißig und ich dreizehn. Als mein Vater davon erfahren hat, ist er ihn suchen gegangen und hat ihm ins Gesicht geschossen ... Jetzt können Sie sich vielleicht vorstellen, was ich für ein Leben geführt habe.«

»Wenn man Sie so sieht, würde man das nicht glauben. Selbst so spärlich bekleidet wirken Sie wie eine Signora.«

»Jetzt ja. Jetzt *bin* ich eine Signora.«

»Ihre Heirat war also keine Liebesheirat. Eher ein Freikaufen.«

Sie lachte und wandte den Blick wieder ab. Diesmal mit einem bitteren Zug um den Mund.

»Mehr noch, Monsieur Pagano. Ich fühlte mich danach wie neugeboren. Mein Leben davor war nicht leicht. Immer am Rande des Abgrunds, mal diesseits, mal jenseits der Grenze ...«

»Was ist das für eine Grenze, nun, da Sie wiedergeboren sind?«

»Die gefährlichste überhaupt, *mon cher détective*. Weil sich eine Frau jenseits davon nicht mehr als solche fühlt. *Vous comprenez?*«

Sie ließ sich wieder auf ihr Handtuch sinken und schloss ihr Bikinioberteil. Dann sprang sie auf. »Wenn Sie mich jetzt bitte entschuldigen würden …«

Ich sah ihr nach, wie sie auf das Wasser zulief und von den gegen das Ufer brandenden Schaumkronen verschluckt wurde.

Erste Warnzeichen

Der Rest des Tages verlief wie jeder andere Urlaubstag in Sarrala. Um die Mittagszeit herum setzte ich mich auf die Vespa und fuhr nach Tertenia zum Einkaufen.

Ich liebte es, mich unter die Sarden zu mischen. Ich traf lauter Leute, die ich durch Virgilio kennengelernt hatte. Für sie war ich der Freund aus Genua, und der sollte ich auch bleiben. Selbst wenn ich mit einigen von ihnen im Laufe der Jahre mehr als einmal zusammengegessen und getrunken und unterm funkelnden Sternenhimmel gesungen hatte. Zu Mariä Himmelfahrt hatten wir uns, wie es ein lokaler Brauch vorsah, gegenseitig mit Wasserbomben beworfen; im Unterschied zu anderen Gegenden von Sardinien gibt es in Sarrala nämlich viele Brunnen, sodass an Wasser kein Mangel herrscht.

Ich nutzte die Begegnungen beim Einkaufen, um ein bisschen herumzuerzählen, dass ich zum Arbeiten hier sei und den Sohn von Gabriele Sanna suchte. Bei dieser Nachricht zeigte sich auf den meisten Gesichtern zuerst Erstaunen und dann Missbehagen. Der Name schien immer noch unangenehme Erinnerungen zu wecken und war eine offene Wunde – selbst nach so langer Zeit noch. Es war, als ob Sannas Schicksal eben nicht einfach nur seine persönliche Angelegenheit wäre, sondern als ob das, was er getan hatte, Schande über seine Insel und deren Bewohner gebracht hätte.

Nach und nach kehrte meine gute Laune vom Morgen zurück. Ich freute mich, dass ich am Abend mit meiner Tochter sprechen würde. Eine leichte Unruhe verspürte ich nur beim Gedanken, was wohl ihre Mutter dazu sagen würde.

Wieder zu Hause, bereitete ich mir ein leichtes Mittagessen zu, Blattsalat, Tomaten und gekochte Eier, dazu eine kleine sardische Melone, grün und zuckersüß, Mineralwasser und ein Glas kühlen Vermentino. Zum krönenden Abschluss kochte ich mir einen Espresso.

Als der Kaffee fertig war, setzte ich mich mit dem Foto von Valentino Sanna auf die Veranda. Die Blätter des Johannisbrotbaums und des Hibiskus rauschten in der Brise, die vom Meer herüberwehte. Die prallen apricotfarbenen Blüten baumelten im Wind wie leuchtend bunte Glocken und es war totenstill.

Während ich mir die Pfeife anzündete, überlief mich ein kalter Schauer. Daher zog ich mir ein altes schwarzes Poloshirt über und machte es mir dann bequem. Die Beine auf einen der Korbsessel gelegt, sog ich mit halb geschlossenen Augen den Rauch ein und trank meinen schwarzen Kaffee. So ließ ich mich langsam in einen Zustand behaglicher Trägheit gleiten.

Allmählich war ich mir sicher, dass Gina einem kolossalen Irrtum aufgesessen war. Ich betrachtete das Farbfoto. Valentino lächelte mir mit einem derart stupiden Gesichtsausdruck zu, dass ich unweigerlich an die Worte seiner Freundin denken musste. *Wo soll der denn den Mumm herhaben, den Anteil seines Vaters einzutreiben?*

Meine außerplanmäßige Dienstreise nahm immer mehr die Gestalt eines entspannten Badeurlaubs an, finanziert mit Mitteln aus einem lange zurückliegenden Raubüberfall. Kurz wanderten meine Gedanken zu der Französin, der ich am Morgen begegnet war. Eine gestrandete Sirene. Eine verführerische Kreatur, die sich auf den Tag ihres letzten Gesangs zubewegte. Auf einmal hörte ich das vertraute Geräusch von Virgilios Geländewagen. Er benutzte den alten weißen Mitsubishi-Pick-up hauptsächlich für den Transport von Werkzeug, Brennholz und den bei seinen Jagdausflügen erlegten Wildschweinen.

Er hielt direkt vor dem Haus. Zwischen den Lippen klemmte der Stummel einer kalten Toscano. Er begrüßte mich mit einem kumpelhaften Lächeln. Offensichtlich war er gut gelaunt.

»Kriege ich bei dir einen Kaffee?«

»Natürlich«, erwiderte ich, stand auf und ging ins Haus.

Virgilio trug ein ausgewaschenes blaues T-Shirt unter einem grünen Overall. Sein Gesicht war schmutzverschmiert, er sah aus wie ein Bauer, der gerade Kupferlösung auf seine Weinstöcke gesprüht hat. Ich stellte den Kaffee und den Zucker auf den Tisch, während

Virgilio seinen Toscano-Stummel knetete. Als er ihn anzündete, stieg eine hellblaue Rauchschwade auf und hüllte ihn in eine stumme Sprechblase aus unergründlichen Gedanken. Er zog den Stuhl, auf dem meine Füße gelegen hatten, zu sich und setzte sich mir gegenüber. Er rauchte. Schlürfte seinen Kaffee. Und schwieg.

»Was willst du?«, fragte ich nach einigen Minuten.

»Nichts.«

»Das glaubst du ja selbst nicht. Du willst wissen, wen ich heute Vormittag getroffen habe.«

»Wieso, hast du jemanden getroffen?«

Ich nannte ihm die Personen, die mir im Dorf begegnet waren, doch er schien nicht sehr interessiert.

»Und du? Hast du dich ein bisschen umgehört?«, hakte ich nach.

Er zuckte mit den Schultern. »Ich habe mit ein paar Hirten geredet.«

Seine Augen schienen der Flugbahn einer Fliege zu folgen. Er machte mich wahnsinnig.

»Also gut. Ja, ich habe sie kennengelernt. Heute Morgen am Strand.«

Auf seinem schmutzigen Gesicht machte sich ein Lächeln breit. Die großen weißen Zähne glänzten in der Sonne, hinter ihm explodierten die apricotfarbenen Farbtupfer des Hibiskus in einem der Verandabögen, der in gleißendes Sonnenlicht getaucht war.

»Du hast sie kennengelernt?«, sagte er nur.

»Ja. Eine toughe Frau ist das.«

»Und vielleicht sogar eine Nutte …«

»Virgilio, du wirst doch nicht etwa zum Moralapostel werden?«

Er hob abwehrend die Arme. »Was hast du erfahren? Im Dorf wird erzählt, dass sie einen Liebhaber hat. Vincenzo Puddu, den jungen *attendente* von Ganci.«

»Sie wird wohl die Zeit wieder reinholen wollen, die sie an einen Mann verschenkt hat, der viel zu alt für sie ist. Diese Frau fühlt sich eingeengt, von diesem Dorf und wahrscheinlich auch von ihrer Ehe. Weiß Ganci davon?«

»Ganci weiß angeblich immer alles. Vor ein paar Jahren hat ihm ein Tagelöhner ein Lamm gestohlen. Er hat behauptet, dass es gestorben sei. Dabei hat er es für ein paar Verwandte vom Festland gebraten, die ihn besucht haben. Eine Woche später stand er auf der Straße, mitsamt seiner Familie.«

»Wenn er alt und krank ist, könnte es durchaus sein, dass er bei der Tagelöhnerei seiner Frau ein Auge zudrückt.«

»Ich kenne ihn zwar nicht gut, aber dazu ist er wohl kaum der Typ. Aber das ist noch nicht alles.« Er stellte die Espressotasse auf den Tisch und drückte seinen Zigarillo darin aus. So als ob er damit jede Verantwortung niederlegen wolle. »Ganci hat mich angerufen. Vor einer Stunde. Er hat mich zu sich bestellt.«

»Kommt das öfter vor?«

»Bis jetzt noch nie.«

»Was will er von dir?«

»Weiß ich nicht. Vielleicht über dich sprechen.«

»Wann fährst du zu ihm?«

»Jetzt gleich. Deshalb wollte ich dich vorher fragen, was die Französin dir erzählt hat.«

»Sie war ziemlich redselig. Ihr Mann habe sie von der

Straße weggeholt und sie sei ihm dafür dankbar, aber das mache ihr Leben nicht leichter. Jedoch fühle sie sich immer noch frei genug, einfach alles hinzuwerfen. Und dann meinte sie noch, dass Töten zum Leben dazugehöre. Man müsse bloß beschließen, es zu tun.«

Virgilio pfiff durch die Zähne, ohne weiteren Kommentar. Unvermittelt stand er auf. »Bin gleich zurück.«

Sein Pick-up wirbelte eine riesige Staubwolke auf, als er mit quietschenden Reifen davonfuhr. Ich rauchte meine Pfeife zu Ende und ging ins Haus, um den Abwasch zu machen, was schnell erledigt war.

Es war noch immer ein wunderschöner Tag, daher nahm ich mein Handtuch und ging wieder zum Strand hinunter, unter dem Arm ›Der große Gatsby‹ von F. Scott Fitzgerald. Es war wohl das dritte Mal, dass ich es las. So machte ich das fast immer. Ich las im Wechsel jeweils ein neues Buch und eines, das ich schon kannte. Im Gefängnis hatte ich viel Zeit zum Lesen gehabt, was mir dabei geholfen hatte, nicht zu viel nachzudenken. In jenen fünf Jahren hatte ich mehr Bücher verschlungen als in den folgenden zwanzig. Trotzdem wollte ich immer wissen, was für einen Geschmack bestimmte Bücher hatten, wenn man sie als freier Mann genoss. So, als ob das erneute Lesen die einzige Möglichkeit wäre, mir etwas zurückzuholen, was mir gestohlen worden war. Bücher sind wie Menschen: Sie ändern sich, je nach der Situation, in der man ihnen begegnet. Aber wer kann schon sagen, ob tatsächlich sie es sind, die sich wandeln, oder ob man nicht vielleicht selbst inzwischen ein anderer geworden ist …

In Gedanken versunken zog ich mein T-Shirt aus,

legte mich auf das Handtuch und schlug das Buch auf. Ein paar vereinzelte Badegäste hatten sich an dem weitläufigen Strand unter ihren Sonnenschirmen eingerichtet. Die Wellen rauschten an den Strand, und dieser Rhythmus gab mir ein Gefühl des Friedens. Er war fast wie ein Wiegenlied. Ich glitt in einen leichten Schlaf, eins dieser Nickerchen, die einen mit der Welt aussöhnen, die alte Wunden heilen und angestaute Wut verrauchen lassen.

Als ich aufwachte, stand die Sonne immer noch hoch über den Bergen hinter Sarrala. Der Strand war jetzt etwas belebter. Es waren offensichtlich alles Sarden, die zu einer ersten Begegnung mit dem sommerlichen Meer aus dem Dorf heruntergekommen waren.

Ich fragte mich gerade, welchen Wochentag wir eigentlich hatten, als ich einen Hund bemerkte, der um mich herumscharwenzelte. Eine Promenadenmischung, klapperdürr, mit raspelkurzen Haaren und Schlappohren, vermutlich einer der Hütehunde, die die Herden bewachten. Sein bunt geflecktes Fell war rötlich braun und auf dem Rücken fast schwarz, zum Bauch hin wurde es allmählich heller, und an den Pfoten und um die Schnauze herum war es fast weiß. Der Hund lief leichtfüßig über den Strand, drehte mehrere große Runden, immer mit der Schnauze dicht über dem Boden, und von Zeit zu Zeit kam er bei mir vorbei und schnüffelte an mir herum – ohne jegliche Scheu.

Nicht weit entfernt von mir hockte ein etwa zehnjähriger Junge in schwarzem T-Shirt und kurzen Hosen in einer undefinierbaren Farbe. Er wirkte ganz versunken in sein Spiel im Sand, und die Wellen umspülten seine nackten Füße. Er hatte dunkle Haut und pechschwarzes Haar, das in der Sonne glänzte. Auch er war mager. Wie der Hund. Ich schaute auf die Uhr: halb fünf. Ich hatte fast zwei Stunden geschlafen. ›Der große Gatsby‹ schmachtete in der Sonne und war nach einem fulminanten Einstieg durch mein Schläfchen in den Anfängen stecken geblieben.

In jungen Jahren gab mir mein Vater einmal einen Rat, der mir seitdem wieder und wieder durch den Kopf gegangen ist. »Bedenke«, sagte er, »wenn du an jemand etwas auszusetzen hast, dass die meisten Menschen es im Leben nicht so leicht gehabt haben wie du.«

Ein Satz, den mein Vater nicht im Traum ausgesprochen hätte. Einerseits, weil er sich nie zu denen gehörig gefühlt hatte, die vom Schicksal besonders begünstigt worden waren, und wohl davon ausging, dass es seinem Sohn nicht anders ergehen würde. Andererseits, weil sein Klassenbewusstsein ihn zu der Überzeugung gebracht hatte, dass unser proletarisches Dasein keineswegs so etwas wie die Krätze war, die jeder für sich allein wegjucken musste, sondern vielmehr eine Chance, die uns die Geschichte eingeräumt hatte. Dagegen hätte ich durchaus etwas einzuwenden gehabt, wenn das Leben mir die Zeit dazu gelassen hätte.

Aber dem war leider nicht so, denn er war gestorben, bevor er von dem kleinen Vorteil, den sein Sohn sich im Gefängnis erarbeitet hatte, hätte erfahren können. Der Arbeiter mit Hauptschulabschluss hatte plötzlich einen Sohn mit Universitätsdiplom. Er wäre stolz auf mich gewesen, so viel ist sicher. Und glücklich. Aber das Schicksal kann manchmal wirklich gemein sein und hinterlässt uns nicht mehr als ein paar vergilbte Fotos und die Kosten für die Beerdigung. Mir hatte es obendrein noch eine Wohnung in der Via del Colle beschert, die Frucht der spärlichen Rücklagen zweier arbeitsreicher Leben, in die meine Mutter, mein Vater und Opa Baciccia gezogen waren, nachdem die winzige Wohnung, in der ich zur Welt gekommen war, den Zeitläuften zum Opfer gefallen war. Ich war in der Via dei Servi geboren, einer Straße, die es längst nicht mehr gab, in einem alten Wohnkomplex, an den ich mich nicht mehr erinnerte. Als ich aus dem Gefängnis entlassen wurde, stand die Wohnung leer, und ich zog mit Clara ein. Auf demselben Fußboden hatten also erst ich und dann meine Tochter das Laufen gelernt.

Der Hund strich immer noch um mich herum, als ich auf einmal hörte, wie jemand mich von Weitem rief. Ich drehte mich um.

Aus der Düne, von der Virgilio herabstieg, blitzten die violetten Blüten der stachligen Stranddistel hervor. Er kam nur mühsam vom Fleck, trug noch immer den Overall und den obligatorischen kalten Zigarillo im Mundwinkel. Bei mir angekommen, hockte er sich neben mich und strich sich mit seinen kurzen Fingern über den ungepflegten weißen Bart.

»An der Sache ist was faul«, begann er.

»Was wollte Ganci von dir?«

»Er hat mich gebeten, bei ihm *scimenellongiu* zu machen. Genau deswegen glaube ich auch, dass da was im Busch ist.«

»Was ist *scimenellongiu*?«

»Ich soll seine Cannonau-Weinstöcke beschneiden, an der Schotterstraße zwischen Barisoni und Porto Santoru. Er sagt, dass seine Bauern dazu nicht taugen. Die Rebsorte bringt ausgezeichnete Trauben hervor und muss mit dem gebührenden Respekt behandelt werden. Dann hat er eine Flasche aufgemacht und mir einen Rotwein zu kosten gegeben, vollmundig wie ein Barolo. Ein acht Jahre alter Wein, den der Vorbesitzer des Landguts gemacht hat. Ein Elysier.«

»Ihr habt euch also verbrüdert.«

»Ich glaube nicht, dass seine Männer schlechte Weinbauern sind, hab ich ihm gesagt. Und dass mir sein Ansinnen nach so vielen Jahren etwas merkwürdig vorkommt. Daraufhin hat er seine Frau gerufen und in ihrem Beisein vom Stapel gelassen, dass wertvolle Dinge mit Sorgfalt behandelt werden müssen. Dann hat er noch mal betont, dass er seinen Männern nicht traut.«

»Und sie?«

»Sie hat mich nur mitleidig angesehen.«

»Zahlt er denn gut?«

»Er hat mir vorgeschlagen, dass wir uns die Ernte teilen.«

»Das scheint eine Marotte von ihm zu sein: Er macht bei allem halbe-halbe. Ist er denn wirklich so krank, wie alle behaupten?«

»So wie heute habe ich ihn noch nie gesehen. Als ob er schlagartig um zwanzig Jahre gealtert wäre.«

Virgilio kniff die Augen zusammen und schaute zum Horizont, dorthin, wo man sich eine Antwort auf die schwierigsten Fragen erhoffte, die man jedoch nie bekam.

Auf einmal riss uns ein lauter Pfiff aus unsrer Versunkenheit. Der Junge hatte sich erhoben und ging mit seinem Hund in Richtung Flussmündung davon. Ich sah ihnen nach, und als würden sie es spüren, drehten sich die beiden noch einmal um und warfen mir einen langen Blick zu. Der des Hundes war traurig und neugierig, der des Jungen misstrauisch und fast feindselig.

Nach ein paar Minuten erhob sich auch Virgilio, und ich sammelte meine Sachen zusammen. Wir wollten gerade gehen, als mich die Neugier packte: Ich wollte sehen, was der Junge gebaut hatte.

Wie vom Schlag getroffen drehten wir uns zwei Minuten später nach dem Jungen und seinem Hund um, aber von den beiden war nichts mehr zu sehen. Der Junge hatte aus Sand drei Berggipfel gebaut und in den mittleren einen Holzstock gebohrt. Am Fuße der Sandhügel hatte er mit dem Finger ein paar Buchstaben in den Sand geschrieben:

ER IST HIER.

Schüsse in der Nacht

»Ja?«

»Ciao, Clara. Hier ist Bacci.«

Es war Punkt acht. Die Luft war klar und angefüllt von sämtlichen Aromen des Landes. Die Abendbrise wehte den Schwefelduft der Cannonau-Weinberge zu mir herüber. Ich saß auf den Stufen der Veranda, hielt das Handy ans Ohr gepresst und betrachtete die Baumreihen, die sich mit ihren Wurzeln in der ausgedörrten, salzigen Erde verbissen hatten.

»Was willst du?«

»Ich möchte Aglaja sprechen. Wir hatten uns für acht verabredet.«

»Aglaja ist nicht da.«

»Ist sie noch nicht zurück? Dann rufe ich später noch mal an.«

»Du könntest mich wenigstens begrüßen. Mich fragen, wie es mir geht.«

»Du hast recht. Aber ich bin gerade ein bisschen angespannt ... Wie geht es dir? Hast du den Rausch gut überstanden?«

»Es sind zwei Monate seitdem vergangen. Ist das deiner Meinung nach lange genug?«

»Genug wofür?«

»Das ist ausnahmsweise mal eine gute Frage.«

»Um den Rausch loszuwerden?«

»Nein, Bacci. Um jede Hoffnung aufzugeben, jeden Antrieb zu verlieren, jeden Kredit zu verspielen. Auch wenn ich sturzbetrunken war, erinnere ich mich noch genau an den Vorsatz, den du an jenem Abend gefasst hast. ›In den nächsten Tagen rufe ich Aglaja an‹, hast du gesagt.«

»Daran kann selbst ich mich noch erinnern.«

Ihre Stimme nahm einen verächtlichen Klang an. Sie war wieder die gewohnte Clara.

»Zwei Monate sind für dich also *in den nächsten Ta-*

gen? Weißt du, was du bist? Ein elender Lügner. Und der unzuverlässigste Mensch, der mir je begegnet ist! Und du denkst, ich lasse dich an meine Tochter ran?«

»He, Moment mal. In den letzten zwei Monaten habe ich geschuftet wie ein Tier. Und ich hatte keine Lust, meine Tochter nach zehn Jahren mit ein paar Stündchen hier und da abzuspeisen. Heute Morgen habe ich mit Aglaja gesprochen, und sie schien sich zu freuen. Ich glaube, sie würde in den Ferien gern zu mir kommen.«

»Ich habe auch mit Aglaja gesprochen, und sie hat mir alles erzählt. Du wirst ja wohl nicht ernsthaft wollen, dass sie in eine von deinen verdammten Ermittlungen hineingerät! Reicht es dir denn nicht, dass du deine eigene Haut riskierst?«

»Was redest du denn da? Es besteht nicht die geringste Gefahr. Ich mache hier Urlaub, ich bin zu Gast bei Virgilio Loi. Ich muss bloß einen Typen suchen, der sich wahrscheinlich nie aus Genua wegbewegt hat«, sagte ich und spürte sogleich den bitteren Nachgeschmack, den Lügen im Mund hinterlassen.

»Ich glaub dir kein Wort. Ich wette, du hast deine Beretta mitgenommen. Sag die Wahrheit: Hast du die Waffe dabei? Wo hast du sie? Ins Handtuch eingewickelt oder in der Badehose versteckt?«

»Was soll das denn jetzt? Wenn ich arbeite, habe ich die Waffe immer bei mir, aber das heißt noch lange nicht, dass ich sie auch benutze. Außerdem ist sie gar nicht geladen.«

»Wen hast du noch mit? Eine von deinen Nutten? Nein, Bacci, tut mir leid, da ist nichts zu machen. Wenn das die Art und Weise ist, wie du deine Tochter wiedersehen willst, mal eben zwischendurch, wann und wie es dir gerade passt – vergiss es!«

»Ach so, na klar, ich darf sie natürlich nur sehen, wenn es dir passt.«

»Du irrst dich. Versuch dir lieber mal vorzustellen, was sie vielleicht von dir erwartet!«

»Heute hat sie erwartet, dass ich sie anrufe. Das habe ich gemacht. Und ich werde es später noch mal probieren.«

»Du verschwendest nur deine Zeit und dein Geld, sie ist gerade weggegangen.«

»Was soll das heißen? Wir waren verabredet …«

»Ihr habt euch verabredet, aber ihr habt die Rechnung ohne den Wirt gemacht.«

Das war ihr jetzt so herausgerutscht. Im Grunde gab sie damit zu, dass Aglaja mich sehen wollte. Wahrscheinlich hatten die beiden gestritten und meine Tochter war türenknallend davongelaufen. Wenn ich doch bloß ihre Handynummer hätte.

Clara schien ihren Fauxpas bemerkt zu haben. Ich hörte sie röcheln wie ein verwundetes Tier. Dann sprudelte ein ganzer Schwall von Beleidigungen aus ihr heraus, ungebremst und zugleich vom eigenen Schmerz erstickt.

»Jetzt hör mir mal gut zu, du Bastard! Das haben wir jetzt also davon, dass wir einem wie dir die Tür wieder aufgemacht haben. Aglaja hat erwartet, dass du sie anrufst, und du hast es nicht getan. Die letzten zwei Monate hat sie nicht mehr gelernt, ist in der Schule immer schlechter geworden und geht jetzt ständig in so ein heruntergekommenes Jugendzentrum, in dem sich lauter seltsame Gestalten herumtreiben, die Joints rauchen, sich volllaufen lassen und den ganzen Tag abhängen. Dabei ist sie davor immer ein ernsthaftes, fleißiges Mädchen gewesen, sie hat viel gelesen, Musik gehört und hatte einen netten Freund, der sie sehr gerne hatte. Dem hat sie vor ein paar Wochen den Laufpass gegeben und ihm vorgeworfen, dass er ›genauso langweilig ist wie Giovanni‹. Sie kommt andauernd zu spät nach Hause, oft sogar betrunken oder bekifft. Und sie hat einen Ton am Leib, zu dem einem nichts mehr einfällt. Weißt du, was sie vorhin zu mir gesagt hat, bevor sie türenknallend weggerannt ist? ›Giovanni ist nicht mein Vater! Du hattest nicht das Recht, ihn mir aufzuzwingen, nur um Bacci zu ärgern.‹ Jetzt will sie nach Sardinien fahren, weil es, wie sie sagt, ›ihr verdammtes Recht ist, den Mann kennenzulernen, der ihr den Nachnamen vererbt hat‹. Also pass gut auf, du Mistkerl. Pass auf, was du sagst. Pass auf, was du mit meiner Tochter tust. Denn wenn du sie verdirbst, dann bringe ich dich um!«

»Es tut mir leid«, murmelte ich. »Dass das Ganze so aus dem Ruder läuft, wollte ich natürlich nicht. Ich hätte aber auch nicht gedacht, dass du ihr von unserem Abend im Café erzählst.«

»Das *musste* ich; sie wusste, dass ich mich mit dir getroffen hatte, und löcherte mich mit Fragen.«

»Am Telefon hat sie auf mich alles andere als aufsässig gewirkt. Sie hat immer wieder betont, dass sie erst mit dir sprechen müsse. Ich habe das Gefühl, du bauschst die Sache ganz schön auf.«

»Aglaja ist voller Hass. Nutz das ja nicht aus, sonst …«

»Ich weiß. Sonst bringst du mich um.«

»Genau. Deine Verbrecher haben es ja nicht hinbekommen, aber ich werde es schaffen. Aglaja ist alles, was ich habe. Wehe, wenn du sie gegen mich aufhetzt und mir wegnimmst.«

»Hass ist ein großes Wort. Wahrscheinlich ist das einfach nur eine Antihaltung wie bei allen Kindern in ihrem Alter.«

»Du machst es dir mal wieder schön einfach. Dich möchte ich mal an meiner Stelle sehen!«

Ich hätte Clara nur zu gern daran erinnert, dass sie in den letzten zehn Jahren wirklich alles dafür getan hatte, um sich bei unserer Tochter den besten Platz zu sichern. Und um mir den undankbarsten von allen Plätzen zu überlassen. Den des krätzebehafteten Aussätzigen, der sich seiner Tochter nicht einmal nähern durfte. Aber ihr das vorzuhalten, hätte es mir auch nicht leichter gemacht, Aglaja wiederzusehen. Also verabschiedeten wir uns wieder einmal so und vereinbarten, bald zu telefonieren. Ohne Genaues auszumachen.

»Clara ist echt ein harter Brocken«, lautete der lakonische Kommentar von Virgilio Loi.

Er deckte hinter mir den Tisch. Die Lampe draußen auf der Veranda war angeschaltet, und sein Gesicht mit dem leicht ironischen Ausdruck leuchtete gelblich. Es war Freitagabend, und wie jeder ordentliche Bauer hatte Virgilio geduscht, sich rasiert, ein weißes Hemd und saubere Jeans angezogen. Aus seiner Wohnung drang der Duft nach gekochtem Fleisch, und auf der geblümten Wachstuchtischdecke standen für uns beide ein Teller mit einem mit Öl, Salz, Knoblauch und Tomaten belegten *pane pistoccu* und ein Brett mit einer noch unangeschnittenen Salami und einem Laib Pecorino. Er ging ins Haus und kam mit Weingläsern und einer Flasche Rotwein zurück. Aus der Hosentasche holte er seine *pattada*, das sardische Klappmesser mit Horngriff, und begann, den Käse und die Salami aufzuschneiden. Danach schenkte er den Wein ein und schob mir ein Glas herüber.

»Probier mal diesen Cannonau. Während der fünf Jahre in der Flasche wird er so um die fünfzehn Prozent angesetzt haben. Von dem könnten wir noch eine Menge lernen. Wie man in Würde altert zum Beispiel. Und wie man es schafft, dass man nicht von den Misslichkeiten des Lebens sauer wird.«

Ich hatte mich noch immer nicht beruhigt. »Aber Clara ist echt das Letzte! Der reicht es nicht, dass sie mir bis jetzt das Leben vermiest hat.«

»Frauen sind wie Wildschweine. Wenn du sie verletzt, werden sie erst richtig gefährlich.«

Virgilio kannte meine Exfrau gut. Nach unserer Heirat waren Clara und ich mehrmals zusammen nach Tertenia gekommen – glücklich und verliebt. Irgendwann fingen wir jedoch an, uns ständig zu streiten, und sie wollte nichts mehr von einem Urlaub auf Sardinien wissen. Meine Tochter hatte diesen Ort nie zu Gesicht bekommen, sondern nur gehört, dass ich jetzt immer »mit meinen Nutten« hierherkam, wie ihre Mutter es auszudrücken pflegte.

Ich ging ins Haus und brachte zwei Kerzen mit nach

draußen, die wir an den Enden des Tisches aufstellten. Dann setzten wir uns und fingen an zu essen. Virgilio kostete den Wein mit Kennermiene. Der Cannonau enthielt die ganze Kraft der Sonne, die brutale Hitze des sardischen Sommers. Es konnten mehrere Monate vergehen, ohne dass es hier regnete, mehrere Monate, in denen Gluthitze und Wind die ausgedörrte Erde und ihren unbändigen Durst verhöhnten.

Ich bemerkte, dass mein Freund vom Thema abzulenken versuchte. Vielleicht wollte er mich nicht mit meiner Verantwortung in dieser ganzen Geschichte konfrontieren. Schließlich hatte er dreißig Jahre lang den undankbaren Job gemacht, Schuldige zu bewachen. Vielleicht hatte er jetzt einfach die Nase voll davon.

Als Virgilio das geschmorte, mit Myrte und Wacholder gewürzte Ziegenfleisch servierte, war ich bereits fast satt, weil ich bei Brot, Käse und Salami kräftig zugelangt hatte. Die Wut, die das Gespräch mit meiner Exfrau in mir wachgerufen hatte, machte langsam einem milden, alkoholbedingten Fatalismus Platz. Die Flasche Wein war ausgetrunken, und ich fühlte eine leichte Benommenheit in mir aufsteigen. Virgilio schien dagegen einen völlig klaren Kopf zu haben, so, als hätte er nur Wasser getrunken. Die Leichtigkeit, mit der er Unmengen von Alkohol konsumierte, ohne dass man es ihm anmerkte, überraschte mich immer wieder. Um ihn betrunken zu machen, reichte Wein nicht aus, da musste man schon auf einen Grappa wie den *abbardente* zurückgreifen. Oder auf einen Lagavulin.

Nun kam er mit einer zweiten Flasche Wein heraus.

Er füllte unsere Gläser erneut bis zum Rand. Während wir uns die dunklen, nach Myrte schmeckenden Fleischstückchen auf die Teller luden, kam das Gespräch auf den Jungen, der uns die rätselhafte Nachricht im Sand hinterlassen hatte. Virgilio kannte ihn nicht, er hatte weder ihn noch den Hund je im Dorf gesehen. Den Kleidern nach musste er ein Hirte sein, aber jung, wie er war, ging er sicher noch zur Schule. Es dürfte also nicht schwierig sein, ihn ausfindig zu machen. Virgilio versprach mir, mit den Lehrerinnen der Grundschule von Tertenia zu reden. Ich fragte ihn, was ihm zu dem aus Sand gebauten Gebirge einfalle.

»Von der Form her, würde ich sagen, ist es der Monte Ferru«, antwortete er. »Wenn sich einer verstecken will, ist das die ideale Gegend. Da gibt's viele Grotten und Wälder, wo höchstens mal ein Hirte mit seinen Ziegen oder Jäger wie ich hinkommen. Es ist nicht einfach, jemanden zu finden, der sich dort oben versteckt hält, denn die Pfade hinauf laufen über offen liegende Flächen und sind von oben gut einsehbar.« Er schob sich ein Stück Ziegenfleisch in den Mund, ehe er fortfuhr. »Das heißt also, Sannas Sohn ist tatsächlich hier.«

»Offensichtlich.«

»Aber so ganz überzeugt bist du noch nicht.«

»Drei von einem Rotzlöffel in den Sand geschriebene Wörter beweisen gar nichts. Außerdem ergibt es keinen Sinn. Warum sollte Valentino mich wissen lassen, dass er hier ist?«

»Es könnte sein, dass nicht er den Jungen geschickt hat, sondern jemand, der Interesse daran hat, dass bekannt wird, dass Sannas Sohn sich hier aufhält.«

»Auch, wenn es gar nicht stimmt?«

Mein Freund schwieg. Es schien, als hätte mein Einwand in ihm Überlegungen angestoßen, die ihn nun seinerseits dazu brachten, seine Zweifel und Hypothesen gegeneinander abzuwägen. Und tatsächlich löste sich seine Zunge, nachdem er ein weiteres Glas Cannonau geleert hatte.

»Ganci!«, platzte er heraus.

Überrascht sah ich ihn an; ich hatte keine Ahnung, was er mir damit sagen wollte. Außerdem hatte der Wein mir eine wunderbare Gelassenheit verliehen, die fast schon an stumpfsinnige Gleichgültigkeit grenzte.

»Hör zu«, sagte Virgilio, nun hellwach, als hätte er nicht flaschenweise Wein, sondern Amphetamine zu sich genommen. »Du reist nach Tertenia und erzählst allen, dass du Valentino Sanna suchst. Das kommt jemandem zu Ohren, der ganz genau weiß, warum Valentino hier sein könnte. Jemand, der sich nach deinem Treffen mit der Französin in die Sache reingezogen fühlt. Der vielleicht denkt, dass Gabriele Sanna dich anstelle seines Sohnes geschickt hat. Also überlegt er nicht lange und wird aktiv. Er ruft mich an und schickt den Jungen los.«

Ich stieß einen langen Pfiff aus, der meine ganze Skepsis gegenüber diesem mentalen Kraftakt ausdrückte.

»Du bist ja ein ganz Schneller, mein Lieber! Wieso sollte Ganci mir etwas weiszumachen versuchen, woran er nicht einmal selbst glaubt?«

»Um dich auf die Probe zu stellen und herauszufinden, ob du bluffst.«

»Kann sein. Aber diesen Jungen könnte auch jemand anders geschickt haben.«

»Und wer?

»Was weiß ich. Ich bin doch kein Hellseher.«

Er goss wieder Wein nach. Auch die zweite Flasche stand kurz davor, ihr edles Dasein in Würde zu beenden. Zu Ende ging auch der schöne warme Junitag, den ich als Teil meiner kurzen Auszeit verbuchen wollte – einer Auszeit, die mir ein sentimentaler Geldräuber beschert hatte, der sich einfach nicht von der Vorstellung lösen konnte, dass sein Sohn so war wie er. Eine Vorstellung, der allein die rührenden Bemühungen von Anwältin Aliprandi, die die Fantasien ihrer naiven Mandanten stets unterstützte, eine gewisse Glaubwürdigkeit verliehen. Doch auf die beschauliche Ruhe von Sarrala war ein finsterer Schatten gefallen. Auch der Wind hatte sich gelegt, sodass nur noch das leise Rauschen des Meeres in der Ferne zu hören war, und weiter unten, am Fuße des Weinberges, eine Grille, die mit ihrem zittrigen Gesang die Nacht anrief wie eine Erlöserin.

Dabei wünschte ich mir nichts sehnlicher, als dass Sarrala das Dorf meiner Ferien blieb, der unbefleckte Ort meiner Erinnerungen, an dem die Zuneigung und Freundschaft von Virgilio und seiner Frau die Wunden heilten, die das Schicksal in meine Existenz geschlagen hatte. Und bald würde auch Aglaja diesen Platz entdecken, der bisher wie durch ein Wunder von den organisierten Horden des Massentourismus verschont geblieben war. Hier wollte ich meine Tochter wiederfinden. Nur leider passte all das nicht mit Valentino

Sanna zusammen, ebenso wenig mit Ganci und einer Abrechnung, die nach Tod und Hölle stank.

»Abgesehen davon«, sagte ich, mehr um mich selbst zu beruhigen, als um Virgilio zu überzeugen, »sind wir bei der ganzen Geschichte ja nicht einmal sicher, ob Ganci der Richtige ist. Vielleicht ist er einfach nur ein alter Mann, der von Krebs und Eifersucht zerfressen wird.«

»Krebs? Wer hat denn was von Krebs gesagt?«

»Hast du nicht behauptet, dass er schlagartig gealtert ist? Jedenfalls ist Eifersucht so etwas wie der Krebs der Seele.«

Er lächelte nachsichtig und gab mir so zu verstehen, dass er nach wie vor willens war, jede Dummheit, die mir durch den Kopf ging, mit Wohlwollen aufzunehmen.

»Du scheinst ziemlich besoffen zu sein.«

»Ich bin leicht angetrunken. Aber nicht genug.«

Ich stand auf und ging in seine Wohnung, wo ich die Flasche Lagavulin aus der alten Anrichte in der Küche holte, und kehrte damit zum Tisch zurück. Als ich mir ein halbes Glas einschenkte, schob er mir sofort seines herüber. In einem Zug schüttete ich den Whisky hinunter, der in meinem Mund einen Geschmack nach Asche hinterließ.

»Ich habe diese Geschichte jetzt schon satt«, sagte ich. »Bevor ich überhaupt angefangen habe.«

»Aber du hast eben selbst gemerkt, dass hier etwas nicht stimmt.«

»Bald kommt meine Tochter hierher. Das ist alles, was zählt.«

Virgilio nahm nur winzige Schlucke von seinem Whisky und kostete jeden davon genüsslich aus. Wutentbrannt schenkte ich mir noch einmal nach und kippte den Lagavulin wieder in einem Zug hinunter.

»Dieses Arschloch wird doch nicht im Ernst glauben, dass es mich mit seinen Spielchen einschüchtern kann. Der Kerl denkt doch nicht etwa, dass ich mir von einem Schlappschwanz wie ihm die Tour vermasseln lasse?!«

Virgilio schaute mich schweigend an, um die Lippen einen amüsierten Zug. Er stand auf, ging ins Haus und kam mit einer halben angezündeten Toscano zwischen den Zähnen wieder heraus. Auf einmal ergriff auch mich eine unbezähmbare Lust zu rauchen, weshalb ich in mein Zimmer torkelte. Während ich zwischen Shirts und Socken nach einer sauberen Pfeife suchte, streifte meine Hand etwas Kühles, Hartes. Meine Beretta 8000 Cougar. Die gute alte neun Millimeter, die mir schon so oft das Leben gerettet hatte. Worauf es mir jedes Mal speiübel wurde. »Psychosomatische Schockreaktion«, nannte Dottor Mara Sabelli das, meine ehemalige Freundin und Psychologin. Die Frau, die sich, statt meine von Gott und der Welt misshandelte Seele zu heilen, einen Spaß daraus machte, sie auf den Seziertisch zu legen und nach allen Regeln ihrer bescheuerten Wissenschaft auseinanderzunehmen.

»Er wohnt nicht weit von hier, stimmt's?«, brüllte ich Virgilio von meinem Zimmer aus zu.

»Von wem sprichst du?«, schrie er zurück.

Ich öffnete das Magazin. Es war leer. Als ich die Pistole in die Hand nahm, spürte ich, wie der kühle Griff sich in meine Hand schmiegte.

»Von diesem Riesenarschloch. Dem Gatten der Französin.«

»Die Villa ist ganz in der Nähe.«

Als ich die Pistole sinken ließ, bekam ich die Schachtel mit der Munition in die Finger. Ich schob drei Projektile ins Magazin. Dann nahm ich eine Savinelli-Pfeife aus Radica-Holz und ging wieder hinunter auf die Veranda.

Als Virgilio mich mit der Pistole in der Hand sah, guckte er mich völlig entgeistert an. Aber er sagte nichts. Ich legte die Beretta auf den Tisch, nahm Tabak und Pfeifenreiniger und begann, meine Pfeife zu stopfen.

»Hier gegenüber, auf der anderen Straßenseite?«

»Oben, auf dem Nuraghen-Hügel.«

Ich goss noch mal Whisky nach und nahm einen großen Schluck. »Seit zehn Jahren warte ich darauf, meine Tochter wiederzusehen. Da lasse ich mir jetzt wohl kaum von irgend so einem alten Sack dazwischenfunken. Das erlaube ich dem einfach nicht.«

»Was hast du vor?«

»Ich werde es ihm nicht erlauben«, wiederholte ich.

Ich spürte, wie meine Zunge mir immer dicker und klebriger am Gaumen hing, nahm die Beretta, ging die Stufen der Veranda hinunter und stolperte in Richtung Strand. Sofort war ich umgeben von tiefster Dunkelheit, eingetaucht in einen mondlosen, mit Sternen übersäten Himmel. Auf dem Nuraghen-Hügel waren zwei erleuchtete Fenster zu sehen. Sie wirkten wie zwei unbewegliche Glühwürmchen, die in der Dunkelheit schwebten. Das musste Gancis Villa sein.

»Hörst du mich, du Hurensohn?«, schrie ich in die Nacht hinaus. »Ich werde es nicht zulassen, dass du den Besuch meiner Tochter versaust.«

Aber das Haus war zu weit weg. Von dort oben konnte er mich nicht hören.

»Pass bloß auf, was du tust. Hier, sieh nur, was dich sonst erwartet.« Ich entsicherte die Pistole und gab einen Schuss ab. »Hast du das gehört, du alter Bastard?«

Ein, zwei, drei Blitze, die die Finsternis des Hofes erhellten. Die Ruhe in Sarrala wurde von drei erschreckenden Schüssen zerrissen, und die aromatische Luft war auf einmal erfüllt von stechendem Korditgeruch. Als es um mich herum wieder still wurde, bemerkte ich, dass die Grille unten am Weinberg nicht mehr zirpte.

Besuche

Wir hatten noch bis halb drei morgens weitergemacht, bis die zweite Flasche Lagavulin so leer war wie unsere Köpfe. Wir hatten einander unsere Seelen entblößt, uns, trunken vor Whisky und Sehnsucht, von den Frauen erzählt, die wir zuletzt kennengelernt hatten, aus voller Kehle gesungen: *»L'ultima donna che avremo se non è bella fa niente. L'ultima che abbracceremo …«*, und waren dann irgendwann angezogen in die ungemachten Betten gefallen, in denen uns ein komatöser, traumloser Schlaf übermannte. Ein Schlaf, dunkel wie das Meer von Sarrala in mondlosen Nächten.

Am nächsten Morgen hatte ich einen Schwarm verrücktgewordener Bienen im Kopf. Selbst die Stunde unter der kalten Dusche half mir nicht auf die Beine. Dabei war das Wasser, das die im Freien stehende Dusche speiste, sicher kalt genug, um einem Stockfisch wieder Leben einzuhauchen.

Eine große Tasse schwarzen Kaffee in den Händen irrte ich dann gegen elf Uhr vormittags in einem blauen Frotteebademantel im Haus und auf der Veranda herum wie eine Seele im Fegefeuer – ohne irgendetwas Sinnvolles zustande zu bringen. Immerhin hatte ich die drei Patronenhülsen von letzter Nacht eingesammelt, aber das war auch das einzig Nützliche, das ich getan hatte.

Es war wieder ein klarer, sonniger Tag, die Luft war warm und gesättigt mit allen Aromen der Macchia. Von Virgilio und seinem Pick-up fehlte jede Spur. Wahrscheinlich war er nach Barisoni gefahren, um in Gancis Weinbergen nach dem Rechten zu sehen, oder zum Monte Ferru, um dort Wildschweine oder den Geist von Valentino Sanna zu jagen. Der Ärmste war sicher auch nicht gerade putzmunter an diesem Vormittag.

Jedenfalls konnten wir so nicht weitermachen, wir durften uns nicht jeden Abend die Kante geben. Ich schaltete das Handy ein und sah nach, ob jemand angerufen hatte. Nichts. Schließlich wollte ich gerade mit dem festen Vorsatz, mich zu rasieren, ins Bad gehen, als ich von der staubigen Straße hinter dem Haus her ein entferntes Hecheln hörte, das immer näher kam. Ich ging die drei Stufen der Veranda hinunter und erblickte auf der asphaltierten Straße den kleinen Mischlingshund, der am Strand um mich herumgeschlichen war. Kaum hatte er mich gesehen, legte er einen Zahn zu und begann mit dem Schwanz zu wedeln. Er näherte sich ohne jede Furcht, schnüffelte an meinen Füßen und ließ sich von mir mit einem genießerischen Ausdruck die Schnauze kraulen. Seine Magerkeit verunsicherte mich ein wenig, doch sie stimmte mich auch milde.

Ich ging ins Haus, nahm das feuchte Tuch vom Pecorino, schnitt ein Stück Käse ab, legte es auf den Kachelfußboden der Veranda und nahm in einem Korbsessel Platz. Der Hund sah es speicheltriefend an, zögerte aber noch. Kaum rief ich ihn, stürzte er sich aber darauf und schlang den Käse mit einem Happs hinunter. Dann drehte er sich zwei- oder dreimal um die eigene Achse und versuchte seinen Schwanz zu fangen, bis er sich schließlich zu meinen Füßen als warmes, atmendes Kissen zusammenrollte.

So ein Köter war mir noch nicht untergekommen. Das war kein Hund, sondern eine Kriegswaise. Ihn so zwischen meinen Füßen zu spüren, ließ mich noch träger werden. Dabei musste ich jetzt endlich aktiv werden und versuchen, diesem Tag doch noch einen Sinn abzugewinnen. Ich musste versuchen, den Hund dazu zu bewegen, dass er mich zu seinem Herrchen brachte. Doch der hatte die Augen geschlossen und fing gerade an, wohlig zu schnarchen.

Ich erhob mich aus dem Korbsessel. Im Schlafzimmer zog ich mir schnell Jeans und ein sauberes Lacoste-Shirt an. Die Fensterläden waren geschlossen, und es war so dunkel, dass ich nicht einmal die Farbe erkennen konnte. Als ich gerade dabei war, den Gürtel zu schließen, hörte ich das dumpfe Knurren des Hundes. Und dann die Stimme einer Frau, die näher zu kommen schien.

Als ich auf die Veranda trat, sah ich die Französin den Pfad im Weinberg entlanglaufen. Sie war nicht allein. Offensichtlich kam sie gerade vom Meer zurück, denn sie trug wieder ihren pastellfarbenen, durchscheinenden Pareo, der ihre üppigen Kurven eher unterstrich als verhüllte, und Sandalen mit halsbrecherisch hohen Absätzen. Das Weiß ihres wie immer sehr knappen Bikinis strahlte in der Sonne. Sie gab eine ziemlich komische Figur ab, wie sie mir da entgegenstöckelte und mit einer Hand ihren Strohhut, mit der anderen den Arm ihres jungen Begleiters festhielt. Die beiden waren gut gelaunt, lachten in einem fort und wirkten sehr vertraut miteinander. Der Mann trug ein eng anliegendes schwarzes Shirt, Jeans und Turnschuhe. Er stützte die Französin nicht nur, sondern trug ihr sogar die Tasche.

Ich beobachtete das skurrile Paar und kam zu dem Schluss, dass die beiden auf diese Weise wohl der ganzen Welt eine skandalöse Wahrheit offenbaren wollten. Vielleicht war es auch ein Hauch von Jugend, die sich nicht zu früh ad acta legen lassen wollte. Als sie auf der Höhe der Feigenbäume waren, die den Hofeingang wie prächtige Säulen aus alten Zeiten säumten, bemerkte mich die Frau, winkte mir zu und schmetterte mir mit ihrer schrillen Stimme einen über die Maßen fröhlichen Gruß zu.

»Bonjour, Monsieur Pagano.«

»Bonjour à vous, Madame.«

Der Köter fletschte noch immer die Zähne. Obwohl ihn niemand darum gebeten hatte, hatte er sich wohl in den Kopf gesetzt, den Wachhund für mich zu spielen. Vielleicht hielt er mich aber auch für ein Schaf.

»Ruhig, Kleiner«, flüsterte ich ihm besänftigend zu. »Schlaf weiter.«

Die beiden Spaziergänger waren inzwischen bis zur Veranda gekommen, wo über ihren Köpfen die Vormittagssonne zaghaft die im Meerwind bebenden Blätter des Zürgelbaumes sprenkelte. Der Mann beäugte mich mit einem kalten Blick, sie dagegen schenkte mir ein verschwörerisches, gleichsam in Zellophan verpacktes Lächeln.

»Darf ich Ihnen *attendente* Vincenzo Puddu vorstellen?«

Ich gab ihm die Hand und spürte den festen, maskulinen Händedruck. Ein Kraftpaket. Nicht sehr groß, aber stämmig und muskulös. Er hatte einen dunklen Teint und anthrazitfarbene Augen, die er halb geschlossen hielt, wie zwei Sehschlitze, aus denen er die Welt mit einem gewissen Abstand beobachten konnte. So, als müsste er vor die Seele, die sich dahinter verbarg, einen Schleier hängen.

Seine aufrechte Körperhaltung sprach dafür, dass er zu jenen Menschen gehörte, die vor dem Spiegel den richtigen Gang einüben, ehe sie nach draußen gehen. Ein Bein leicht eingeknickt, die Daumen in den Hosentaschen der Jeans, so stand er da, die schwarzen Haare kurz geschnitten und mit reichlich Gel fixiert.

Um das linke Handgelenk trug er neben der protzigen Taucheruhr ein dickes goldenes Armband. Er musste um die dreißig sein und stellte seine von dem engen T-Shirt mehr als betonte Fitnessstudiofigur zur Schau wie eine Visitenkarte.

»*Attendente*? Sind Sie beim Militär?«

Wieder antwortete die Frau. »Oh nein, Vincenzo ist die rechte Hand meines Gatten und überwacht das Geschehen auf den Ländereien.«

Ich hätte gern mehr darüber gewusst und fragte mich, welche Art von Vertrauen ein Mann wie Ganci ihm wohl entgegenbringen mochte. Vorausgesetzt, dass Ganci wirklich der gnadenlose Herrscher über Grund, Boden und Menschen war, als den Virgilio ihn mir beschrieben hatte. Doch ich befand es für besser, keine weiteren Fragen zu stellen und mich lieber höflich und gastfreundlich zu geben, kurz: die erste Grundregel des Zusammenlebens in dieser Gegend zu beherzigen.

»Darf ich Ihnen einen Kaffee anbieten?«

Ein weiteres Lächeln, durchscheinend wie Kristall. »Um diese Zeit? Wäre da ein Aperitif nicht angebrachter?«

»Im Kühlschrank habe ich eine Flasche Vermentino.«

»C'est parfait!«, erwiderte sie zufrieden, nahm ihren Hut ab und legte ihn vor sich auf den Tisch.

Beide setzten sich in die Korbstühle, begleitet vom unterschwelligen Knurren des Hundes. Ich holte den Wein und schenkte ihn in drei Wassergläser. Weingläser waren dem Hausherrn vorbehalten.

»Dieser Köter hat einen furchtbaren Charakter. Ist das Ihrer?«, fragte Martine.

»Ich glaube, er gehört einem Jungen, den ich gestern am Strand gesehen habe. Er will unbedingt adoptiert werden.«

»Und er muss einen Riesenhunger haben, so mager wie er ist.«

»Ja, es kann sein, dass ich seine Suche nach Nahrung mit einem Betteln um Zuneigung verwechselt habe.«

»Sie werden doch nicht auch so ein Sentimentaler sein, Monsieur Pagano?«

»*Auch?* Wer ist es denn sonst noch?«

»Alle Männer sind sentimental. Selbst wenn sie so tun, als wären sie harte Kerle … im Grunde können sie dem Ruf der Sanftheit nicht widerstehen.«

Während sie das sagte, warf sie dem *attendente* ihres Gatten einen vernichtenden Blick zu. Der erwiderte ihn mit einem leeren Lächeln. Bis jetzt hatte er kein Wort von sich gegeben. Ich wusste nicht einmal, was für eine Stimme er hatte. Deshalb beschloss ich, ihn ein wenig zu provozieren.

»Und Sie, Vincenzo, wie kommen Sie so mit dem Ruf der Sanftheit klar?«

Eine blutrote Welle überflutete sein Gesicht bis zum Haaransatz. Er brabbelte etwas Unverständliches, halb der Versuch einer Rechtfertigung, halb komplizenhafte Verbrüderung. Doch da heftete die schöne Martine, offensichtlich mit der Absicht, jetzt aufs Ganze zu gehen, wieder ihre hellbraunen Augen auf mich.

»Und Sie?«

»Mit Sentimentalitäten konnte ich noch nie etwas anfangen. Ich bevorzuge nackte Frauen.«

»Was ist eine nackte Frau ohne ein bisschen Gefühl?«

»Eine Gelegenheit, die man nicht verpassen sollte.«

»Jetzt bluffen *Sie* aber, Monsieur Pagano. Haben Sie beschlossen, die Maske des amerikanischen Privatdetektivs aufzusetzen und sich auf Teufel komm raus raubeinig zu geben? Sie wollen mir doch wohl nicht weismachen, dass Sie noch nie verliebt waren und nicht bereit wären, sich wieder fallen zu lassen, wenn bloß die richtige Frau käme.«

Ihre Augen klebten förmlich an mir. Sie nagelten meinen Blick fest an der Flut aus Sommersprossen, die ihr Gesicht überzogen, und an diesen weichen Lippen, die sich jetzt zu einer harten Kurve krümmten. Außerhalb des hypnotischen Kokons allerdings knisterte die Luft vor Spannung und Unbehagen. Bei dem jungen Aufpasser genauso wie bei dem Hund. Ich spürte, wie die beiden immer unruhiger wurden und nervös hin und her rutschten. Das Tier unter Virgilios Liegestuhl, Madames Begleiter im Korbsessel, als hätte er Hummeln im Hintern.

»Ich habe mich durchaus schon mal verliebt, mehr als einmal sogar. Aber ich muss zugeben, alles in allem war das nie sehr erfreulich.«

»Dann waren es nicht die richtigen Frauen.« Sie beugte sich zu mir und tippte mir mit ihrem Zeigefinger auf die Brust. »Außerdem sind Sie bestimmt kein einfacher Mensch.«

»Nennen Sie mir doch mal einen.«

»*Moi, Monsieur Pagano*. Ich bin keine schwierige Frau.«

Erneut suchte sie die Augen des jungen Mannes, doch der schaute nur verächtlich und gekränkt zurück. Aber sie ließ nicht locker, und während sie an ihrem Wein nippte, flötete sie: »Ich habe gelernt, mich mit dem Wenigen zufriedenzugeben, was mir geboten wird. Schon seit meiner Jugend. Ohne mehr zu verlangen.«

»Ich hatte noch gar nicht bemerkt, dass Sie sich zur Geisha berufen fühlen.«

»Als ich meinen Mann geheiratet habe, war ich nicht mal dreißig. Und er war damals schon ein alter Mann.«

»Dabei war ich mir sicher, dass Sie ihn lieben. Hatten Sie mir am Strand nicht gesagt, dass Sie durch ihn quasi neugeboren wurden?«

»Ich habe Ihnen aber auch gerade gesagt, dass ich mit wenig zufrieden bin.«

Jetzt erst bemerkte ich, dass die Nasenflügel des Mannes vor Wut bebten. Es würde mich nicht wundern, wenn er gleich aufspringen und seine Begleiterin ohrfeigen würde. Oder vielleicht war es eher so, dass *ich* Lust dazu bekommen hatte. Es folgte jene bedrückende Stille, in der es vor Spannung knistert, wie bei Expeditionsteilnehmern, die mitten in der Pampa feststellen, dass der Tank ihres Autos leer ist. Keiner weiß genau, wer schuld ist und wen man anschwärzen kann. Auch wir fingen nicht damit an, irgendjemandem die Schuld zuzuschieben. Weder der Frau, die zu viel geredet hatte, noch dem Verfasser dieser Zeilen, der ihr den Boden für ihr dümmliches Spiel bereitet hatte, und auch nicht dem unsäglichen Vincenzo, der es nicht geschafft hatte, sie rechtzeitig zum Schweigen zu bringen. Und siehe da – sie ergriff auch jetzt wieder die Initiative. Mit einer unvermittelten Frage, die mich kalt erwischte.

»Haben Sie die Schüsse heute Nacht gehört?«

Ich nickte. Ein Glück, dass ich so vorausschauend gewesen war, die Patronen einzusammeln.

»Ja, allerdings war ich ganz schön betrunken. Ich habe mit meinem Freund zusammen zwei Flaschen Lagavulin gekippt.«

»Gestern ist Virgilio Loi zu uns in die Villa gekommen, und mein Mann hat uns bekannt gemacht. Er wird für ihn arbeiten. Hat er Ihnen das nicht gesagt?«

»Nein. Warum hätte er das tun sollen?«

»Darum.«

Sie zog eine Schnute, enttäuscht wie ein Kind, das einen Lutscher nicht bekommen hat. Aber es war nur ein kurzer Moment, in dem sie die Fassung verlor, sie fing sich sofort wieder.

»Das ist schon komisch, finden Sie nicht? Wir beide haben uns gerade erst kennengelernt, und schon fragt mein Mann Ihren Freund, ob er nicht für ihn arbeiten will. Deswegen sind wir beide auch hier.«

»Weswegen?«

»Mein Mann möchte Sie gern kennenlernen.« Sie warf dem jungen *attendente* erneut einen Blick zu.

Vincenzo brannte sichtlich darauf, endlich zu verschwinden, aber er war gezwungen, das Spiel weiter mitzuspielen. So bestätigte er mit zusammengebissenen Zähnen, dass sein Boss mich kennenlernen wolle. »Signor Ganci würde sich geehrt fühlen …«

»Sie sind heute Abend bei uns zum Essen eingeladen!«, fügte die Französin in einem plötzlichen Anflug von Enthusiasmus hinzu. »Mögen Sie Spanferkel?«

»Warum will er mich einladen?«

»Was ist denn das für eine Frage: Weil ich meinem Mann gleich von unserem Treffen erzählt habe.«

»Ich habe niemanden, dem ich von meinen Treffen erzählen könnte, Madame.«

»Wie es aussieht, haben Sie weitaus mehr Eindruck auf mich gemacht als ich auf Sie. Immerhin hätten Sie Ihrem Freund erzählen können, dass Sie eine hübsche Dame kennengelernt haben.«

»Ich glaube nicht, dass ihn das irgendwie beeindruckt hätte.«

»Aber Sie lassen sich ja auch nicht besonders von hübschen Damen beeindrucken.«

»Das Leben hat mich dagegen immun gemacht, falls Sie das meinen.«

In einer langsamen, sinnlichen Bewegung befeuchtete sie mit der Zunge die Unterlippe. »Ich kenne das Leben wohl nicht gut genug.«

Der junge *attendente* konnte seinen Ärger nun nicht mehr länger zurückhalten. Er sprang auf und packte seine Begleiterin brüsk am Arm. Der Hund war irritiert, vielleicht auch erschrocken. So sehr, dass er sich knurrend zwischen den Korbsesseln hindurchzwängte, bis er die Wade des armen Vincenzo zu fassen bekam. Dort fand sein ausgehungertes Mäulchen genug Fleisch, um die Zähne hineinzugraben. Vincenzo jaulte vor Schmerz auf und schüttelte hektisch sein muskulöses Bein, sodass der Hund wie eine wild gewordene Feuerwerksspirale hin und her geschleudert wurde.

»Lass mich los, lass mich sofort los«, schrie Vincenzo wieder. »So tun Sie doch was! Rufen Sie ihn zurück.«

»Aus, aus!«, schrie nun auch die Französin.

Da entschloss ich mich endlich, mich zu bücken, die Promenadenmischung im Genick zu packen, die das Bein des jungen Mannes sofort losließ, und gegen das Geländer der Veranda zu schleudern, wo der Hund mit dem Rücken aufschlug und aufjaulte. Anstelle von Schmerz empfand er aber wohl eher Verwunderung darüber, wie ich ihn behandelte. Keine Ahnung, was er sich eingebildet hatte. Vielleicht, dass er mir einen Gefallen tat, wenn er Vincenzo angriff. Er warf mir einen verängstigten Blick zu und lief in Richtung des Weinbergs davon.

Das war's dann wohl: Der führt mich nicht mehr zu seinem Herrchen!, dachte ich mit einer gehörigen Portion Wut auf diesen dämlichen Vincenzo, der nicht mal in der Lage war, so einen kleinen Köter loszuwerden.

Seine Jeans waren blutgetränkt. Vorsichtig krempelte er das Hosenbein bis zum Knie hoch. Die Wunde blutete stark. Ich hastete in Virgilios Wohnung, um ein Fläschchen Wasserstoffperoxyd aus dem Arzneischrank im Bad zu holen, das ich großzügig über die Verletzung schüttete.

Als die beiden sich danach auf den Weg nach Hause machten, sah ich ihnen verärgert und genervt hinterher. Jetzt war es an der Französin, ihren Begleiter zu stützen, der hinkte wie ein Kriegsversehrter. Als sie die asphaltierte Straße erreicht hatten, drehte sie sich um und winkte mir zu.

»Also, wir erwarten Sie heute Abend um acht Uhr. Es ist die letzte Villa unterhalb des Nuraghen. Sie können sie nicht verfehlen.«

Als ich endlich allein war, beschloss ich, zum Strand hinunterzugehen und eine Runde zu schwimmen. Vielleicht würde das kalte Wasser helfen, diese Geschichte aus meinen Gedanken zu vertreiben. Wenigstens bis heute Abend um acht.

Der Wind

Mistral

Der Rauch war schon von der Straße aus zu sehen. Auf diesem Feuer schmorte also gerade das Spanferkel für mein Abendessen. Gancis Villa, ein zweigeschossiges Gebäude, erhob sich über dem höchsten Punkt der gepflasterten Straße, die zum Nuraghen hinaufführte. Es war ein großes weißes, typisch mediterranes Bauwerk, großzügig angelegt und einzigartig in seinem Stil. Ich holte tief Luft und sog den Duft der Erde und der Weinberge ein.

Nachmittags gegen fünf war der Mistral aufgekommen. Die Windstöße, die von dem nach Tertenia führenden Arco-di-Sarrala-Pass herunterwehten, fegten quer über Marina di Tertenia hinweg und rüttelten wie wild an den Bäumen, als wollten sie ihnen endlich das Geheimnis ihrer unerschütterlichen Jugend entlocken, Bäume, denen der Wechsel der Jahreszeiten nichts anzuhaben schien, die jedes Jahr aufs Neue in voller Blüte standen, der verstreichenden Zeit zum Trotz.

Ich hatte mich rasiert und mir das inzwischen leicht sonnenverbrannte Gesicht mit Rasierwasser eingerieben, das nach Vetiver-Rum duftete. Ich trug rote Jeans und ein kurzärmliges blaues Hemd. Um die Schultern hatte ich einen Wollpullover gelegt, meine Füße steckten in Espadrilles, und in den Händen hielt ich eine

Flasche eisgekühlten Champagner. Ich war am Nachmittag mit der Vespa extra nach Tortolì gefahren, wo ich ihn zu einem schwindelerregenden Preis erstanden hatte. Es war ein Veuve Clicquot, den mir mein Freund bei der Mordkommission, Vicequestore Commissario Salvatore Pertusiello, empfohlen hatte: Ich hatte ihn kurz angerufen und um ein paar Informationen gebeten, damit ich mich in dieser vertrackten Angelegenheit besser zurechtfand. Dafür musste ich versprechen, ihm auf dem Rückweg einen Pecorino aus der Käserei in Tertenia mitzubringen. Und einen *caglio di capretto*, wenn ich einen auftreiben konnte.

Ansonsten war mein Handy den ganzen Tag über stumm geblieben, obwohl es angeschaltet war. Kein Lebenszeichen von Aglaja. Keines von Clara. Ich hatte sie zwei-, dreimal angerufen, doch nie jemanden erreicht. Es war Samstag, die beiden waren wohl mit Giovannis Segelboot aufs Meer hinausgefahren. Der neue Mann von Clara war ein netter Kerl, der sich gut um meine Exfrau und meine Tochter kümmerte. Clara war mit ihm fast gelungen, was sie gemeinsam mit mir nie geschafft hatte: ein Leben aufzubauen, in dem alles geplant und kontrolliert werden konnte. Sie musste ihn nicht einmal dazu erziehen, Unterhosen zu tragen, was ich stets abgelehnt hatte. Von Leuten, die Glück haben, sagt man, sie seien »mit dem Hemd auf dem Leib« geboren, was so viel heißt wie: Sie wurden vom Schicksal reich beschenkt. Giovanni hatte nie besonders viel Glück, aber ich dachte mir immer, dass er bestimmt in Unterhosen auf die Welt gekommen war.

Nachdem Clara und er beschlossen hatten, dass sie

zusammenleben wollten, waren sie an die Riviera gezogen, nach Chiavari. Sie hatten ein schönes Haus gekauft und dort eine Existenz aufzubauen versucht, die wie der dazugehörige Garten war: perfekt und nach außen hin abgeschlossen. Ein Ort, an dem sich keine Zweifel breitmachen und Unordnung und Unsicherheit wie Unkraut ausgemerzt werden konnten. Damit alles schön glattging und nichts dem Zufall überlassen blieb.

Na ja, fast nichts.

Gancis Villa war von einer etwa anderthalb Meter hohen Steinmauer umgeben, und die Sicht auf den Garten war zusätzlich noch durch hohe Lentisken versperrt, die entlang der Innenseite der Umzäunung gepflanzt waren. Vom Mistral geohrfeigt, schwankten die Sträucher wie von heftigem Schluckauf geschüttelt.

Der Eingang, der von zwei weißen Steinsäulen begrenzt war, hatte kein Tor. Ganci schien sich in seinem Haus ziemlich sicher zu fühlen.

Als ich den Garten betrat, drang das Prasseln des Feuers an mein Ohr. Hinter dem Haus stand jemand vor einem Steinofen und wandte mir den Rücken zu. Im Ofen brannte ein Holzfeuer, über dem auf einem metallenen Bratspieß das Spanferkel schmorte. Der junge Mann schaltete gerade den Elektromotor aus, damit der Spieß stehen blieb und er seine *pattada* in das Fleisch stoßen konnte. Er zog sie gleich wieder heraus und prüfte mit der Klinge an seinem Handrücken, ob der Braten schon durch war. Da er nicht ganz zufrieden war, schaltete er den Motor wieder an und warf noch ein Holzscheit nach.

Offenbar hatte er mich nicht bemerkt, sodass ich ungesehen zur Veranda an der südlichen Frontseite des Hauses gelangen konnte. Von hier aus überblickte man die ganze Bucht von Sarrala, von der Marina bis zu den Hügeln von Abba Urci. Der riesige Wasserteppich war jetzt indigoblau, und über seine Oberfläche jagten die Windböen, bis sie sich jenseits des Horizonts verloren. Die hereinbrechende Nacht würde die Braun- und Orangetöne der Landschaft jedoch sicher bald verschlucken.

Auf der Veranda war der Tisch für vier Personen gedeckt. Es war niemand zu sehen, aber aus dem Haus hörte ich Stimmen. Die der Frau erkannte ich sofort, die andere war heiser, fast gebrochen, die Stimme eines alten Mannes. Mich überraschte es, dass sie französisch redeten. Vielleicht taten sie es aus Gewohnheit oder weil sie nicht wollten, dass sie jemand verstand.

»Wehe, du stellst mich heute in einem schlechten Licht dar«, zischte der Mann.

»Kriechst du etwa zu Kreuze?«

»Nenn es, wie du willst. Aber demütige mich nicht vor ihm.«

»*Oh, bien sûr!* Dich interessiert mal wieder nur dein Image. Als Ehemann bist du wirklich jämmerlich.«

»Daran bist ganz allein du schuld, Martine.«

»Ganci, tu es une merde.«

»Und du eine Nutte.«

»Damit kannst du mich nicht verletzen. Das hast du doch immer gewusst. Es ist kein Geheimnis, dass der große Ganci eine Nutte geheiratet hat. Das erste Mal hast du mich dafür bezahlt, erinnerst du dich? Für mich warst du ein Freier wie jeder andere. Und, was glaubst du, was du jetzt bist? Einer von vielen.«

»Früher oder später werde ich dich umbringen«, gab der Mann zurück. In seinen Worten schwangen weder Hass noch Irritation, nur eine grenzenlose Traurigkeit, und vielleicht die Befürchtung, dass seine Geduld irgendwann erschöpft war und er ihre Provokationen nicht mehr länger ertragen konnte.

Ich hüstelte und rief dann laut und deutlich vernehmbar: »Hallo?«

Sofort verwandelte sich das verbale Gemetzel wie von Zauberhand in ein von Liebe getragenes familiäres Stillleben, und die beiden wurden zu überfreundlichen Gastgebern. Aber ich gab mich keinen Illusionen hin, denn ich war mir sicher, dass dies nur der Aperitif war.

»Oh, da sind Sie ja, Monsieur Pagano. Kommen Sie herein, kommen Sie!«, rief Martine mit gekünsteltem, frostigem Lächeln und dem ihr eigenen operettenhaften Ton. »Darf ich Ihnen meinen Mann vorstellen? Schatz, das ist der Detektiv, von dem ich dir erzählt habe.«

Sie trug ein kurzes, tailliertes Cocktailkleid, ein schlichtes, ärmelloses Modell mit rundem Ausschnitt aus einem hauchzarten Stoff wie Gaze. Es saß perfekt, und das Schwarz stand ihr gut. Augen und Mund waren dezent geschminkt, und ihre Ohrringe aus feuerroter Koralle unterstrichen ihre Sommersprossen und den natürlichen Kupferton ihrer Haare.

»Aber das war doch nicht nötig. *Oh, ce champagne est excellent!* Ich werde ihn gleich kalt stellen«, bedankte sie sich überschwänglich, während sie mir die Flasche aus der Hand nahm.

Der weitläufige Salon war geschmackvoll eingerichtet, mit alten Massivholzmöbeln und Sofas mit bunten, gemusterten Kissen. Ganci saß in einem großen dunklen Ledersessel, und auf den ersten Blick wirkte er zart wie ein Vögelchen. Auf seinen Beinen lag eine Decke, obwohl es im Raum unglaublich warm und stickig war. Die Luft war von einem starken Geruch nach Medikamenten erfüllt. Draußen fegte der Mistral mit verächtlicher Wucht durch den Garten, drinnen machte er sich nur ab und an mit einem leichten Luftzug bemerkbar, der durch die blauen Jalousien drang. Ich fragte mich, ob die beiden sich wirklich einbildeten, dass sie ihre private Hölle mit geschlossenen Jalousien und der französischen Sprache abschirmen konnten. Der Alte schaute mir schweigend entgegen.

»Guten Abend, Signor Ganci. Mein Name ist Bacci Pagano«, sagte ich und reichte ihm die Hand.

Der kranke alte Mann hatte noch eine animalische Kraft. Während er mich mit einem stahlharten Händedruck begrüßte, fixierte er mich mit seinen türkisblauen Augen, die eine unbezähmbare Energie erahnen ließen und von einem hochmütigen Charakter zeugten, der es gewohnt war, andere mit einer Mischung aus Stolz und Arroganz herauszufordern. Zwar lagen diese Augen tief in den Höhlen, er hatte dunkle Augenringe, die bis zu den Jochbeinen reichten, und das leicht gelbliche Gesicht war von tiefen Falten durchfurcht, die ihm ein hohlwangiges, todgeweihtes Aussehen verliehen, doch in seinem Körper, der eigentlich nur noch aus Haut und Knochen bestand, pulsierte noch die Energie früheren Muskelmassen.

»Meine Frau hat mir erzählt, dass Sie sich am Strand kennengelernt haben.«

»Ja, gestern Morgen. Zufällig.«

»Na, ganz so zufällig nun auch wieder nicht, Monsieur«, hörte ich sie hinter mir. »Der Strand war menschenleer, und Sie haben sich direkt neben mich gesetzt.«

»Ich kann mir lebhaft vorstellen, wie sehr dich das gestört hat«, warf Ganci ironisch ein und wandte sich dann wieder an mich. »Gab es einen besonderen Grund, warum Sie meine Frau kennenlernen wollten, Signor Pagano?«

»Was meinen Sie damit?«

»Nun, viele Männer haben Interesse daran, meine Frau kennenzulernen.«

Sie unterbrach ihn brüsk und redete wieder auf Französisch auf ihn ein.

»Ne commence pas à dire des saloperies.«

»Et toi, ne me provoque pas«, erwiderte Ganci gelassen.

»Sie wollen wissen, ob ich mich für Ihre Frau interessiere, Signor Ganci? Nein, nicht so, wie Sie meinen.«

»Wie dann, Signor Pagano?«

Ich zuckte nur die Schultern, um dem peinlichen Gespräch ein Ende zu bereiten, er aber ließ sich nicht beirren.

»Finden Sie sie etwa nicht attraktiv? Ist sie Ihnen zu alt? Nun ja, in den letzten Jahren hat sie etwas zugenommen, und ihr Körper ist etwas schlaffer geworden.«

Martine durchbohrte ihn mit einem hasserfüllten Blick, den er gekonnt ignorierte.

»Ich habe im Moment andere Sorgen«, entgegnete ich ruhig.

»Und weshalb sind Sie dann hergekommen?«

»Ihre Frau hat mich zum Abendessen eingeladen.«

»Ich meine, hierher, nach Tertenia.«

»Ich bin aus beruflichen Gründen hier.«

In diesem Moment hörten wir die Stimme von Gancis *attendente*. Munter und etwas schrill schwebte sie auf einer Windböe von der Veranda zu uns herein.

»Das Ferkel ist fertig!«

Mühevoll erhob sich Ganci aus seinem Sessel und schlurfte schwerfällig vor uns her auf die Veranda. Ich begrüßte Vincenzo und erkundigte mich nach seiner Verletzung, worauf er meinte, er habe meinen Rat beherzigt und sich in Tertenia gegen Tollwut und Wundstarrkrampf impfen lassen. Ich setzte mich Ganci gegenüber. Martine nahm neben ihrem Gatten Platz und beobachtete den jungen Mann, wie er mit seiner *pattada* das Spanferkel von dem Bratspieß löste, es bedächtig zerteilte und jedem einige Stücke auf den Teller legte. Dann schenkte sie mir und Vincenzo Rotwein ein, sich selbst und ihrem Mann Wasser.

»Ich habe noch nie eine Französin gesehen, die Schweinefleisch mit Wasser hinunterspült«, bemerkte ich, um das unangenehme Schweigen zu brechen.

»Schweinefleisch kann man mit allem Möglichen hinunterspülen, Monsieur«, erwiderte sie.

Das Fleisch war knusprig und weich und sehr aromatisch. Es sah so aus, als verstünde Vincenzo sein Handwerk. Als ich ihn lobte, hatte ich den Eindruck, dass ich ihn dadurch fast in Verlegenheit brachte.

»Sie sind also zum Arbeiten hier«, ergriff Ganci wieder das Wort, während er den ersten Bissen kaute.

»Ich suche einen jungen Mann, der sich in Tertenia aufhalten soll.«

»Den Sohn von Gabriele Sanna?«

»Sie sind gut informiert.«

»Im Dorf wird viel geredet.«

»Der junge Mann ist vor drei Wochen spurlos verschwunden, und sein Vater ist überzeugt davon, dass er hier ist.«

»Und weshalb sollte er ausgerechnet hierhergekommen sein?«

»Um diese Frage zu beantworten, muss ich ihn erst mal finden.«

»Um ihn zu finden, müssen Sie sich die Frage zunächst selbst beantworten«, widersprach er mir, mit einem aufgespießten Stück Fleisch gestikulierend und einem angedeuteten Lächeln in den Mundwinkeln.

»Ja. Aber ich unterliege der beruflichen Schweigepflicht.«

Wortlos steckte er den Bissen in den Mund und schluckte ihn hinunter, aber das Lächeln, das noch immer seine Lippen umspielte, verriet seine Enttäuschung.

»Sanna? Ist das nicht dieser Geldräuber?«, mischte sich seine Frau unbekümmert ein.

»*Einer* der Räuber. Der Einzige, den sie geschnappt haben, weil er verletzt liegen blieb. Er sitzt seit über zehn Jahren im Gefängnis.«

»Für einen Räuber ist das auch der richtige Ort, finden Sie nicht? Sie gehören doch wohl hoffentlich nicht zu den Menschen, die der Meinung sind, dass man Verbrecher frei herumlaufen lassen sollte.«

»Was das betrifft, laufen noch einige der beteiligten Verbrecher frei herum und machen sich ein schönes Leben mit dem erbeuteten Geld.«

»Gabriele Sanna glaubt also, dass die Beute hier ist? Deshalb soll sein Sohn nach Tertenia gekommen sein?«

Wie zwei ungeheure Felsbrocken wälzten sich diese Fragen mitten auf den Tisch. Ein eisiges Schweigen bemächtigte sich unserer Runde. Erwärmt wurde es nur von dem Rotwein, den die Französin servierte, ein reifer Cannonau, kräftig und körperreich, wahrscheinlich aus den Trauben des Gutes in Barisoni. Ich stellte fest, dass es auf einmal windstill war. Das war die magische Stunde, in welcher der Mistral sich legte. Aber ich wusste, dass diese Stille nie von langer Dauer war.

»Kannten Sie Gabriele Sanna gut?«, fragte ich, gespannt auf die Antwort.

»Wie kommen Sie denn darauf?«

»Sie haben von ihm gesprochen, als würden Sie ihn kennen.«

»Gabriele Sanna ist aus Lanusei, er war einer von uns. Auch, wenn ich ihn nie persönlich getroffen habe. Und Sie? Kennen Sie ihn?«

»Nein, ich habe ihn noch nie gesehen. Ich habe den Auftrag von seiner Anwältin erhalten.«

Er brach in schallendes Gelächter aus, das ihn derartig husten ließ, dass ich Angst bekam, er könnte im nächsten Moment seine Lungen auf den Teller spucken.

»Man kann nicht sagen, dass Sie besonders viel mit der Sache verbindet.«

»Das ist meine Arbeit, Signor Ganci.«

»Werden Sie wenigstens gut bezahlt?«

An diesem Punkt fühlte sich Martine offenbar wieder bemüßigt, das Wort zu ergreifen.

»Mein Mann hat leider eine ziemlich beschränkte Weltsicht. Für ihn muss immer alles einen Preis haben.«

»Aber es hat *alles* einen Preis, meine Liebe. Nicht einmal du bist da eine Ausnahme.«

»*Bien sûr, mon cher*. Das Problem ist, dass du glaubst, du hättest mich schon bezahlt, dabei hast du noch nicht einmal damit angefangen. Du hast keine Ahnung, wie viel ich koste, Ganci.«

»Sicherlich mehr, als du wert bist.«

»Das, was ich für wen wert bin?« Ihr Blick ruhte auf mir und Vincenzo. Zusammen waren wir nur ein paar Jährchen älter als ihr Mann, aber ganz sicher kamen wir nicht auf seinen Kontostand. »Wie viel wäre ich Ihnen denn wert, Monsieur Pagano?«

Sie legte sich die Hände schalenförmig um die Brüste, die in einen schwarzen BH gezwängt waren und gegen den leichten Stoff des Kleides pressten. Erst jetzt bemerkte ich, dass sie am linken Ringfinger einen schmalen goldenen Ehering trug.

»Und du, Vincenzino? Wie viel wärest du bereit auszugeben, um diese prächtigen Titten anfassen zu dürfen?«

»Halt die Klappe, Weib!«, knurrte Ganci.

Sie tat, als hätte sie ihn nicht gehört.

»Die sind noch schön fest.«

Sie packte den jungen Mann am Handgelenk und versuchte, seine Hand auf ihren Busen zu legen. Vincenzo befreite sich mit einer abrupten Geste und warf ihr einen abschätzigen Blick zu.

»Drehst du jetzt völlig durch?«

»Tu nicht so scheinheilig. Ich weiß, dass du gern grabschst.«

»Basta!«, schrie der junge Mann und hieb mit der Hand auf den Tisch. Seine Kiefermuskeln waren angespannt, seine Augen schmaler denn je. Wahrscheinlich hätte er vor diese unerfreuliche Szene am liebsten so schnell wie möglich einen Vorhang gezogen.

»Uuh, quel puritain tu es ce soir, mon amour.«

Ganci verzog angewidert das Gesicht.

Da stand Martine auf und deutete mit einer theatralischen Geste auf den Tisch.

»Hier fehlt ja alles. Wo ist der Salat? Ich muss schon sagen, als Lakai bist du genauso wenig wert wie als Galan, Vincenzino.«

Sie rauschte ins Haus. Wir Männer starrten betreten auf den Tisch, alle drei gefangen in dumpfer Verlegenheit. Ganci schien von widerstreitenden Gefühlen gebeutelt zu sein, die ihm offenbar die Sprache verschlugen.

»Ist Ihre Frau immer so … überschwänglich?«, versuchte ich das Eis zu brechen.

»Jedes Mal, wenn ich jemanden einlade, passiert das Gleiche. Sie will mich demütigen.«

»Haben Sie Angst vor ihr?«

Es fiel ihm sichtlich schwer, das zuzugeben, aber er kam nicht umhin.

»Ja. Manchmal macht sie mir Angst.«

Vincenzo beobachtete uns schweigend. Es war inzwischen so dunkel, dass ich seinen Gesichtsausdruck nicht mehr richtig erkennen konnte. Doch wahrscheinlich verunsicherte und erschreckte ihn die Vorstellung, dass Ganci ihm die Gunst entziehen könnte, die er ihm zuteilwerden ließ – aus welchem obskuren Grund auch immer. Ich fragte mich, wer von beiden naiver war. Ganci, der sich den jungen Liebhaber seiner Frau ins Haus holte, oder Vincenzo, der sich tatsächlich eingebildet hatte, eine Frau wie Martine würde ihm erlauben, mit ihr ins Bett zu springen, ohne dass er dafür Tribut zollen musste.

Da gingen mit einem Schlag alle Lampen der Veranda an. Die Lichtexplosion ließ uns hochfahren. Das glockenhelle Gekicher von Martine kündigte ihr Erscheinen an, und kurz darauf zwitscherte sie unbekümmert, als wäre nichts geschehen: »*Ecco*, Salat und Champagner zum Feiern.«

In der einen Hand hielt sie eine Plastikschüssel mit Salat, in der anderen vier Kristallflöten. Die Champagnerflasche hatte sie sich unter eine Achsel geklemmt. Mit einem maliziösen Lächeln reichte sie sie mir.

»Bitte machen Sie den Champagner auf, Monsieur Pagano. Damit wir auf die Gesundheit von Gabriele Sanna und die seines Sohnes trinken können.«

»Sanna sitzt im Gefängnis und kann nichts mit unseren guten Wünschen anfangen. Lassen Sie uns lieber auf Sie und Ihren Gatten trinken.«

»Oh, mein Gatte … Wo ist er überhaupt? Sehen Sie hier jemanden, der so etwas sein könnte wie ein Ehemann? Ich sehe nur einen Greis, der eine Krankenpflegerin braucht. Und einen jungen Mann, der zu feige ist, mir im Beisein des Greises an die Titten zu fassen.«

»Als Sie mich eingeladen haben, sagten Sie, dass Ihr Gatte mich kennenlernen wolle.«

»Oh, ja. Er war schwer beeindruckt von Ihrer unglaublichen Geschichte. Ich habe ihm erzählt, dass sie wegen Terrorismusverdacht hinter Gittern saßen.«

Ich öffnete die Flasche und füllte die vier Flöten. Martine erhob ihr Glas und stieß mit mir an, während Ganci und Vincenzo wie versteinert dasaßen und den Champagner nicht anrührten. Im Schein des elektrischen Lichtes betrachteten sie die Frau, als wären sie im Kino, ohne einen Muskel zu bewegen. Vermutlich hatten sie diesen Film schon mehr als einmal gesehen.

»Sie haben fünf Jahre im Hochsicherheitstrakt gesessen«, nahm Martine den Faden wieder auf, nachdem sie ihr Glas in einem Zug geleert hatte. »Und dort haben Sie Virgilio Loi kennengelernt.«

»Ja, er hat mir immer das Essen gebracht, zweimal pro Tag, und dabei hat er mir von Sardinien erzählt. So habe ich angefangen, Sarrala zu lieben.«

»Das ist mir genauso ergangen, wissen Sie? Auch mein Gefängniswärter hat mir viel von hier erzählt, bevor wir hierher gezogen sind.« Sie lachte laut auf und schüttelte ihren kupferroten Bob. Die roten Korallenohrringe schaukelten, und ihr Busen hüpfte unter dem dünnen Sommerkleid auf und ab. Es war ein Lachen, das auf mich kindisch und boshaft wirkte. »Ja, auch wenn er keine Uniform anhatte – Ganci war mein Wächter. Der Mann, der mich zu seiner Gefangenen gemacht hat … Aber das ist eine Geschichte aus anderen Zeiten.«

»Sie sagten, Sie seien eine unabhängige Frau.«

»Jetzt bin ich frei. Früher war das nicht so. Dieser Greis hier war mal zu allem fähig. Ein richtig harter Hund. Monsieur Pagano, glauben Sie ja nicht, dass Sie der Einzige sind, der so ein Leben geführt hat ... wie heißt es in diesem Lied? *Una vita spericolata* – ohne Rücksicht auf Verluste.«

»Und darum machen Sie ihn jetzt so runter? Weil er nicht mehr viel Kraft hat?«

Sie griff nach der Flasche und füllte sich ihre Flöte randvoll mit Champagner. Mit geschlossenen Augen, den Kopf in den Nacken gelegt, schüttete sie das ganze Glas in einem Zug hinunter.

»Bum! Jetzt haben Sie aber ganz schön scharf geschossen!«

»Hast du vor, dich zu betrinken?«, fragte Ganci trocken.

Als einzige Antwort zuckte sie die Schultern und goss sich noch einmal nach. Dann hob sie ihr Glas und prostete Vincenzo zu.

»Dieser Champagner ist so was von weich und köstlich. Man merkt, dass Monsieur Pagano sich auskennt«, zwitscherte sie mit ihrem Kleinmädchengehabe.

An dieser Frau war einfach alles übertrieben, wenn auch vermutlich mehr, als sie beabsichtigte: Sie konnte vulgär sein oder affektiert, lasziv oder frech. Was auch immer sie tat – sie schoss weit über das Ziel hinaus. Ihre größte Sorge war es, dass sie einmal nicht im Mittelpunkt stehen könnte, und das ging mir gewaltig auf die Nerven. Vincenzo begann wieder auf der Bank herumzurutschen. Als ich zu Ganci hinübersah, bemerkte ich, dass auch er den jungen Mann beobachtete. Sein Blick war mitleidig, vielleicht sogar spöttisch. Die Beziehung zwischen den beiden Männern blieb für mich ein Rätsel, das ich einfach nicht ergründen konnte. Als Ganci meinen Blick bemerkte, lächelte er mich an.

»Sie sehen, wir langweilen uns hier nicht«, raunte er mir zu.

»Wenn man Ihre Frau so hört, war das auch früher nicht der Fall«, erwiderte ich. »Was haben Sie denn mit ihr angestellt, dass sie sich als Gefangene gefühlt hat?«

»Ach, meine Frau redet so manches daher. Der Drang, sich mitzuteilen, ist einfach stärker als sie. Ich war ein ganz normaler sardischer Emigrant und lebte in Frankreich. Wissen Sie, was es bedeutet, in einem fremden Land zu leben und zu arbeiten? Um sich Respekt zu verschaffen, muss man Härte zeigen, sonst behandeln sie einen wie einen räudigen Hund.«

»So schlecht ist es Ihnen offenbar nicht ergangen. Ich habe auch im Ausland gearbeitet, nachdem ich aus dem Knast raus war. Ich habe in London, Kuba, New York, Paris gewohnt. Und an der Côte d'Azur, wo ich sechs Monate lang Tellerwäscher in einem Hotel in Nizza war. Das Einzige, was ich mit nach Hause gebracht habe, waren ein paar Fremdsprachenkenntnisse, Französisch und Spanisch, und auch mit Englisch komme ich einigermaßen klar. Ich könnte als Touristenführer arbeiten, aber nein, ich habe mir diesen unerfreulichen Job als Ermittler ausgesucht. Ein Job, der mich dazu zwingt, mein Leben aufs Spiel zu setzen, mich für verschollene Personen ins Zeug zu legen oder Ehepaare zu beschatten, die sich gegenseitig betrügen und bekriegen und um die Kinder ringen, als wären sie ihr Eigentum.«

»Worauf wollen Sie hinaus?«

»Ich will wissen, wie Sie so reich geworden sind.«

»Geschäfte. Ich habe investiert, spekuliert und Häuser gebaut.«

»In Frankreich?«

»Auch, aber vor allem auf den Antillen, Haiti und Martinique. Eines Tages hatte ich aber die Nase voll davon, habe alles verkauft und bin nach Sardinien zurückgekehrt. Ich habe mir ein Grundstück gekauft und dieses Haus darauf bauen lassen, um hier in Ruhe die letzten Jahre meines Lebens zu verbringen. Denn es sind wirklich die letzten ...«

Der Mistral hatte inzwischen wieder angefangen zu wehen, und einige seiner kalten Böen erreichten sogar uns, wenn auch abgeschirmt von den massiven Mauern der Villa.

»In Ruhe? Nach dem, was ich heute Abend hier erlebt habe ...«, sagte ich, während ich meine Pfeife stopfte.

»Lassen Sie sich nur nicht vom Schein trügen, Signor Pagano. Martine und ich halten zusammen wie Pech und Schwefel.«

Er lächelte und sah seine Frau an, die ihm einen belustigten, komplizenhaften Blick zuwarf. Ihre hellbraunen Augen waren nun ganz klein. Es musste an den Sommersprossen liegen oder an den vom Champagner geröteten Wangen oder vielleicht auch an der Schmollmiene, mit der sie uns zuhörte, jedenfalls sah sie aus wie ein kleines Mädchen. Ein egozentrisches kleines Mädchen von fünfzig Jahren.

»Wann haben Sie sich kennengelernt?«, fragte ich.

»Vor vielen, vielen Jahren«, erwiderte Ganci.

»Dieser Bastard hat mich in Nizza von der Straße aufgelesen, da war ich achtundzwanzig«, mischte sich Martine mit einer vom Alkohol leicht vernebelten Stimme ein.

Ganci machte Anstalten, ihren Arm zu streicheln, doch sie drehte sich weg und wandte sich an den jungen *attendente*, ganz Herrin des Hauses.

»Hast du das Feuer ausgemacht? Bei dem Wind ist das gefährlich!«

Er schaute sie an, überrascht von der unvermittelten Wendung des Gesprächs.

»Ich hab das Ferkel doch nicht über einem Lagerfeuer gebraten.«

Sie erhob sich. »Du wirst ja wohl keinen Brand verursachen wollen. Komm, wir gehen nachschauen.«

Vincenzo blieb wie festgenagelt auf der Bank sitzen, kaum hatte er jedoch zu Ganci geschaut, stand er ohne ein weiteres Wort auf und folgte Martine unterwürfig hinters Haus.

Nachdem ich ein paar tiefe Züge aus der Pfeife genommen hatte, sah ich Ganci durchdringend an und stellte ihm die Frage, die mir schon die ganze Zeit auf der Zunge lag.

»Warum jagen Sie Martine eigentlich nicht zum Teufel?«

»Ich kann ohne sie nicht leben«, sagte er leise. »Ich kann mir nicht vorstellen, morgens aufzuwachen, ohne ihren Körper neben mir zu haben, ihre Brüste, ihre Schenkel, die Hände, die Augen, in denen sich kindlicher Hass spiegelt ...« Er umklammerte sein Glas so fest, dass ich fürchtete, es könnte ihm gleich zwischen den Fingern zerspringen. »Sie hasst mich. Deswegen wollte sie mir auch kein Kind schenken. Aber sie gehört mir seit zwanzig Jahren. Und jetzt, da ich bald sterben muss, will ich nicht auf sie verzichten.«

»Dann jagen Sie Vincenzo weg.«

Er schüttelte den Kopf. »Nicht mal das kann ich machen.«

»Haben Sie jemandem versprochen, ihn zu beschützen?«

Er nickte. »Seinem Vater. Bevor er gestorben ist.«

Und dann tat Ganci etwas, womit ich nie gerechnet hätte. Mit beiden Händen klammerte er sich an der Tischplatte fest, stand mit unglaublicher Mühe von der Bank auf – und packte mich am Kragen meines Hemdes.

»Sie hätten nicht herkommen dürfen. Jetzt wird alles noch viel schwieriger für mich. Gabriele Sanna hat seinen Anteil mit beiden Händen zum Fenster hinausgeworfen. Sein Sohn ist nie nach Tertenia gekommen.«

»Wieso sind Sie da so sicher?«, entgegnete ich ruhig, nachdem ich seine Hand von meinem Hemd genommen hatte.

Ganci ließ sich zurück auf die Bank sinken. Die Emotionen, die ihn beutelten, hatten seine Augen mit einem trüben Schleier überzogen: Von ihrem Funkeln war nichts mehr übrig geblieben, sie wirkten wie erloschen, waren grau und glanzlos geworden. Wir blieben sitzen, den Kopf voller Fragen, während der Mistral um die Veranda heulte und seine Böen die Dunkelheit wie Messerklingen zerschnitten. Ich stand auf, denn an diesem Abend würde ich sicher nichts mehr von ihm erfahren. Zum Abschied berührte ich ihn kaum merklich am Arm.

»Gute Nacht, Signor Ganci. Und danke für das Abendessen.«

Er antwortete nur mit einem Zucken der Schultern, als ob ich schon gar nicht mehr da wäre. Vielleicht spürte er auf dem Weg in seine eigene Verdammnis der Duftspur der Französin nach.

Als ich in den Garten trat, blies mir ein gewaltiger Windstoß ins Gesicht. Von der Rückseite des Hauses nahm ich den Schein des Feuers und das gedämpfte Stöhnen zweier menschlicher Körper wahr.

Infernalische Schatten, die am Abgrund der Nacht tanzten.

Erwachen

Die Nacht bescherte mir nicht gerade einen ruhigen Schlaf. Kein Waffenstillstand vonseiten des Windes. Die Böen verbissen sich in den Fensterläden aus Aluminium, die ich extra festgebunden hatte. Virgilio hatte bei seinen jedoch nicht daran gedacht, sodass sie dort immer wieder gegen die Wand schlugen. Mein Gastgeber hatte den Sonntag mit seiner Familie in Tertenia verbracht, daher war ich in Sarrala ganz allein. Mit weit aufgerissenen Augen starrte ich in die Dunkelheit und zählte die dumpfen Schläge der Fensterläden. Sie trafen mich wie Ohrfeigen und ließen mich in Gedanken zu dem Abendessen bei Ganci zurückkehren. Eine Erinnerung voll düsterer Vorahnungen, noch zu frisch, um mich in den Schlaf gleiten zu lassen. Was hatte der Alte mir sagen wollen mit seinen letzten Worten? Weshalb war jetzt alles schwieriger? Just in dem Moment, als ich endlich einnickte, klingelte mein Handy.

»Pronto?«

»Ist Aglaja bei dir?«

Claras Stimme. Gezeichnet von einer tief verwurzelten Sorge, die sie lange mit sich herumgeschleppt haben musste, bevor sie sich entschlossen hatte, mich anzurufen. Zugleich versprühte sie Funken von Angst und Hass. Ich musste spontan an die Königin der Nacht aus Mozarts ›Zauberflöte‹ denken: *Der Hölle Rache kocht in meinem Herzen …* Genauso wirkte Clara jetzt auf mich. Ein höllischer Rachedurst brannte in ihrem Herzen.

»Sie ist heute Morgen weggegangen und bisher nicht zurückgekommen.«

Im Hintergrund hörte ich, wie auch Giovanni seinem Groll Luft machte, weshalb ich versuchte, die beiden zu beschwichtigen.

»Sie wird bei einer Freundin übernachten. Habt ihr mal rumtelefoniert?«

»Versuch nicht, abzulenken, Bacci. Hat sie dich angerufen? Hat sie gesagt, dass sie zu dir kommt? Sag mir die Wahrheit!«

»Nein, ich habe nichts von ihr gehört. Und das ist die Wahrheit!«

»Aglaja hat ihren Rucksack mitgenommen, den Badeanzug und ein paar Sachen. Sie muss zu dir gefahren sein!«

»Selbst wenn sie auf dem Weg hierher sein sollte, dann ist sie nicht vor morgen hier. Hast du versucht, sie auf dem Handy zu erreichen?«

»Ihr Telefon ist ausgeschaltet. Ich bin mir sicher, dass sie zu dir fährt. Versprich mir, dass du mich anrufst, sobald sie angekommen ist.«

»Versprochen.«

»Ich rufe jetzt die Polizei an«, hörte ich Giovannis Stimme im Hintergrund.

»Ich würde jetzt nichts überstürzen, Clara«, versuchte ich es noch einmal. »Wenn sie die Fähre nach Olbia genommen hat, kann ihr Handy keinen Empfang haben. Sie müsste morgen Vormittag hier eintreffen. Hab ein bisschen Geduld.«

Ich hatte immerhin zehn Jahre auf meine Tochter gewartet.

»Und wie soll sie dich finden? Sie war noch nie in Tertenia. Ihr habt euch seit zehn Jahren nicht mehr gesehen. Wie wollt ihr euch überhaupt erkennen?«

»Da kannst du ganz beruhigt sein. Ich werde sie sicher erkennen.«

»Aber sie ist kein kleines Kind mehr, sie hat sich vollkommen verändert.«

»Ich weiß.«

Ich spürte förmlich, wie sie sich versteifte.

»Das weißt du? Woher denn, bitte schön?«

»Lass es einfach gut sein. Ich weiß, wie sie aussieht, und damit basta.«

Jetzt hatte sich in ihre mütterliche Angst ein Anflug von Misstrauen geschlichen. »Willst du damit sagen, dass ihr euch in letzter Zeit gesehen habt?«

»Ich will damit sagen, dass ich *sie* gesehen habe. Und zwar nicht nur einmal. Leute zu beschatten, ohne dass sie es merken, ist mein Job, falls du das vergessen hast.«

»Du erbärmlicher Hund!«

»Jetzt beruhige dich und geh schlafen. Du wirst sehen, noch vor Mittag rufe ich dich an. Ach, und gib mir lieber mal Aglajas Handynummer. Die könnte ich brauchen, um sie herzulotsen.«

Schweren Herzens diktierte Clara mir tatsächlich die Nummer meiner Tochter. Ich notierte sie mit einem Bleistift, den ich auf dem Nachttisch liegen hatte, auf das Deckblatt von ›Der große Gatsby‹. Nachdem wir aufgelegt hatten, speicherte ich sie gleich im Adressbuch meines Handys ab, unter »Aglaja Handy«, denn unter »Aglaja« hatte ich bereits die Nummer zu Hause in Chiavari gespeichert. Wenn Clara das jemals mitbekommen hätte, wäre sie wahrscheinlich wieder aus der Haut gefahren. Es hätte für sie so ausgesehen, als hätte ich von unserer Beziehung nur eines wichtig gefunden: den Kontakt zu meiner Tochter.

Inzwischen war es vier Uhr morgens. Jetzt noch einzuschlafen, erschien mir völlig unmöglich. Also schrieb ich Aglaja eine SMS: »Bist du unterwegs nach Tertenia? Ruf mich bitte sofort an. Papa«, und stand dann auf, um in der Küche den Vermentino aus dem Kühlschrank zu holen. In der Flasche war kaum noch etwas drin. Draußen heulte nach wie vor der Mistral und erfüllte die Nacht mit seinen wild gewordenen Böen. Ich hörte die Äste der Bäume knarzen, als wären sie von einer bösen Macht besessen.

Ich dachte an meine Tochter. Wenn Aglaja wirklich die Fähre genommen hatte, erlebte sie gerade einen Höllentrip und spie sich vermutlich die Seele aus dem Leib. Aber vielleicht ja auch nicht. Als kleines Mädchen war sie wie ich gewesen, Seegang hatte ihr absolut nichts ausgemacht. Ich erinnerte mich an eine Überfahrt bei Windstärke sechs im Golfo del Leone. Alle übergaben sich, nur sie, damals noch nicht einmal drei Jahre alt, verspeiste mit mir ungerührt einen Mangold-Spinat-Auflauf und amüsierte sich prächtig auf dem vom Wind gepeitschten Oberdeck, wo die Sturzwellen nur so über die Reling spritzten.

Auf einmal kam es mir so vor, als hörte ich ein Gewinsel vom hinteren Teil der Veranda. Als ich die Tür öffnete, schlug mir der Mistral mit voller Wucht entgegen und ließ mich erschaudern. Ich schaltete die Außenbeleuchtung an und sah, dass die Korbsessel und Virgilios Liegestuhl umgefallen waren und dass der Wind das Wachstuch vom Tisch mit sich fortgerissen hatte. Ich musste mich anstrengen, um in der Dunkelheit etwas erkennen zu können, doch dann bemerkte ich die kleine Promenadenmischung, die zusammengerollt unter dem Tisch lag. Ich ging in die Hocke und versuchte, den Hund zu mir zu locken. So, wie ich ihn an jenem Morgen behandelt hatte, hätte ich zumindest erwartet, dass er mich anknurrte. Aber im Gegenteil – als er sich sicher war, dass ich ihm nichts

Böses wollte, sprang er auf und rannte mir schwanzwedelnd entgegen. Er ließ sich streicheln, zutraulich und zufrieden. Ich ging ins Haus und schnitt ihm eine dicke Scheibe Käse ab. Kaum hatte ich sie vor ihm auf den Boden der Veranda gelegt, schlang er sie mit wenigen Bissen hinunter.

Jetzt, da wir Frieden geschlossen hatten, fand ich, dass er mich endlich zu seinem mysteriösen Herrchen führen könnte. Aber dazu musste ich das Ende der Nacht abwarten. Um die Wartezeit zu verkürzen, ging ich hinüber in Virgilios Haushälfte, um die dritte Flasche Lagavulin zu suchen. Ich hoffte von ganzem Herzen, dass er sie nicht irgendwo versteckt hatte. Zu meinem Glück fand ich die Flasche auf Anhieb im unteren Fach der Anrichte.

Wieder in meiner Wohnung, füllte ich mein Glas mit Eiswürfeln und Whisky, und trank dann so lange, bis weder die Böen des Mistrals noch die klappernden Fensterläden mich länger störten. Irgendwann warf ich mich aufs Bett und schlief wie ein Toter, das eingeschaltete Handy neben mir auf dem Kissen.

»Ist jemand zu Hause? Kann ich hereinkommen?«

Ich fuhr hoch. Die Sonne drang durch die Lamellen der geschlossenen Fensterläden in die Dunkelheit des Zimmers, scharfe Klingen aus vergoldetem Licht zerschnitten die staubige Luft. Ich lag ausgestreckt auf dem Bett, nur mit einer Badehose bekleidet. Ein Glück, dass ich wenigstens die anhatte, denn in der geöffneten Tür stand Martine Ganci. Sie trug einen schwarzen Bikini, den durchsichtigen Pareo und ihren mit einem fuchsiafarbenen Tuch umwickelten Strohhut.

»Störe ich?«

»Wie spät ist es?«

»Halb elf. Ich hätte nicht gedacht, dass Detektive so lange schlafen. Werden Sie nicht fürs Arbeiten bezahlt?«

»Was wollen Sie?«

»Mit Ihnen sprechen. Sie haben also meinem Mann eingeredet, dass er mich zum Teufel jagen soll?«, sagte sie, während sie an mein Bett trat.

Nachdem ich wohl oder übel ein Stück zur Seite gerückt war, nahm sie wie selbstverständlich auf der Matratze Platz. Sie zog ein Knie unters Kinn und stellte den nackten Fuß auf mein Bett, sodass die rotlackierten Zehennägel wie Blut auf dem weißen Laken leuchteten. Ihr Gesicht wirkte ruhig und gelassen, und in ihrer Stimme vibrierten eine Wärme und eine Freundlichkeit, die kaum zu dem Gesprächston passten, den sie gerade angeschlagen hatte. Ich versuchte, ihrem Blick standzuhalten und ihre wirklichen Absichten zu erahnen. Langsam und geschmeidig wie Honig drang nach und nach ihr Zitrusduft zu mir und ließ mich die Weichheit ihres Körpers erahnen.

»Ich an seiner Stelle«, sagte sie jetzt, »hätte das längst getan. Aber darum geht es nicht: Ich bin eine begeisterte Leserin von Kriminalromanen, Monsieur Pagano. Mir ist aber noch nie ein Privatdetektiv untergekommen, der den Leuten Ratschläge erteilt, um die sie gar nicht gebeten haben. Sie sind eine echte Rarität.«

»Sie auch, Madame. In puncto Originalität übertrifft Sie niemand.«

In ihren Augen funkelte ein böser Glanz, und ihre Lippen formten sich zu einem verächtlichen Lächeln.

»Bezahlt dieser Sanna Sie dafür, dass Sie seinen Sohn finden oder dass sie die Ehre der Ehemänner retten, die ihre Frauen nicht mehr befriedigen können?«

»Er bezahlt mich, weil er die Vorstellung nicht ertragen kann, dass sein Sohn anders ist als er selbst.«

»Hört, hört, welch psychologisches Einfühlungsvermögen. Und wie Sie sich damit in Szene zu setzen verstehen, ohne dass Sie sich groß anstrengen und irgendetwas riskieren müssen. Sagen Sie, Monsieur Pagano, wie weit würden Sie selbst denn gehen? Hätten Sie den Mumm, einen Geldtransporter zu überfallen? Oder ist es vielleicht eher Ihre Spezialität, Pistolen einzusammeln, um sie in den Müll zu werfen?«

Jetzt rückte sie ein Stück näher, sodass ich die Seide ihres Pareos auf der Haut spürte, der das schwarze Dreieck des Bikinis nur notdürftig bedeckte.

»Sind Sie sicher, dass Ganci so leicht auf mich verzichten kann?«

»Ich bin sicher, dass es das einzig Vernünftige ist, was er tun kann, damit er nicht völlig fertiggemacht wird.«

Jetzt näherte sich ihr praller Busen meinem nackten Oberkörper, sodass ihr Strohhut mir die Sicht nahm, wie ein Vorhang, der unvermittelt über das Geschehen fällt. Dann spürte ich, wie sie mir mit der Zunge über die Brustwarzen fuhr und wie das Gewicht ihrer Brust gegen meinen Bauch drückte.

»Haben Sie Angst, dass ich Sie fertigmache?«, flüsterte sie. Ihr Atem und ihre Zunge ließen die Haut auf meiner Brust warm werden.

»Wieso hassen Sie ihn eigentlich so sehr? Was hat er Ihnen getan?«

»Das habe ich Ihnen doch schon gesagt: Ich bin ein Mensch, der sich mit wenig zufrieden gibt.«

»Gestern Abend haben Sie aber behauptet, dass Sie viel kosten.«

»Oh, natürlich. Ich koste sogar sehr viel. Kein Mann kann sich vorstellen, wie viel, auch mein Ehemann nicht. Das liegt jedoch daran, dass Männer keine Ahnung davon haben, was für eine Frau wirklich wichtig ist«, erklärte sie mit laszivem Tonfall.

Ich merkte, dass ihre Manöver mich langsam in Stimmung brachten. Aber zum Glück half mir meine Empörung dabei, wieder runterzukommen. Ich packte sie an den Schultern und schob sie brüsk von mir weg.

»Jetzt reicht's mit diesen Spielchen. Könnten Sie sich bitte etwas verständlicher ausdrücken? Wenn Sie mit so wenig zufrieden sind, warum kämpfen sie dann so verbissen gegen den Mann, der Ihnen alles, was er besitzt, zu Füßen gelegt hat?«

Sie ließ sich jedoch nicht beirren und sprach genauso weiter wie vorher, während sie noch immer meine Brust bearbeitete. Mit ihren schwarz umrandeten Augen blickte sie mich weich und schmachtend an, aus ihrem Blick sprach jedoch eine grenzenlose Traurigkeit. Ihre Wangen hatten sich rot gefärbt, fast so sehr, dass die Sommersprossen verschwanden. Dieses Rot verriet ihre Erregung und ihre Aufgewühltheit; unter der harten Maske der Frau von Welt war plötzlich das Gesicht eines kleinen Mädchens zum Vorschein gekommen, dem das Leben die Jugend geraubt zu haben schien.

»Wenn Sie das nicht verstehen – dann kann ich es Ihnen auch nicht erklären. Manche Dinge kann man nicht erklären.«

»Versuchen Sie es wenigstens.«

»Sie wissen doch, was ich für eine Vergangenheit habe. Als Ganci mich geheiratet hat, war ich noch als Prostituierte tätig.«

Ich nickte, wie um sie zu ermuntern, doch ihre Antwort bestand darin, mir hingebungsvoll den Bauch zu streicheln, gefährlich nah an den Genitalien.

»Ich habe als Prostituierte gearbeitet und mich auch so gefühlt. All die Jahre. Seit mein Vater in den Knast kam, weil er den Algerier umgebracht hatte. Und wissen Sie, warum? Weil er das nur getan hatte, um die Ehre unserer Familie zu retten. Wir waren fünf Kinder zu Hause, zwei Jungen und drei Mädchen. Unsere Eltern mussten beide arbeiten, um uns alle durchzubringen. Und ich war weder der Erstgeborene, den meine Mutter vorzog, noch das Nesthäkchen, der erklärte Liebling meines Vaters. Als ich aus Marseille abgehauen bin, ist es niemandem in den Sinn gekommen, nach mir zu suchen. Ich bin in Nizza auf den Strich gegangen, was in Marseille natürlich niemand wissen durfte. Selbstverständlich haben sie es trotzdem rausbekommen, weil die Polizei mich mehrmals geschnappt hat. Aber sie haben alle so getan, als wüssten sie von nichts. Für sie war ich inzwischen sowieso *gâtée:* Wegen dieses arabischen Bastards war ich in ihren Augen ein fauler Apfel geworden.«

Sie ließ die Hand über meine Badehose gleiten, wo sie skandalöserweise auf eine beginnende Erektion stieß. Ich hatte mit aller Kraft dagegen angekämpft, aber es war einfach nichts zu machen. Ihre Finger wanderten noch weiter hinunter und machten sich an den Innenseiten meiner Schenkel zu schaffen.

»Und was hat Ganci damit zu tun?«

Ihre Miene verfinsterte sich für einen Moment, wie wenn eine Wolke sich in einer Vollmondnacht vor den Mond schiebt.

»In Nizza habe ich für so einen Fettsack gearbeitet. Er war Korse und hatte drei oder vier Mädchen, die auf der *Promenade des Anglais* für ihn arbeiteten. So ein dämlicher Wichtigtuer, den seinerseits die größten Organisationen protegierten. Afrikaner. Dafür versorgte er sie mit seinen Geheimtipps, und wenn sie wollten, trieb er für sie ein paar weiße Nutten auf. Ganci war für mich der letzte Kunde nach einer sehr anstrengenden Nacht. ›Ich hole dich hier raus‹, hat er zu mir gesagt und ist auch an den folgenden Abenden zu mir gekommen. Er wollte *mich*, verstehen Sie? Bis der Korse irgendwann misstrauisch geworden ist. ›Halt dich von dem Mädchen fern‹, hat er zu Ganci gesagt, was den aber nicht beeindruckt hat. Eines Nachts hat er mich versteckt, ist dem Korsen daraufhin bis in eine verlassene Straße gefolgt, hat ihm eine Pistole in den Mund gesteckt und gedroht, ihn umzulegen, wenn er es wagen würde, mich zurückzuholen.«

»Ungefähr so wie Ihr Vater mit dem Algerier.«

»Er hat es nur leider nicht für mich getan.«

Unvermittelt fiel mir ein Satz wieder ein, den Ganci am Abend zuvor gesagt hatte. *Aber sie gehört mir seit zwanzig Jahren.*

Inzwischen hatte Martine ihre Hand an meinem Bein hinaufgleiten lassen und durch die Badehose meinen erigierten Penis ergriffen.

»Sind Sie immer noch sicher, dass es leicht ist, auf mich zu verzichten?«

Da zog ich sie an mich und drückte meine Lippen auf ihren Mund, wobei ihr der Strohhut vom Kopf rutschte. Ihre Lippen waren weich und dufteten, und sie öffneten sich meiner Zunge mit fast melancholischer Hingabe.

»Warum trennt ihr euch nicht?«, flüsterte ich kaum hörbar.

Martine antwortete nicht, sondern saugte mich in einen Kuss hinein, mit dem sie vielleicht sogar ein mitleidsvolles Lächeln kaschierte.

Just in diesem Moment hörte ich draußen das Knurren des kleinen Hundes sowie eine helle Silberstimme.

»Ruhig, Kleiner, ganz ruhig.« Und dann, etwas lauter: »Ist jemand zu Hause?«

Ich befreite mich so schnell aus Martines Umarmung, als hätte ich mir an ihrem Kuss die Lippen verbrüht.

»Entschuldigen Sie, aber meine Tochter …«

In ihrem Blick lagen Erstaunen und Enttäuschung, doch ich sprang schon auf und stürzte aus dem Schlafzimmer.

Aglaja stand in der Eingangstür, umgeben von gleißendem Licht wie von einem Heiligenschein. Honigfarbene Reflexe spiegelten sich in ihren offenen Haaren, die ihr glatt und fein auf die Schultern fielen. Zur Salzsäule erstarrt, blieb ich im Flur stehen, während mein Herz wie wild schlug. In meiner Kehle saß ein dicker Knoten, der mir die Luft abschnürte. Stumm und fassungslos, aber auch glücklich stand ich da und schaute sie nur an.

Aglaja sah mich mit braunen Augen an, die von langen schwarzen Wimpern umgeben waren. Sie blinzelte einmal kurz und kam mir dann mit unsicheren Schritten entgegen, ohne dabei ihre Augen von meinen zu lösen. Vorsichtig und ganz langsam. Zu aufgeregt oder vielleicht auch nur zu müde, um mich anzulächeln.

Im linken Ohr trug sie ein Piercing, und auf ihrer Nase glitzerte ein winziger Brillant. Sie trug ein rotes Top, unter dem sich ein kleiner, fester Busen abzeichnete, der etwas von einer unreifen Frucht hatte. Das Oberteil war so kurz, dass es den Bauchnabel freiließ. Sie hatte eine ausgewaschene völlig zerschlissene Hüftjeans an, die knapp unterm Knie abgeschnitten war. Ihr Gesicht war blass und angespannt, es zeigte Spuren der anstrengenden Reise. Um ihren Hals hing ein Kopfhörer, der durch ein Kabel mit einem an der Hose befestigten MP3-Player verbunden war. An den Füßen trug sie Turnschuhe. Ich bemerkte einen kleinen Speckring, der gegen den Hosenbund drückte und ihren kräftigen Körper erahnen ließ. Meine Tochter war robust und gut gebaut, sportlich eben, ein Mädchen mit gesundem Appetit.

»Ciao, Pa«, war alles, was sie hervorbrachte.

»Ciao, Aglaja«, war alles, was ich antworten konnte.

Dann wussten wir beide nicht, was wir tun sollten. Aber das war nur ein kurzer Augenblick. Im nächsten streckte sie mir die Hände entgegen, die ich sogleich ergriff und fest drückte. Sie waren weich und kalt und ließen sich umfangen wie zwei zitternde Küken mit einem unstillbaren Bedürfnis nach Fürsorge und Zärtlichkeit.

Vielleicht hätten wir beide weinen und uns umarmen wollen. Vielleicht hätten wir versuchen können, einfach drauflloszureden und die Leere der letzten zehn Jahre mit Worten zu füllen, die sich uns ins Gedächtnis einprägen würden. Vielleicht. Stattdessen schwiegen wir, und jeder verlor sich in den Augen des anderen wie in einem Spiegel, der ein schmerzhaftes Glück zeigte, die zaghafte Verheißung einer Zukunft, die die Sehnsucht nach allem stillte, was wir verloren hatten, und die verhinderte, dass es je wieder zerstört werden würde. Ohne Groll und ohne dass man der Vergangenheit nachtrauerte.

»Vielleicht ist es besser, wenn ich euch jetzt allein lasse«, ertönte Martines Stimme hinter mir. Sie war aus dem Schlafzimmer gekommen und streckte Aglaja nun die Hand entgegen. »*Bonjour*, *Mademoiselle*. Ich bin Martine, eine Freundin Ihres Vaters.« Dann sagte sie zu mir gewandt: »Sie überraschen mich immer wieder, Monsieur Pagano. Ich hätte nicht gedacht, dass Sie eine so nette Tochter haben.«

»Angenehm«, murmelte Aglaja und gab ihr irritiert die Hand.

Aus ihrer Stimme war gleichzeitig Erstaunen und Verärgerung herauszuhören. Ich hätte mir gewünscht, dass die Französin auf der Stelle verschwand, aber sie schien gerade erst auf den Geschmack gekommen zu sein.

»Verbringen Sie die Ferien hier?«, fragte sie Aglaja

mit diesem aufgesetzten, gezierten Tonfall, der mich zur Weißglut brachte.

Auf dem Gesicht meiner Tochter zeichnete sich jetzt Unmut ab. Doch sie riss sich zusammen.

»Ja. Aber ich weiß noch nicht, wie lange ich bleibe«, antwortete sie eisig und förmlich.

»*Je comprends.* Dieser Ort hier kann einem Mädchen in Ihrem Alter ja auch nicht viel bieten. Ich könnte mir vorstellen, dass Sie hier vor Langeweile vergehen.«

»Ich bin zum ersten Mal hier.«

»Es gibt hier wirklich nichts Spannendes für eine junge Frau.«

»Ich weiß nicht«, erwiderte Aglaja etwas ratlos, Wut und Verlorenheit im Blick. »Mein Vater ist hier. Seinetwegen bin ich hergekommen.«

»*Oh, oui.* Das ist natürlich ein guter Grund. Ihr Vater ist ein interessanter Mann. Sie haben Glück, Gaia.«

»Aglaja«, korrigierte meine Tochter sie trocken. »Das ist ein griechischer Name.«

»Wirklich? Ich habe ihn noch nie gehört.«

»Ihre Mutter und ich«, mischte ich mich jetzt ein, obwohl es völlig überflüssig war, »haben ihn gewählt, nachdem wir ›Der Idiot‹ von Dostojewski gelesen hatten.«

»*Bon*, meine kleine Aglaja. Wie ich schon sagte, Sie haben wirklich Glück. Und Ihre Mutter auch …«

Ich sah, wie Aglajas Gesicht einen wütenden Ausdruck annahm. Ihre Augen hatten sich bereits mit Tränen gefüllt.

»Meine Eltern sind seit vielen Jahren getrennt«, konnte sie gerade noch sagen. Dann schnürte ihr ein

Schluchzen die Stimme ab, sodass ich endlich einschreiten musste.

»Es reicht jetzt, Madame. Aglaja ist sicherlich sehr müde und muss sich ein wenig ausruhen.«

»Ja, natürlich«, entgegnete Martine mit würdevoller, aber gekünstelter Stimme. »Es tut mir leid. Ich wusste ja nicht …«

Ich schob sie zum Ausgang, mit einer Grobheit, die in etwa meinem Bedauern darüber entsprach, dass unser Treffen auf diese Weise enden musste, nachdem sie mir immerhin in einem Moment unerwarteter Intimität etwas über sich erzählt hatte, das sicherlich mehr Beachtung verdient hätte. Aber diese Frau benahm sich einfach ständig daneben und provozierte alle und jeden. Jedenfalls war jetzt meine Tochter hier, und niemand würde ihr mehr wehtun dürfen, nachdem ich ihr selbst schon genug angetan hatte. Niemand durfte Aglaja und mir die gemeinsamen Ferien vermiesen, auch wenn ich mich dafür vielleicht manchmal wie ein Grobian aufführen müsste.

Von der Veranda aus sah ich Martine nach, die mir noch einmal flüchtig zuwinkte, bevor sie den Weg zum Strand einschlug, und drehte mich dann um. Auf dem Tisch, von dem der Wind das geblümte Wachstuch fortgerissen hatte, lag der bunte Rucksack von Aglaja. Und darunter auf dem Boden der kleine Hund, als ob er das Gepäckstück bewachen müsste. Dann kreuzte sich mein Blick mit dem meiner Tochter. Er war hart und ablehnend geworden.

»Was ist denn das für eine blöde Kuh?«, presste sie zwischen zusammengebissenen Zähnen hervor.

»Die Frau von jemandem, den ich gerade im Verdacht habe, dass der Sohn meines Auftraggebers vielleicht wegen ihm nach Tertenia …«

Ich verstummte. Viel zu viele Worte, um auf eine so einfache Frage zu antworten. Viel zu viele Worte, die verrieten, dass ich das Bedürfnis verspürte, mich zu rechtfertigen.

Aglaja merkte es sofort und ließ sich nicht die Gelegenheit entgehen, mich das auch spüren zu lassen.

»Und was hat sie dann in deinem Schlafzimmer verloren?«

»Sie ist zufällig hier vorbeigekommen …«

Sie lachte belustigt, wenn auch ein bisschen angestrengt.

»Hör zu, Papa. Wir sollten gleich mal eins klarstellen. Von mir aus kannst du ins Bett steigen, mit wem du willst. Aber bitte behandle mich nicht wie ein dummes, kleines Kind und erzähl mir keine Märchen.«

»Oh, meine Süße … Diese Frau hat einen Knall, und wenn du nicht gekommen wärst, wäre ich ihr wahrscheinlich noch an die Gurgel gesprungen. Und das wäre uns beiden nicht gut bekommen.«

»Ein Glück, dass ich da bin, oder?«

»Für mich ist das wirklich ein großes Glück! Schließlich warte ich seit zehn Jahren auf dich.«

Ich sah, wie ihre Augen bei diesen Worten vor Freude aufleuchteten. Sie umarmte mich, so, wie ich dastand, mit an die Seiten gepressten Armen. Ich merkte, dass sie mich nur mit Mühe umfassen konnte und sich ihre Fingerspitzen gerade eben berührten, sie drückte mich ganz fest an sich, mit einer Inbrunst, die ich nicht erwartet hätte. Immerhin war ich ein Mann und hatte nichts als eine knappe Badehose am Leib.

»Ich freue mich auch, dass ich hier bin«, sagte sie und betrachtete dann meinen nackten Oberkörper. »Was sind denn das für Narben?«

»Arbeitsunfälle«, murmelte ich wie immer, wenn irgendjemand es wissen wollte, nur diesmal mit einem etwas verlegenen Lächeln. Meine Nacktheit war mir so unangenehm wie einem pubertierenden Jugendlichen. Das Handy, das auf einmal im Schlafzimmer klingelte, rettete mich. Ich ging hinein und spähte auf das Display. Clara.

Ihre Antennen mussten ihr eingegeben haben, dass meine Tochter sich mir just in diesem Moment in einem Maße näherte, das in ihr nicht nur Wut, sondern totale Ablehnung ausgelöst hätte. Ich überlegte, was ich tun sollte. Am Ende zog ich mir aus einem unerklärlichen Reflex meinen Wollpullover über, den ich auf dem Bett hatte liegen lassen, und ging ran.

»Hallo, Clara.«

»Ist sie bei dir?«, fragte sie so voller Erregung, dass ihr die Angst leicht anzumerken war.

»Ja, gerade eben angekommen. Ihr geht's gut, sie ist bloß ein bisschen müde.«

»Gib sie mir«, polterte meine Exfrau.

Wie so oft hatte ich nicht übel Lust, das Gespräch sofort abzubrechen.

»Aglaja ist vor wenigen Minuten angekommen, jetzt lass mich doch erst mal mit ihr reden. Sie ruft dich später zurück.«

»Na wunderbar, ihr seid ja schon eine eingeschworene Gemeinschaft. Ich hoffe nur, dass du deine Vaterrolle ernst nimmst und ihr die Leviten liest. Sie muss das Schuljahr zu Ende machen. Du wirst sie in die erste Fähre zurück nach Genua setzen, hast du mich verstanden? Und sie soll bloß kein Theater machen.«

»Clara, du musst mir wirklich nicht sagen, was ich zu tun und zu lassen habe. Meine Tochter und ich, wir gehen jetzt an den Strand und reden in aller Ruhe. Danach sage ich ihr, dass sie dich anrufen soll.«

»Pass gut auf, was du machst, Bacci Pagano. Aglaja ist minderjährig, und der Jugendrichter hat mir das Sorgerecht zugesprochen. Ein Anruf, und die Carabinieri kommen und holen sie.«

»Mach, was du willst. Oder nein, vielleicht nimmst du ja einen guten Rat von mir an: Geh in eine Bar und lass dir zwei doppelte Daiquiri servieren. Die geben dir wenigstens was Menschliches. Und tu es am besten, bevor dich deine Tochter anruft, dann kannst du sie vielleicht dazu überreden, dass sie ohne Geleitschutz nach Hause kommt.«

»Du verdammter Hurensohn, willst du mich auch noch verarschen?! Nachdem du schon meine Tochter eingewickelt hast und …«

»Ich habe niemanden eingewickelt«, schnitt ich ihr das Wort ab. »Ich wusste ja nicht mal, dass sie herkommen wollte.«

»*Du* hast ihr doch vorgeschlagen, nach Tertenia zu kommen!«

»Ja, in den Ferien.«

»Genau. Deshalb würde ein verantwortungsvoller

Vater sie jetzt auch auf der Stelle nach Hause schicken. Das Schuljahr ist erst in einer Woche zu Ende.«

»Ach, und das, was *ein verantwortungsvoller Vater* so tut, bestimmst du?«

»Na, du warst ja nie ein Vater für sie.«

»Du hast es mir ja gar nicht erlaubt.«

»Bacci, du bist und bleibst ein Dreckskerl.«

»Wenn Aglaja abgehauen und hierhergekommen ist, will sie dir damit vielleicht etwas sagen. Hast du darüber schon mal nachgedacht?«

Damit hatte ich einen wunden Punkt berührt. Ihre Stimme wurde laut und schrill.

»Du weißt doch gar nichts über deine Tochter! Du hast seit einer halben Ewigkeit nicht mehr mit ihr gesprochen, und jetzt bildest du dir ein, dass du *mir* raten kannst, wie ich mit ihr umzugehen habe? Mir, die ich Aglaja aufgezogen habe, Tag für Tag!«

»Ich bilde mir überhaupt nichts ein. Nur letztlich hat alles irgendwo seine Grenzen.«

»Was willst du damit sagen?«

»Es stimmt, ich kenne meine Tochter nicht. Wie auch, wenn du sie mir all die Jahre vorenthalten hast? Aber dich kenne ich weiß Gott gut. Dich und deine bescheuerte Angewohnheit, ständig allen sagen zu müssen, wo es langgeht. Aglaja ist jung, und vielleicht hat sie ja Lust, ihre eigenen Wahrheiten zu entdecken! Auch jene, die ihren Vater betreffen. Hör endlich auf, ständig alles kontrollieren zu wollen, dann werden sich eure Probleme vielleicht auch ohne Carabinieri lösen.«

Eine kurze Pause trat ein, die vom Widerhall ihrer Gedanken erfüllt war. Die Wut und über lange Zeit genährte Vorwürfe rumorten in ihr – eine Zeit, die nicht ausgereicht hatte, um sie die Tatsache verdauen zu lassen, dass wir uns auseinandergelebt hatten, weil ich ebenso wenig in der Lage war, sie zu verstehen und anzunehmen wie sie mich. Clara war und blieb eine offene Wunde für mich. Genauso wie ich für sie. Es war deprimierend, sich vorzustellen, dass diese Wunden womöglich für immer bleiben würden.

»Sprich mit ihr, und danach soll sie mich anrufen«, war alles, was sie meinen Worten entgegenzusetzen hatte.

»Gut«, antwortete ich und legte auf.

Dann ging ich zurück zur Veranda, wo Aglaja im Schatten des blühenden Hibiskus mit dem Hund spielte. Vielleicht war sie hinausgegangen, um nicht zuhören zu müssen, wie sich ihre Eltern stritten und sie als Vorwand benutzten, um sich wieder einmal gegenseitig wehzutun.

Aglaja

Als ich Aglaja fragte, ob sie mit mir zum Strand hinuntergehen wolle, rümpfte sie die Nase, und auf ihrem Gesicht zeigte sich ein Ausdruck, den ich noch aus ihren Kindertagen kannte. Sie hatte recht, denn der Mistral stellte auch meine Nerven auf eine harte Probe. Draußen im Hof wirbelten die Böen ganze Wolken aus Staub und Erde auf, die in Richtung Meer davonzogen, und meine alte 200 PX war schon so verstaubt, dass der amaranthfarbene Lack kaum noch zu erkennen war. Und auch die Weinstöcke mit den noch grünen Trauben wurden gehörig durchgeschüttelt. Das Licht des Vormittags war grell; fast gewaltsam überflutete es die Landschaft und verwischte die Farben der Natur wie der Pinsel eines dem Wahn verfallenen Malers. Nur jemand wie Martine Ganci, ganz Opfer ihrer Besessenheit für den eigenen Körper, der perfekt gebräunt und knackig zu sein hatte, würde sich bei so einem Wetter am Strand vom windgepeitschten Sand ohrfeigen lassen.

»Kann man hier heiß duschen?«, riss Aglaja mich aus meinen Gedanken.

Ich zeigte ihr das Bad und ging in die Küche, um einen Topf mit Milch und den Espressokocher auf den Herd zu stellen und den Tisch für das Frühstück zu decken. Aus dem Bad hörte ich das Plätschern der Dusche und Aglajas Stimme, die fröhlich und unbeschwert vor sich hin pfiff. Es war eine Melodie, die ich gut kannte, trotzdem brauchte ich eine Weile, bis mir einfiel, was es war: Mozarts ›Allegro Vivace‹ aus dem Klavierkonzert Nr. 19, Köchelverzeichnis 459. Clara hatte also nicht gelogen, meine Tochter liebte tatsächlich Mozart. Genau wie ihr Vater. Vielleicht, weil ich ihr seine Klavierkonzerte immer wieder vorgespielt hatte, als sie noch klein war, weshalb sie sich wohl in ihr emotionales Gedächtnis gebrannt hatten, jenen Ort, wo sie während all der Jahre ihre Liebe zu ihrem Vater aufbewahrt hatte.

Ciao, Pa.

Als Aglaja aus dem Bad kam, hatte sie meinen blauen Bademantel an, der ihr fast bis zu den Füßen reichte. Sie hatte ihn sich mit dem Frotteegürtel eng um die Taille gebunden und die Ärmel mehrfach umgeschlagen. Ihre Haare waren in ein Handtuch gewickelt, das sie wie einen Turban trug. Als sie die Milch und die Kekse sah, erklärte sie jedoch, dass sie lieber ein Bier hätte.

»Willst du nicht wenigstens eine Tasse Kaffee?«, fragte ich.

»Okay, Kaffee. Aber hast du kein Bier?«

War nicht auch ein Bier da? Wahrscheinlich schon. Im Haus von Virgilio Loi waren immer Wein und Bier vorrätig. Schnell ging ich hinüber in seine Küche und fand im Kühlschrank einen ganzen Kasten Ichnusa.

Aglaja war auf die Veranda hinausgegangen. Mit einem Frösteln hüllte sie sich fester in den feuchten Bademantel.

»Weht hier immer so ein scheußlicher Wind?«

»Sarrala zählt zu den vom Mistral am wenigsten betroffenen Orten in Sardinien. Hier bläst er meistens nur drei Tage lang.«

»Und wann hat er angefangen?«

»Gestern Nachmittag.«

Sie zuckte resigniert die Achseln und folgte mir in meine Wohnung. Noch zwei Tage, ohne zu baden. Ich schenkte ihr einen Kaffee ein, machte ihre Bierflasche auf und fragte sie dann, ob sie sich nicht vorher noch anziehen wolle. Statt zu antworten, nahm sie das Handtuch vom Kopf, ließ die langen Haare herunterfallen und ging schweigend mit Tasse und Flasche auf die Veranda hinaus. Auch ich goss mir einen Kaffee mit Milch ein und trat damit hinaus ins Freie.

Aglaja saß in einem der Korbsessel, zu ihren Füßen der kleine Hund, und ich schob meinen Sessel ganz nah zu ihrem. Während ich in die dampfende Tasse pustete, saß meine Tochter gedankenversunken da und betrachtete die klare Linie des Horizonts. Vielleicht war jetzt der Moment gekommen, um mit ihr zu reden. Leicht würde es nicht sein, nach zehn Jahren. Eigentlich hatten wir auch später noch genug Zeit, allerdings spürte ich im Nacken förmlich das wütende Schnauben ihrer Mutter. Die Situation, in die mich meine Tochter da hineingezogen hatte, war ziemlich kompliziert.

»Was ist eigentlich passiert, Aglaja?«

Sie stellte die Tasse auf den Tisch. Dann nahm sie einen Schluck Bier.

»Nichts. Was soll denn passiert sein?«, antwortete sie, ohne mich anzusehen.

»Deine Mutter macht sich Sorgen. Stimmt irgendwas nicht?«

»Ach, wenn es darum geht, da gibt es vieles, was nicht stimmt. Dieses Jahr habe ich in der Schule Griechisch und Latein versemmelt. Das ist mir vorher noch nie passiert.«

»Das scheint mir aber nicht allzu dramatisch zu sein …«

Als sie mir das Gesicht zudrehte, glänzten ihre großen braunen Augen feucht. Ich spürte, dass sie litt, wenn sie darüber sprechen sollte, aber ich würde ihr das Thema nicht ersparen können.

»Siehst du, genau das ist es! Du findest das nicht so

schlimm, aber für Mama ist das eine Katastrophe. Ich habe es satt, immer das Mädchen sein zu müssen, auf das sie stolz sein kann – gut in der Schule, gut im Sport und bei allen beliebt. Ich habe es satt, immer auf sie und ihren dämlichen Langweiler Giovanni hören zu müssen. Ich will meinen eigenen Weg finden und auch Fehler machen dürfen. Fehler, für die ich dann selbst geradestehen muss.«

»Das klingt nach einem vernünftigen Plan. Das haben wir alle mal so gemacht. Auch deine Mutter.«

»Und warum lässt sie mich dann nicht die gleichen Erfahrungen machen?«

»Vielleicht, weil sie glaubt, dass sie für ihre Fehler zu teuer bezahlt hat, und dir das gleiche Leid ersparen will. Auch wenn sie sich da was vormacht, denn das ist unmöglich.«

»Einer von ihren Fehlern bist du gewesen, nicht wahr?«

Das hatte sie in einem Atemzug herausgepoltert, als wenn sie einen Stein geworfen und danach schnell die Hand hinterm Rücken versteckt hätte. Schon wurden ihre Augen wieder feucht, ihre Lippen zitterten, und ihr Gesicht verzog sich zu einer schmerzlichen Grimasse. Zehn Jahre, nicht mal ihr halbes Leben. Ein Windstoß rüttelte an den *bagolari*, den Zürgelbäumen, neben der Veranda. Zwischen dem Johannisbrotbaum und der Lentisken-Macchia, die die Dünen bedeckte, lugte ein Stück Meer hervor. Zahllose weiße Schaumkronen säumten die Wasseroberfläche. Kurzlebig. Unstet. Ständig wechselnd. Die leichten Schauder des Meeres unter den rauen Liebkosungen des Mistrals.

Ich dachte daran, wie vergänglich auch wir waren, mit unseren unbeholfenen Gesprächen. Wie wir da auf der Veranda saßen und versuchten, einander wiederzufinden. Aber nun hieß es, nach vorne zu blicken und an die Zukunft zu denken. Erst jetzt merkte ich, wie schwierig mir das alles erschien: Vater zu sein für eine Tochter, die ich gar nicht kannte. Die fernab von mir zur Frau geworden war. Vielleicht hatte Clara recht. Aber vielleicht war an meiner Stimmung auch diese Frau schuld. Diese Französin. Die an die Zukunft nur als einen tiefen Abgrund der Existenz denken konnte, in dem die vom Leben verschlissenen Träume abgelegt werden – mit dem einzigen Ziel, sie ebenso wie die Falten und die Schäden, welche die Zeit einem zugefügt hat, zu vergessen. Was sonst hätte sie wohl dazu gebracht, sich derart auf meine Tochter einzuschießen und sie mit Worten zu verletzen, die vor Neid auf ihre Frische und Jugend nur so trieften?

»Hast du denn schon Pläne für die Zukunft? Was hast du vor, wenn du mit dem Gymnasium fertig bist?«

Aglajas Gesicht entspannte sich ein wenig. Die Richtung, die das Gespräch nahm, schien ihr weniger anstrengend zu sein.

»Ich weiß noch nicht. Ich würde mich gern am DAMS in Bologna einschreiben. Mich interessiert Theater oder Kino.«

»Du willst also Schauspielerin werden?«

»Vielleicht.«

»Und Mama? Was sagt die dazu?«

»Sie nimmt mich nicht ernst, so wie immer. Sie sagt,

ich müsse erst mal Latein und Griechisch büffeln, und dann sähen wir weiter.«

Dabei hob sie resigniert die Schultern, mit der fatalen Zielstrebigkeit, mit der Achtzehnjährige gewöhnlich das Gras um sich herum niedertrampeln, bevor es überhaupt wachsen kann. Interessiert sah sie sich um, bis ihr Blick schließlich an einem unbestimmten Punkt in der Landschaft hängen blieb, wo Licht und Wind mit ihren Farben, Geräuschen und ihrer Unrast das Geschehen beherrschten.

»Die Gegend gefällt mir. Ah, übrigens, du hattest am Telefon doch was von einem Mädchen in meinem Alter gesagt.«

»Ja, ich meinte die Tochter von Virgilio Loi, meinem Freund, dem das Haus hier gehört. Sie heißt Laura und ist ein Jahr jünger als du. Wenn du willst, fahren wir heute ins Dorf, dann kannst du sie treffen. Aber erst musst du Mama anrufen.«

Auf Aglajas Gesicht zeigte sich Ärger. Sie zog die Augenbrauen hoch.

»Ich denke gar nicht daran!«, presste sie zwischen zusammengebissenen Zähnen hervor.

»Das sieht dann aber sehr nach Flucht aus, mein liebes Kind.«

Noch eine Grimasse, dieses Mal voller Ironie.

»Flucht? Wovor?«

»Darüber sprechen wir später. Erst musst du deine Mutter anrufen und ihr sagen, was du vorhast.«

»Ich habe vor, hierzubleiben und herauszukriegen, was für ein Typ mein Vater ist. Ist das für dich okay?«

»Was soll das heißen?«

»Bist du bereit, dich mit Mama anzulegen, damit ich bei dir bleiben kann?«

»Ich lege mich seit Jahren mit deiner Mutter an, damit ich dich sehen kann.«

Sie musterte mich verstohlen, ohne etwas zu sagen. Noch immer hingen dicke, glitzernde Tränen in ihren Augen, die vor Wut nur so funkelten. Vor Wut, Liebe und Angst. Aus ihren noch feuchten honigblonden Haaren stieg mir ein leichter Kokosduft in die Nase. Flüchtig und zufällig wie der Hauch von Ironie, der eben noch über ihr Gesicht gehuscht war. Entzückendes, sanftes Oval einer Jugendlichen. Einer jungen Frau. Denn genau das war meine Tochter inzwischen: fast eine Frau. Eine Frau, die der Meinung war, dass ihr Vater nicht genug um sie gekämpft und sie vernachlässigt hatte, weil er andere Dinge im Kopf gehabt hatte. Ihr zu sagen, dass ich es nur getan hatte, um sie zu schonen, weil der Krieg zwischen Clara und mir ihr das Herz zerrissen hätte, war sinnlos. Sie würde mir nicht glauben.

»Ich werde versuchen, sie davon zu überzeugen. Aber ich will die ganze Wahrheit wissen. Also: Was stellst du gerade für komische Sachen an?«

»Ich habe meinen Freund verlassen. Er war langweilig, ein Stubenhocker, der mich total genervt hat. Genau wie Giovanni. Ansonsten läuft alles bestens. Und du? Was machst du eigentlich auf Sardinien?«

»Ich suche einen jungen Mann«, sagte ich und erzählte ihr kurz die näheren Umstände des Falles.

»Verschwunden? Ist er umgebracht worden?«

»Das glaube ich nicht. Er ist drogenabhängig, da

ist es wahrscheinlicher, dass er sich früher oder später selbst das Leben nimmt.«

»Und warum soll der Kerl ausgerechnet hier sein?«

Wir waren auf dem besten Wege, jeden Moment ein Minenfeld zu betreten. Intuitive Vorsicht und gesunder Menschenverstand sagten mir, dass ich Aglaja aus dieser Geschichte heraushalten musste. Daher zuckte ich nur mit den Schultern und gab ihr zu verstehen, dass es keine weitere Bedeutung hatte. Aber das Mädchen war helle; so schnell gab es sich nicht zufrieden.

»Ich wette, der sucht hier die Komplizen seines Vaters.«

»Das glaub ich nicht. Ich bin davon überzeugt, dass er Genua nie verlassen hat.«

»Aber hier leben doch die anderen Räuber, die einfach so aus der Sache herausgekommen sind.«

»Tja«, murmelte ich unbestimmt.

»Bist du hergekommen, um sie zu überführen?«

»Nein, ich werde nur dafür bezahlt, den Jungen aufzustöbern.«

»Ich könnte wetten, dass der Mann von dieser blöden Kuh einer der Räuber ist.«

Das war zu viel. Ich packte sie fest am Arm.

»Jetzt hör mir mal gut zu, Aglaja«, sagte ich, »vergiss diese Frau und das, was ich dir gerade gesagt habe. Diese Geschichte. Im Dorf wird viel geredet, und bestimmte Themen anzuschneiden, ist ziemlich gefährlich. Und ich will dich unter keinen Umständen gefährden. Denk an deine Mutter ...«

»Könnte es denn Tote geben? Stimmt es, dass du eine Pistole hast?«

»Ich habe einen Waffenschein und auch eine Pistole. In meinem Beruf ist das nötig ...«

»Hast du sie schon mal benutzt? Hast du schon mal jemanden umgebracht?«

»Leider ja. Ein paar Mal musste ich schießen, sonst wäre ich getötet worden.«

Aglaja verstummte für einen Moment und lauschte in die Stille, in der meine Worte nachhallten. Dann pfiff sie nach dem kleinen Hund, der sich in der Zwischenzeit unterm Tisch zusammengerollt hatte, um ihn am Hals zu kraulen. Sofort begann er wieder mit dem Schwanz zu wedeln. Ohne mich anzusehen, warf sie mir dann ihre nächste Frage vor die Füße.

»Pa, was bedeutet eigentlich *borderline*?«

»Borderline?«, fragte ich, verwundert über den plötzlichen Themenwechsel. »Ich glaube, das ist eine Persönlichkeitsstörung. Wieso?«

Sie wich beharrlich meinem Blick aus und nahm einen langen Zug aus ihrer Bierflasche.

»Mama sagt, dass du am Rande der Gesellschaft lebst und im Leben immer das Schicksal herausgefordert hast. Ich glaube, sie meint damit, dass du ein bisschen verrückt bist, aber sie sagt nicht verrückt, sondern ...«

Ihr Zögern zwang mich förmlich dazu, den Satz zu beenden: »... *borderline*.«

»Hm«, murmelte Aglaja verlegen, aber offensichtlich auch ziemlich erleichtert.

»Wenn das alles ist – das bin ich gewohnt«, erwiderte ich achselzuckend. »Du weißt sicher, dass ich nach der Trennung von deiner Mutter mit einer Psychologin zusammen war. Da waren solche Beurteilungen an der

Tagesordnung. Das Netteste, was sie mir je gesagt hat, war, dass ich ein Gefühlsanalphabet sei.«

»Du warst mit der Frau schon *vor* der Trennung von Mama zusammen. Aber egal, die Psychologin lag jedenfalls falsch.«

»Wie willst du das wissen?«

»Wenn du ein Gefühlsanalphabet wärst, hättest du dich nicht von Mama getrennt. Ihr hättet euch wunderbar verstanden: Weil sie nämlich auf jeden Fall eine Gefühlsanalphabetin ist.«

Von dieser Warte aus hatte ich das Ganze noch nie betrachtet. Dabei passte die Bemerkung wirklich haargenau zu dem Bild, das ich von meiner Ex hatte: einer Frau, die trotz ihrer unbestreitbaren Intelligenz nie in der Lage war, ein Gefühl ernst zu nehmen, ohne es vorher auf den Prüfstand zu stellen. Clara hatte Gefühle nur dann anerkannt, wenn sie ihr gerechtfertigt erschienen. Emotionen, die durch ihr Bewertungsraster fielen, existierten für sie einfach nicht.

»Bei dir kommt wirklich keiner ungeschoren davon.«

»So bin ich erzogen worden. Für mich gibt es nur Schwarz oder Weiß.«

»Deine Mutter wird dir früher oder später die Carabinieri auf den Hals hetzen, um dich gewaltsam nach Hause zu holen.«

»Davor habe ich keine Angst.«

Sie hatte das Bier ausgetrunken und stellte die Flasche auf den Tisch zurück. Dabei öffnete sich der Bademantel ein Stück und gab den Blick auf eine kleine Brust frei. Aglaja warf mir einen schiefen Blick zu, lächelte verschämt und bedeckte sich mit einer schnellen

Bewegung. Die Geste erfüllte mein Herz mit unglaublicher Zärtlichkeit, denn darin lag die ganze Distanz, die Vater und Tochter trennten. Vielleicht ist es ja doch nicht ausgeschlossen, dachte ich, dass wir wieder zueinanderfinden.

Meine Tochter stand nun auf und fing an, in ihrem Rucksack herumzuwühlen. Da sie nicht sofort fand, was sie suchte, fluchte sie leise vor sich hin. Schließlich zog sie aus einer der Seitentaschen eine Packung Tabak und Blättchen und setzte sich damit wieder in den Sessel.

»Jetzt würde ich gern ein bisschen schlafen«, sagte sie seufzend.

»Dann geh ich mal dein Bett beziehen.«

Im Haus ging ich in mein Schlafzimmer, nahm aus dem Schrank zwei saubere Laken und bezog damit eines der Doppelstockbetten im Nebenzimmer. Die Wohnung war nicht sehr groß: Von einem langen, schmalen Korridor gingen drei Zimmer ab, eines mit einem Ehebett und zwei kleinere mit metallenen Doppelstockbetten. Am Ende des Flurs befanden sich Bad und Küche.

Zurück auf der Veranda, stellte ich fest, dass sich meine Tochter inzwischen einen Joint gedreht hatte. Sie zündete ihn gerade an und nahm einige tiefe Züge. Ein schwacher Haschischgeruch breitete sich aus.

»Was soll der Quatsch?«

»Wie?« Irritiert sah Aglaja mich an. »Das machen doch alle.«

»Weiß deine Mutter davon?«

»Ja, sie tut aber so, als sähe sie es nicht.«

»Und Giovanni? Sagt der nichts dazu?«

»Was soll er denn sagen?«

Stimmt, was sollte er ihr sagen?

»Also gut, tu, was du nicht lassen kannst. Aber ich finde es nicht gut.«

»Okay«, sagte sie, lehnte den Kopf zurück und sog genüsslich den Rauch ein.

»Was heißt hier okay? Mach das Ding aus und geh schlafen.«

»Hast du nicht gerade gesagt, ich soll tun, was ich nicht lassen kann?«

»Ja, trotzdem wäre es mir lieber, wenn du dir in meinem Beisein keine Joints drehen würdest.«

»Und wenn du nicht dabei bist?«

Ich antwortete mit einer wütenden Geste, die man auch als Zeichen von Ungeduld hätte interpretieren können.

»Pa, du bist doch nicht etwa einer dieser Heuchler, die gegen Homosexualität, Drogen und freien Sex vorgehen? Sag's lieber gleich. Wenn du nämlich so drauf bist, dann fahre ich gleich wieder ab und gehe zurück zu Giovanni. Er ist zwar ein totales Weichei, aber wenigstens kein Spießer.«

»Jetzt hör mir mal gut zu, mein Kind. Ich bin weder ein Heuchler noch ein Spießer. Ich habe sogar schon mal im Knast gesessen im Dienste der proletarischen Revolution. Aber ich habe die Schnauze voll von diesen Nichtsnutzen, die den ganzen Tag nur rumhängen und glauben, dass die Gesellschaft sie versorgen muss, ohne dass sie dafür was zurückgeben müssten. Da, wo du dich so rumtreibst, gibt's für meinen Geschmack ein bisschen zu viele Leute, die nichts lernen oder arbeiten und sich nur irgendwie durchschlagen.«

»Was weißt du denn schon, wo ich mich rumtreibe!«

»Deine Mutter hat es mir erzählt.«

»Hättest du lieber so ein feines Töchterchen, das mit den Schnöseln aus Albaro ausgeht und Kokain schnupft? Oder wäre dir eine neurotische Streberin lieber, die in ihrer Freizeit eine Soap oder Reality Show nach der anderen glotzt und dabei Chips und Nutella in sich reinstopft? Solche gibt es nämlich auch massenweise in meiner Klasse.«

»Gibt es in deiner Klasse vielleicht auch Magersüchtige, Dealerinnen und Callgirls?«, entgegnete ich ungerührt.

Perplex starrte Aglaja mich mit großen Augen an – und schüttete sich dann aus vor Lachen, bis ihr die Tränen kamen, vermutlich noch vom Haschisch begünstigt. Und ehrlich gesagt hätte ich nicht übel Lust gehabt, auch mal zu ziehen. Stattdessen ging ich zurück ins Haus, um meine Pfeife und den englischen Tabak zu holen. Just in diesem Moment klingelte erneut mein Handy.

»Gib mir meine Tochter«, befahl Clara. Sie sprach in einem derart kalten Ton, dass ich kurz mit dem Gedanken spielte, zum Strand hinunterzurennen und das Telefon ins Meer zu werfen.

»Tut mir leid, aber Aglaja will nicht mit dir sprechen. Ich hoffe, in den nächsten Tagen …«

Ihre Stimme überschlug sich, und sie stieß einen spitzen Schrei aus, ähnlich dem eines Tiers, dem bei lebendigem Leibe die Kehle durchtrennt wird.

»In den nächsten Tagen?! In einer Woche ist die Schule zu Ende, sie muss die Griechisch- und Lateinprüfungen wiederholen!«

»Ich weiß, aber *sie* will davon nichts wissen. Aber keine Sorge, sie wird sie sicher nach den Sommerferien nachholen.«

Blanke Wut stieg nun in ihr auf. »Was? Pass bloß auf, Bacci! Schick meine Tochter sofort zurück nach Hause, oder ich hetze dir die Carabinieri auf den Hals«, zischte sie.

»Clara, mit dir zu diskutieren ist pure Zeitverschwendung. Schick von mir aus die Marines her. Ich werde meine Tochter nicht zu etwas zwingen, das sie nicht will.«

Jetzt wandte sie sich an ihren Mann, der wohl unfreiwillig Zeuge unseres Gesprächs geworden war. Er musste sich fühlen wie ein nüchterner Gast in einer Bar, der durch Zufall in eine Streiterei zwischen Betrunkenen geraten war. »Giovanni, tu was. Er will sie nicht nach Hause schicken.« Der Arme stotterte etwas vor sich hin, wahrscheinlich um sie zu beruhigen. Ich hörte die beiden diskutieren. Giovanni hatte offensichtlich nicht die geringste Lust, mit mir zu reden.

»Sag ihm, dass wir die Carabinieri rufen!«, zischte Clara, deren Zorn sich inzwischen auch gegen ihn richtete.

Aber von Giovanni kam nichts, so wie immer. Ich hörte Geräusche, die mir sagten, dass der Hörer mehrmals hin und her wanderte. Bis irgendwann doch Giovannis ernste Stimme erklang.

»Bacci, ich bin's.«

»Ciao, Giovanni.«

»Was ist los?«

»Aglaja lässt sich absolut nicht dazu bewegen, zurückzufahren, daher habe ich beschlossen, sie ein paar Tage hierzubehalten.«

»Wie lange?«

»Ich weiß nicht. So lange, bis sie von selbst wieder nach Hause will.«

»Sie muss aber ein paar Prüfungen wiederholen, Bacci. Ich appelliere an dein Verantwortungsgefühl ...«

»Du kennst ihn doch!«, hörte ich Clara im Hintergrund brüllen. »Da kannst du gleich an den Obersten Gerichtshof in Den Haag appellieren.«

»Ihr könnt unbesorgt sein«, versicherte ich ihm.

»Aber du steckst doch bestimmt in einer von deinen Ermittlungen.«

»Ich mache Urlaub, Giovanni, einfach nur Urlaub«, beendete ich das Gespräch und schaltete das Handy aus.

Draußen auf der Veranda setzte ich mich wieder in den Korbsessel. Aglaja war in den Hof hinuntergegangen, hatte meine Badelatschen an und spielte mit dem Hund Stöckchen apportieren. Ich beobachtete die beiden eine Weile, dann nahm ich den MP3-Player, den sie auf dem Tisch hatte liegen lassen, setzte den Kopfhörer auf und wurde mitten hinein in das melodische Allegretto des Klavierkonzerts Nr. 19 von Mozart katapultiert – die Melodie, die Aglaja unter der Dusche geträllert hatte. Ein schwärmerisches Wohlgefühl ließ mich Clara, Giovanni, Ganci, seine französische Frau und Valentino Sanna vergessen, ja sogar meine Freundin Gina Aliprandi, die mir das alles eingebrockt hatte.

Ich hörte Mozart und beobachtete meine Tochter, die in meinem blauen Bademantel in der Sonne herumsprang, verfolgt von dem kleinen Hund, der ganz benommen war vor Freude. Wie schön sie war. Und glücklich. Strahlend.

Als sie eine Viertelstunde später zu mir zurückkam, hatte sie ein maliziöses Lächeln auf den Lippen und zündete sich den Joint wieder an, der im Aschenbecher ausgegangen war. Sie schnappte sich ihren Rucksack, reichte mir die Kippe und küsste mich auf die Wange.

»Hier, Pa, entspann dich. Ich gehe schlafen.«

Ich sah sie im Haus verschwinden, während der Hund sich zu meinen Füßen zusammenrollte. Das Konzert tönte weiter in meinen Ohren, wunderbar zart. Die Sonne stand inzwischen hoch über dem Meer, das in allen erdenklichen Blautönen glitzerte. Jetzt konnte ich vielleicht zwei Züge von dem Joint nehmen … Ich fand den Geschmack und das Aroma wunderbar. Ich wusste nicht, ob man dieses Gefühl schon als Glück bezeichnen konnte. Aber selbst wenn es einen anderen Namen hatte, kam es dem doch sehr nahe.

Feuermittag

Eine Stunde später erhob ich mich aus dem Sessel. Ich konnte es nicht länger aufschieben. Ich musste den Hund endlich für mich arbeiten lassen. Nicht nur, damit er sich den ganzen Käse verdiente, den er schon verschlungen hatte.

Die Tür zum Zimmer meiner Tochter stand weit offen. Aglaja war unter die Laken gekrochen und schlief zusammengekauert auf der Seite, genau wie als kleines Kind. Ich hörte ihren ruhigen Atem mit der gleichen Leichtigkeit über das Kissen gleiten, mit der sie sich von mir verabschiedet hatte. Ein Kuss und die Übergabe des Joints. Beides Gesten, die so natürlich waren, dass man vergessen konnte, dass wir seit Jahren keinen Kontakt gehabt hatten. Als wäre das alles nur ein böser Traum gewesen, nach dem wir langsam wieder anfangen konnten, zu leben.

Der blaue Bademantel hing am Bettpfosten. Ich holte ihn mir, schloss sacht die Tür und ging ins Bad. Ich verspürte das Bedürfnis, wieder einen klaren Kopf zu bekommen und mein Gehirn von dieser diffusen Sehnsucht und der Dumpfheit zu befreien.

Nach dem Duschen schrieb ich Aglaja einen Zettel, legte ihn gut sichtbar auf den Küchentisch und beschwerte ihn mit der leeren Bierflasche. Nur für den unwahrscheinlichen Fall, dass sie demnächst aufwachen würde.

»Muss was erledigen, komme gleich zurück. Wenn du was brauchst, ruf mich auf dem Handy an. Papa.«

Ich setzte meine Sonnenbrille auf und trat ins Freie. In der Hoffnung, dass mich der Hund in die richtige Richtung führen würde, versuchte ich ihn mit einem großen Stück Pecorino zu mir zu locken. Allerdings kannte ich noch nicht mal seinen Namen.

»Ich weiß noch nicht mal, wie du heißt«, sagte ich

zu ihm, während wir die asphaltierte Zufahrtsstraße hinaufgingen.

Auf dem Fußweg blieb ich stehen und schaute den Hund so lange an, bis er sich in Bewegung setzte und in Richtung Campingplatz und Capo Sferracavallo lostrottete. Wir liefen etwa fünf Minuten am Straßenrand entlang, während der Mistral gnadenlos über uns hinwegfegte. Gelegentlich konnte man noch den Rauchgeruch wahrnehmen, der seit dem Vorabend in der Luft lag. Den Geruch ferner Macchia-Brände. Über den Spitzen des Monte Cartucceddu breitete sich ein kobaltblauer Himmel aus. Obwohl ich weder gefrühstückt noch zu Mittag gegessen hatte, verspürte ich keinen Hunger. Mein Magen war einzig und allein von dem Glücksgefühl erfüllt, dass meine Tochter bei mir war.

Nachdem wir die letzten Häuser hinter uns gelassen hatten, folgten wir der am Berg entlanglaufenden Straße. Das Meer lag nun tief unten zu meiner Rechten. Die grüne Macchia am Fuße des Cartucceddu war durchsetzt vom Graublau der Erde und von den großen gelben Flecken der blühenden Zistrosensträucher.

Irgendwann verließ der Hund die Straße und schlug einen Pfad zwischen zwei Macchia-Büschen ein. In der Ferne erblickte ich eine winzige Behausung aus weißem Stein. An einigen Stellen war der Weg extrem steil, sodass ich mit meinen Espadrilles aufpassen musste, dass ich nicht abrutschte.

Kaum hatte er die Hütte erreicht, verschwand der kleine Hund durch die Tür, um kurz darauf mit dem Jungen vom Strand wieder herauszukommen. Ungefähr zehn Meter von der Hütte entfernt war ich stehen geblieben. Das Tier lief mehrmals zwischen uns hin und her, als wollte es uns einander vorstellen. Der Hirtenjunge trug dasselbe schwarze T-Shirt wie vor zwei Tagen sowie kurze Hosen. Auf seinem sonnenverbrannten Gesicht las ich Misstrauen und Angst. Um ihn zu beruhigen, begrüßte ich ihn mit einem Lächeln.

»*Ciao.*«

Der Junge rührte sich jedoch nicht, und so versuchte ich es auf anderem Weg.

»Ist das dein Hund? Er kommt seit zwei Tagen ständig zu mir und lässt sich mit Pecorino vollstopfen.«

Schweigen.

»Wie heißt er denn?«

Immer noch Schweigen. Also ging ich mit langsamen Schritten bedächtig auf ihn zu.

»Hat er keinen Namen?«

»Sie sind bestimmt nicht gekommen, um den Namen meines Hundes zu erfahren.«

»Und warum dann?«

»Weil Sie jemanden suchen.«

Jetzt war ich ganz nah bei ihm, sodass er mir nicht mehr entkommen konnte. Allerdings schien er das auch gar nicht vorzuhaben.

»Weißt du auch, wen ich suche?«

»Im Dorf reden alle davon.«

»Und du weißt, wo er ist.«

»Ich habe ihn gesehen, als ich die Schafe gehütet habe.«

Ich kauerte mich auf die Schwelle des Schafstalls, während der Hund mir wedelnd zwischen den Beinen herumsprang. Der Junge lehnte im Rahmen der Tür und schaute mich immer noch mit misstrauischem Gesichtsausdruck an.

»Auf dem Monte Ferru?«

»Nein, nein. Den habe ich nur deshalb in den Sand gemalt, weil ich ihn direkt vor mir hatte. Es war hinter Barisoni, in Porto Santoru.«

»Den Ort kenne ich, da war ich schon oft. Dort hütest du also Schafe?«

»Ja, unter anderem. Oben, über dem zementierten Platz, steht ein unbewohntes Haus. Dort habe ich ihn gesehen.«

»Wann?«

»Ein paar Mal schon. Und gestern Abend auch wieder.«

Ich stand auf. »Danke, mein Junge. Kann ich mich irgendwie bei dir revanchieren?«

Zum ersten Mal entspannten sich seine Lippen und deuteten ein Lächeln an.

»Geben Sie einfach weiterhin meinem Hund zu fressen.«

»Willst du mir nicht doch sagen, wie ihr heißt, dein Hund und du?«

»Hunde haben keine Namen. Ich bin Pietrangelo.«

»Und weiter?«

»Pietrangelo.«

Während ich mich verabschiedete, sah der kleine Hund zu Pietrangelo hoch, er wartete wohl auf ein Zeichen. Kaum nickte der Junge ihm zu, sprang er auch schon hinter mir her.

Ich ging den gleichen Weg zurück, den ich gekommen war, doch legte ich jetzt einen Schritt zu. Vor

Virgilios Haus forderte ich den Hund auf, mir nach drinnen zu folgen. Er gehorchte mit leichtem Zögern. Bis dahin hatte er die Schwelle zur Küche nie übertreten, aber seine Unsicherheit war dahin, als er sah, dass ich ihm ein großzügiges Stück Pecorino anbot. Er sprang auf mich zu und bediente sich direkt aus meinen Händen.

In meinem Schlafzimmer durchwühlte ich schnell meine Tasche nach der Beretta Cougar, nahm das leere Magazin heraus und bestückte es mit dreizehn Kugeln. Danach holte ich noch meinen Helm aus dem Schrank und machte mich wieder auf den Weg.

Im Vorbeigehen öffnete ich leise Aglajas Schlafzimmertür, um sie verzückt zu betrachten, wie sie in die Betttücher gewickelt dalag wie in einem Schlafsack. Als ich den Hund zu mir rief, gehorchte er sofort und rollte sich im Korridor vor der Schlafzimmertür meiner Tochter zusammen.

Draußen schloss ich die Glastür mit den Metallstreben, ließ aber den Schlüssel im Schloss stecken, sodass jeder, der wollte, hineingehen konnte. Das war in Sarrala immer schon so gewesen – hier hatte noch nie jemand irgendwelche Türen abgeschlossen. Außerdem hatte meine Tochter einen persönlichen Bewacher, etwas schmächtig zwar, dafür aber mit ganz schön starkem Charakter.

Ich ging zur Vespa, die ich unter den Zürgelbäumen seitlich der Veranda abgestellt hatte. Der Mistral hatte auf der Karosserie eine feine Schicht Staub verteilt, die dem hellen Lack einen nicht definierbaren ockergrauen Ton verlieh. Nachdem ich die Beretta unter dem Sitz verstaut hatte, ließ ich den Motor an und fuhr los.

Ich nahm die Straße in Richtung Tertenia. Auf der Höhe der Lagerhalle, wo im Juli und August der Andenkenladen öffnete, bog ich auf die Brücke ab, die über das trockene Flussbett auf eine kaum befahrene Seitenstraße führte. Bis vor wenigen Jahren war sie noch unbefestigt gewesen, inzwischen war sie jedoch asphaltiert. Ich bog in die Straße nach Barisoni ein, wo sich früher einmal das »Paradise« befunden hatte, ein ewig überfüllter Tanzclub, der vor einigen Jahren zugemacht hatte. Er hatte sich im Innenhof eines ehemaligen Schafstalls befunden, wo der Betreiber zwischen den Olivenbäumen Tische und Stühle aufgestellt hatte. Die DJs brachten dem Publikum genauso unbefangen Diskomusik wie sardische Folkloretänze zu Gehör und betäubten damit sowohl die Touristen vom Festland als auch die Einheimischen aus Tertenia und den umliegenden Dörfern. Vor dem geschlossenen Tanzlokal hatte man irgendwann eine hässliche Gokart-Bahn gebaut und nicht weit davon entfernt ein kleines Hotel mit Bar und Restaurant. Wenig später passierte ich das »Arcade«, das alte Café von Melisenda, wo sich die Hirten trafen. Während der kurzen Badesaison in Sarrala, die von Mitte Juli bis Mariä Himmelfahrt dauerte, konnte man dort viele reiche Mailänder treffen, die in den umliegenden Luxusvillen logierten.

Das waren im Grunde aber auch schon alle Veränderungen, ansonsten war alles so wie vor zwanzig Jahren. Einschneidend war nur der Bau der Marinebasis gewesen, zu der eine eigens geteerte Straße führte. Bis dahin war die Marina von Sarrala jahrhundertelang ein unasphaltierter Küstenweg gewesen, an dem ein paar Schafställe standen und auf den der halsbrecherisch steile Maultierweg von Tertenia mündete. Mit dem Bau der Straße war alles anders geworden. Ende der Sechziger-, Anfang der Siebzigerjahre hatte man an den Hängen von Foxi Murdegu mit dem Bau von Ferienhäusern begonnen. Irgendwann wurde die Gegend sogar in »Melisenda« umbenannt, nach der legendären Prinzessin in Edmond Rostands Drama. Jedenfalls waren auf der Rückseite dieses Lidos für die Armen, wo sich die Weideflächen und Weinberge der Familie Loi erstreckten, zahlreiche Häuser, eine Trattoria und eine Bar errichtet worden.

Ich fuhr weiter zügig die sonnenüberflutete Straße entlang, ohne einer Menschenseele zu begegnen. Zu meiner Linken standen Eukalyptusbäume und vom Wind geschüttelter Oleander Spalier, zwischen denen immer wieder das blaue Meer aufleuchtete. Rechts von mir dichtes Strauchwerk, hier und da Schafställe und ein paar vereinzelte, über die Hügel verstreute Häuser.

In Barisoni endete der Asphalt, und es begann eine von hohen Eukalyptusbäumen beschattete Schotterstraße. Ich war schon seit Jahren nicht mehr hier entlanggefahren und stellte erstaunt fest, dass die Häuser und die Schafställe alle restauriert und frisch gestrichen waren. Irgendwann musste ich mein Tempo drosseln, um eine Schafherde zu überholen, die zwei gelangweilt jaulende Hunde bewachten. Ein riesiger Feigenkaktus bewegte kaum sichtbar seine Schaufelblätter, und auch ein paar fleischige Agaven provozierten den Wind mit ihrer stoischen Reglosigkeit. Die Straße wurde immer holpriger. An einer Stelle blieb ich mit meiner Vespa in einem Schlagloch stecken, und im ersten Moment befürchtete ich, meine Radaufhängung sei hin. Ich wusste, dass es nicht mehr weit war bis nach Porto Santoru. Wegen des erwarteten Überraschungseffekts beschloss ich, die Vespa auf einer kleinen Lichtung abzustellen und zu Fuß weiterzugehen. Ich hängte den Helm an den Haken vor der Sitzbank und steckte mir die Beretta in den Gürtel, sodass sie von meinem T-Shirt bedeckt war.

Nach ein paar Minuten konnte ich die Ruinen von Porto Santoru sehen. Von den zwei quaderförmigen Bauten aus hatte man früher die aus dem nahe gelegenen Tagebau gewonnenen Baryt-Ladungen verschifft. Die Felsen hatten die gleiche dunkle Färbung wie das Mineral. Die Stille wurde nur vom Säuseln des Windes zwischen den Ginsterzweigen unterbrochen und von den Wellen, die sich an den Felsen brachen. Draußen auf dem Meer bot sich jedoch ein anderes Bild: Der unablässig wehende Wind peitschte die unendlich weite Wasseroberfläche, sodass es fast aussah, als legte er sie in zerzauste Falten.

An der Felswand entlang sah ich nach unten, auf der Suche nach dem Haus, von dem mir Pietrangelo erzählt hatte. Die von einer Reihe Elektromasten gesäumte Schotterstraße, die entlang der Küste nach Quirra und Capo San Lorenzo verlief, verlor sich irgendwo in der Ferne. Ich schlug den Maultierpfad ein, der bis zu dem betonierten Platz über dem größeren der beiden Gebäude hinunterführte, als ich plötzlich im Gebüsch einen Schatten zu sehen glaubte. Ein flüchtiger Eindruck nur. Die Sonne blendete, deshalb war ich mir nicht sicher, ob ich meiner Wahrnehmung trauen konnte.

Es war nur ein kurzer Augenblick. Ein Glitzern zwischen den Zweigen, weiter unten, ganz nah am Meer. Es bestand kein Zweifel: der Lauf einer Pistole. Ich hörte den Knall, und kurz darauf prallte der Schuss mit dem trockenen Geräusch eines Peitschenhiebes an der Felswand hinter mir ab. Ohne Echo und Widerhall. Ich warf mich auf den Boden und fiel auf eine Silberdistel, deren harte Stacheln mir in Arme und Brustkorb stachen. Im Stillen fluchend, zog ich meine Waffe, entsicherte sie und begann in die Richtung zu kriechen, aus der der Schuss gekommen war. Nach ein paar Metern signalisierte mir ein weiterer Reflex der Sonne, dass mein Gegner sich ein Stück nach unten bewegt hatte. Er musste sich hinter der Landungsbrücke versteckt haben und gab jetzt einen zweiten Schuss in meine Richtung ab. Die Schüsse sollten wohl Warnsignale sein, vielleicht wollte er mich auch nur auf Abstand halten.

Kurz darauf folgte jedoch ein weiterer Schuss und danach noch einer. Wenn ein Jäger so ungenau schießen würde, dachte ich, dann würde er mit leeren Händen nach Hause kommen. Die Vorstellung ermutigte mich, aufzustehen und geduckt weiterzugehen. Vorsorglich blieb ich immer im Schutz der Macchia – bis ich erneut die Pistole aufblitzen sah und sich ein weiterer Schuss im Wind verlor. Jetzt hatte ich seine Position jedoch genau bestimmt. Er hielt sich hinter den Felsen unterhalb des Betonplatzes versteckt. Deshalb beschloss ich, ihn von hinten zu überraschen.

Geduckt hastete ich zurück zur Straße, wo ich einen

schmalen Pfad entdeckte, der durch dichtes Buschwerk zum Meer hinunterführte. Seit dem letzten Schuss waren nur wenige Minuten vergangen. Wenn der mysteriöse Heckenschütze seine Position nicht verändert hatte, würde ich ihn bald sehen können.

Den pfeifenden Wind im Ohr und darauf bedacht, kein Geräusch zu verursachen, bewegte ich mich auf den Felsvorsprung zu. Ich war fast am Rand der Klippe angelangt, als dicht neben mir ein Geräusch die Zweige vor mir erzittern ließ. Ein Wildschwein? War das Tier durch die Schießerei aufgeschreckt worden? Ich duckte mich hinter einen großen Ginsterbusch, aber nichts rührte sich mehr, und so kroch ich weiter vorwärts, den rauen Griff der Beretta in der schwitzenden Hand.

Kurz darauf nahm ich allerdings wieder eine leichte Bewegung wahr, wie von jemandem, der nach jedem Schritt stehen bleibt und abwartet. Ich hielt den Atem an. Auf einmal hörte ich zu meiner Rechten ein leichtes Rauschen, ganz in der Nähe des Gebäudes. In einem vom Wind zerwühlten Blätterhaufen entdeckte ich einen dunklen Schatten. Da war er. Etwa zehn Meter von mir entfernt. Er wandte mir den Rücken zu. Regungslos blieb ich im Schutz eines knorrigen Ginsterbusches stehen und zielte sorgfältig. Mein Schrei, den eine heftige Windböe mitriss, traf den Mann wie eine Gewehrsalve.

»Hände hoch und langsam aufstehen!«

Ich hoffte, ihm jetzt ins Gesicht sehen zu können, doch wider Erwarten ließ er sich in die Büsche fallen und schoss wild um sich. Zum Glück konnte ich mich gerade noch rechtzeitig ducken. Er schoss blind drauflos, die Kugeln pfiffen haarscharf an meinen Ohren vorbei und zerfetzten die Zweige um mich herum. Plötzlich sah ich den Reflex der Sonne auf dem Lauf und versuchte, auf seine Pistole zu zielen.

Die Beretta verursachte nur einen leichten Rückstoß, aber ich wusste, dass ich gut gezielt hatte. Der Schrei kam unvermittelt. Der Schrei eines verletzten Tieres. Ich hatte ihn getroffen. Ich schloss die Augen und atmete tief durch. Der Wind füllte meine Lungen mit einem eiskalten Hauch. Mir lief ein Schauer über den Rücken. Ich konnte ihn gar nicht getötet haben, nicht aus dieser Entfernung, sagte ich mir und versuchte, den aufsteigenden Brechreiz zu unterdrücken.

Auf einmal nahm ich wieder eine brüske Bewegung wahr und das Knacken von Zweigen. Das verletzte Wildschwein, das sich im dichten Gestrüpp verbarg? Die Beretta fest in der Hand, schlich ich geduckt darauf zu. Als ich nur noch wenige Meter von der Klippe entfernt war, jaulte unter mir jedoch plötzlich ein Motor auf. Ich beugte mich über den Felsvorsprung – und konnte gerade noch ein weißes Motorboot sehen, das auf das offene Meer in Richtung Quirra hinausraste.

An Deck war niemand zu sehen, die Kabinentür war geschlossen.

Ich lief zu der Stelle, wo der Mann in dem Moment gestanden hatte, als ich auf ihn schoss. Einige Zweige waren abgeknickt, auf dem Boden lagen zwei ausgedrückte Zigarettenkippen. Sie waren also zu zweit gewesen: derjenige, der sich unter der Landungsbrücke versteckt und zuerst geschossen hatte, und derjenige, den ich mit meiner Pistole getroffen hatte. Ringsum waren frische Blutspuren zu sehen. Die Kugel hatte ihn anscheinend nur gestreift, sonst hätte er es nicht geschafft, zu den Felsen hinunterzuklettern und ins Boot zu steigen. Im trockenen Gras entdeckte ich zwei Patronenhülsen Kaliber .45 und steckte sie in die Hosentasche. Vermutlich war noch ein dritter Mann mit von der Partie, der das Boot lenkte, überlegte ich.

Dann kletterte ich die letzten Meter hinunter zu der Landungsbrücke und schaute mich dort ebenfalls um. Unter einem dornigen Besenginster fand ich eine dritte Patronenhülse, Kaliber 9, wie von meiner Beretta. Ich sicherte meine Pistole und steckte sie in meinen Gürtel zurück. Dann holte ich tief Luft.

Meine Ferien auf der Insel waren bisher immer ruhig verlaufen. Bis zum allerletzten Moment, wenn ich, erholt, gelassen und den Magen voller Cannonau, die Fähre nach Genua bestieg. Es waren richtige Ferien im Kreise meiner Freunde aus Tertenia gewesen, in denen ich nicht um meine Sicherheit besorgt sein musste. Und in denen es bisher noch niemandem eingefallen war, auf mich zu schießen.

Nacht in Tertenia

Das Abendessen bei Augusto war eines von denen, die man nicht so schnell vergisst. Ich hatte Virgilio, Angelica und Laura in ein Restaurant nach Tertenia eingeladen, und Virgilio hatte am Nachmittag einen Tisch bestellt, damit die Köchin genügend Zeit hatte,

Lammfleisch für uns zu grillen, ein Gericht, das nur besonders geachteten Gästen kredenzt wurde. Meine Tochter fand es köstlich, sie verschlang das Essen nur so und nahm sogar eine zweite Portion. Nach dem Pecorino und dem frischen Ricotta servierten sie uns *pardulas* zum Dessert, ein süßes Gebäck, mit dem typischen Käse der Ogliastra gefüllt, und dann bestellte Virgilio noch eine Flasche Grappa, der in dieser Gegend nicht wie sonst in Sardinien *filu e ferru*, sondern *abbardente*, »brennendes Wasser«, genannt wurde. Ich nahm einen Whisky auf Eis und Angelica einen Myrtenlikör, worauf sich unsere Töchter verabschiedeten, um sich mit ein paar Freunden von Laura zu treffen. Aglaja und Laura hatten sofort einen Draht zueinander gehabt.

»Aglaja, ruf mich an, wenn ich dich abholen soll.«

»Nicht nötig«, schaltete sich Laura ein. »Einer meiner Freunde kann sie nach Hause bringen, wenn er mit dem Auto nach Sarrala runterfährt.«

»Okay. Aber kommt bitte nicht so spät.«

Virgilio wandte sich an seine Tochter. »Laura, um halb bist du zu Hause!«

»Um halb?« Das Mädchen suchte den Blick seiner Mutter, ohne darin jedoch das Erhoffte zu finden. Daher beschränkte sie sich darauf, mit den Schultern zu zucken. »Na gut.«

Kaum waren die beiden draußen, grinste Virgilio mich an. »Egal, wann sie nach Hause kommt – so kann sie immer sagen, dass sie auf dich gehört hat.«

»Ich werde mich schon wieder daran gewöhnen, Vater zu sein. Ich brauche bloß ein bisschen Zeit.«

»Wenn sie dich nicht vorher abknallen.«

Als ich aus Porto Santoru zurückgekommen war, hatte Aglaja immer noch selig geschlafen. Weder sie noch der Hund nahmen meine Rückkehr wahr, und so hatte ich genug Zeit, um mit Virgilio zu telefonieren und ihm von den Vorfällen zu berichten. Gemeinsam hatten wir versucht, uns die Sache zu erklären, waren aber zu keinem vernünftigen Schluss gekommen. Schließlich hatte ich ihm vorgeschlagen, uns bei Augusto zum Essen zu treffen.

»Wer kann das nur gewesen sein?«, fragte Angelica nun.

Sie war schlicht, aber hübsch gekleidet, mit einem leuchtend blauen, locker fallenden Sommerkleid. Ihre großen schwarzen Augen tasteten mich ab, funkelnd vor Besorgnis. Sie trug glitzernde Goldohrringe und um den Hals eine elegante rote Korallenkette, die ihr das Aussehen einer aus Ebenholz geschnitzten afrikanischen Frauenstatue verlieh. Ihre langen schwarzen, von grauen Strähnen durchzogenen Haare hatte sie im Nacken zu einem Knoten zusammengebunden.

Sie wirkte angespannt. Während des Essens hatte sie kaum gesprochen, und das wollte etwas heißen bei einer Plaudertasche wie ihr. Normalerweise redete sie mit allen und jedem über alles und jeden, sei es auf Italienisch oder Sardisch, in diesem typischen Singsang der Gegend. Ich hatte mich mit Virgilio darauf geeinigt, dass wir den Mädchen nichts davon erzählten, und auch Angelica hatte sich an diese Absprache gehalten. Dennoch merkte ich ihr an, dass sie es kaum erwarten konnte, mehr über die Sache zu erfahren. Ich spürte, dass sie vor Angst wie gelähmt war und ihr das freundliche, leicht melancholische Lächeln, das sie sonst allen zu schenken bereit war, nicht gelingen wollte.

»Ich habe keine Ahnung. Ich kann nur sagen, dass sie wahrscheinlich zu dritt waren. Und dass Pietrangelo, der mich auf diese Spur angesetzt hat, wohl mit ihnen gemeinsame Sache macht.«

»Pietrangelo?«, fragte Virgilio.

»So hat er sich mir jedenfalls vorgestellt. Er hat in dem Schafstall auf mich gewartet, auf der Hochebene, wo der Radiosendemast steht. Sein Hund hat mich zu ihm geführt.«

Virgilio schaute seine Frau an und schüttelte den Kopf. »Der Schafstall steht seit Jahren leer. Er gehört Evaristo, einem Cousin von Angelica, der dort vor Jahren Schafe und Ziegen gehalten hat, bis er Invalidenrente bekommen hat.«

»In Tertenia gibt es keinen Jungen, der so heißt«, ergänzte Angelica. »Ich kenne alle Kinder mit Namen.«

»Dann war es ein abgekartetes Spiel. Eine Falle mit allen Schikanen«, schlussfolgerte Virgilio.

»Wollten die dich umbringen?«, fragte seine Frau mich mit vor Angst bebender Stimme.

»So, wie die geschossen haben, würde ich das nicht sagen. Vielleicht wollten sie mich bloß auf eine falsche Fährte locken.«

Virgilio hatte sich einen zweiten Grappa eingeschenkt. »Und auf welche?«

»Vielleicht sollte ich denken, dass Valentino Sanna wirklich hier ist, obwohl das gar nicht stimmt.«

»Sanna könnte Komplizen haben.«

»Komplizen, ein Boot, das zur Flucht bereitsteht, zwei halb automatische Pistolen. Wenn das so ist, dann haben wir es mit einem Komplott zu tun.«

Mit halb geschlossenen Augen nahm Virgilio einen Schluck von dem *abbardente* und stieß einen Seufzer aus, der eher von Wut als von Genuss zeugte.

»Und wenn Otello Ganci dahintersteckt?«

»Schon wieder der? Du entwickelst ja eine richtige Besessenheit.«

»Virgilio war dieser Mann noch nie ganz geheuer«, erklärte Angelica süffisant. »Ihm ist die Gattin wesentlich lieber.« Diese Worte zauberten ihr nun doch wieder ein leichtes Lächeln auf die Lippen.

»Ganci ist ein Krimineller«, knurrte er, frisch angestachelt. »Sein Reichtum ist bestimmt nicht das Ergebnis eines mühsamen, arbeitsreichen Lebens.«

»Na ja, auch das Leben eines Kriminellen ist kein Zuckerschlecken«, wandte ich ein, um ihn zu provozieren.

»Das brauchst du mir nicht zu sagen, der ich mehr als dreißig Jahre mit solchen Typen zu tun hatte. Ich habe sie wirklich alle kennengelernt. Nach Novara und Asinara haben sie nur die gefährlichsten geschickt: Mörder, Bankräuber, Vergewaltiger, Mafiosi … Viele haben mir ihre Geschichte erzählt, und für einige von ihnen habe ich wirklich Mitgefühl empfunden. Aber nicht für Kerle wie Ganci. Der Junge hat dich nach Porto Santoru geschickt. In der Gegend besitzt Ganci ziemlich viel Land. Auch mich hat er neulich erst dort hingeschickt, um seine besten Weinstöcke zu beschneiden. Meinst du, das war ein Zufall? Ich wette mit dir, dass er es war, der dir diesen üblen Streich gespielt hat.«

»Aber wieso?«

»Vielleicht, um dich zu erschrecken. Dir Angst einzujagen. Damit du abhaust. Schließlich weiß er, dass deine Tochter hier ist und du sie nicht gefährden willst.«

»Das konnte er heute früh aber noch nicht wissen.«

»Du bist vielleicht naiv: Ganci weiß alles.«

Draußen war das Rumoren des Windes zu hören, das einen schaudern ließ.

Angelica, die neben mir saß, legte ihre Hand auf meinen Arm. In ihren Augen loderte das unstillbare Bedürfnis, beruhigt zu werden.

»Bist du dir sicher, dass sie dich nicht umbringen wollten?«

»Wenn sie mich wirklich hätten umbringen wollen, dann sind sie ganz schöne Versager. Ich habe noch nie jemanden derartig sinnlos herumballern sehen. Der Mann, der mich treffen wollte, hat nur geschossen, weil ich ihn überrascht habe. Richtige Killer arbeiten anders.«

»Wir sollten zu den Carabinieri gehen und Anzeige erstatten«, sagte Virgilio.

»Lieber nicht«, erwiderte ich. »Dann käme die ganze behördliche Maschinerie in Gang und ich wäre verpflichtet, mich zur Verfügung zu halten. Ich will mir die Zeit mit meiner Tochter nicht von Behördengängen vermiesen lassen.«

»Was, wenn sie den Verletzten finden?«, wandte Angelica ein.

»Das ist wahrscheinlich das Letzte, was passieren wird, *cara*«, antwortete Virgilio.

»Aber er muss sich doch behandeln lassen. Dazu

fährt er bestimmt nach Muravera oder Lanusei ins Krankenhaus.«

»Das wird er ganz sicher nicht tun. Irgendeine mildtätige Seele wird sich schon um ihn kümmern. Wenn er es bis aufs Boot geschafft hat, dann wird es ihm so schlecht nicht gehen. Und ein Arzt, der eine Kugel vom Kaliber 9 herausziehen kann, findet sich überall.«

Die Worte ihres Mannes schienen Angelica überzeugt zu haben. Virgilio dagegen musterte mich immer noch prüfend. Die Uniform, die seine ganze Existenz ausgemacht hatte, hatte er wohl noch nicht endgültig abgelegt. Mein Vorhaben, keine Anzeige zu erstatten, ging ihm eindeutig gegen den Strich. Immerhin waren Schüsse gefallen, es war nicht einfach eine *belinata* gewesen, eine kleine Rauferei unter Freunden. Wenn die Sache nun eine unschöne Wendung nahm, wie hätte ich dann mein Stillschweigen in einer derart ernsten Angelegenheit rechtfertigen können?

Während ich meinen Gedanken nachhing und mich in einer Woge aus zärtlichen Gefühlen für diesen Gefängniswärter verlor, der nichts mehr liebte als die Freiheit, kam die junge Kellnerin an unseren Tisch. Das warmherzige Lächeln, mit dem sie uns während des ganzen Abendessens bedacht hatte, war einem angespannten Ausdruck gewichen.

»Zi' Virgi', da will jemand mit deinem Freund sprechen.«

Ich dachte sofort an die Carabinieri.

»Und wer?«, fragte Virgilio.

»Signor Aristarco.«

Die beiden Eheleute warfen sich einen verstehenden Blick zu, und auf Angelicas Gesicht legte sich ein Schatten aus Beunruhigung.

»Sag ihm, er kommt gleich«, antwortete Virgilio.

Als die junge Frau verschwunden war, sah ich meinen Freund fragend an.

»Aristarco ist ein Geschäftsmann, der den Kauf und Verkauf von Vieh, Grundbesitz und Immobilien organisiert. Im Dorf wird er von allen respektiert, auch wenn ihn niemand ausstehen kann.«

Ich stand auf, um Pfeife und Tabak aus der Tasche meines Hemds zu holen, dann erhob sich auch Virgilio, um mir zu folgen. Doch als ich Angelicas Gesicht sah, legte ich eine Hand auf die Schulter meines Freundes.

»Warte lieber hier auf mich. Ich habe dich schon genug in die Geschichte mit hineingezogen.«

Vergebliche Mühe. Bei einem wie Virgilio waren solche Bitten zwecklos. Er streifte mich nur mit einem kurzen Blick und ließ sich nicht einmal zu einer Antwort herab.

»Wir sind gleich zurück«, sagte er leise zu seiner Frau und streichelte ihre Hand.

Mit einer entschiedenen, fast brüsken Bewegung schritt er dann auf die Tür zu, die zur Bar führte. Am Tresen saß ein glatzköpfiger, korpulenter Mann um die fünfzig, der an einem Kaffee nippte und mir irgendwie bekannt vorkam. Während meiner Aufenthalte in Tertenia musste ich ihm schon mehrmals begegnet sein, ohne dass wir jemals miteinander gesprochen hätten.

Kaum sah er Virgilio, stellte er die Tasse ab und drückte ihm energisch die Hand. Er duzte ihn, und da mein Freund offensichtlich nicht vorhatte, uns einander vorzustellen, streckte er auch mir die Hand entgegen. Er hatte einen ziemlich kräftigen Händedruck. Genau wie Vincenzo und Ganci.

»Guten Abend. Aristarco mein Name.«

»Bacci Pagano«, antwortete ich, »Aristarco mit Vor- oder Zunamen?«

Er lächelte schwach. »Das ist mein Nachname. Mit Vornamen heiße ich Piergiorgio.«

Er trug ein weißes, kurzärmliges Hemd, elegante schwarze Lederschuhe, die etwas staubig waren, und dunkle Hosen mit Bügelfalte. Irgendwie wirkte er wie ein Bauer im Sonntagsanzug.

»Kann ich euch etwas anbieten?«

»Danke, Aristarco«, antwortete Virgilio. »Wir waren schon bei Kaffee und Schnaps. Die Kellnerin meinte, dass du meinen Freund sprechen willst.«

»Ja, ich habe gehört, Sie sind in unser Dorf gekommen, um den Sohn von Gabriele Sanna zu suchen.«

»Da hast du ganz richtig gehört«, kam mir Virgilio zuvor. »Und weiter?«

»Im Dorf wird über nichts anderes mehr gesprochen.«

»Ist das jetzt pure Neugier oder Arbeit?«

»In einem gewissen Sinne ist es Arbeit«, antwortete Aristarco und sah mich durchdringend an. »Dieser junge Mann ist der Sohn eines gefährlichen Verbrechers. Er könnte schlechte Absichten haben.«

»Der junge Mann kann keiner Fliege etwas zuleide tun. Ich will ihn finden, um zu vermeiden, dass jemand *ihm* wehtut.«

»Na, dann sind wir ja alle beruhigt.«

Ich fing an, meine Pfeife zu stopfen. Eine alte Brebbia Sabbiata, die ich von Mara, meiner Freundin und Psychologin, bekommen hatte. Daraufhin holte Virgilio eine Schachtel Toscanos hervor und fragte Aristarco, ob es ihm etwas ausmache, uns zum Rauchen nach draußen zu begleiten.

Gemeinsam traten wir auf die schlecht beleuchtete Straße, wo uns der Wind mit seiner ganzen Brutalität entgegenblies. Die Böen waren so stark, dass mein Freund und ich zum Anzünden kurz zurück in die Bar gingen. Aristarco wartete unterdessen draußen.

Während Virgilio seinen Zigarillo anzündete, sah er mich mit ratlosem Gesichtsausdruck an.

»Verstehst du, was das soll?«, fragte ich.

»Nein. Aber lass uns hören, was er zu sagen hat«, antwortete er, »dann werden wir schon sehen.«

Er ging wieder hinaus, und als mein Tabak im Pfeifenkopf zu knistern begann, folgte ich ihm.

Aristarco rieb sich verlegen die Hände, als wir in Richtung Dorf losstiefelten, immer gegen den Wind an. Die Böen drangen durch unsere leichte Kleidung, während ein paar vereinzelte Autos an uns vorüberfuhren und Lichtkegel auf die schwarzen Hauswände warfen.

»Stimmt es, dass Sie bei Herrn Ganci zum Abendessen eingeladen waren?«, wollte Aristarco nun wissen.

»Kann man in diesem Dorf denn nicht mal einen fahren lassen, ohne dass alle es gleich mitbekommen?«

»Dieses Dorf ist genauso wie alle anderen, Signor Pagano«, schaltete sich Virgilio auf Sardisch ein. Das war ein kleiner Notbehelf, denn damit erinnerte er

Aristarco daran, dass ich nicht irgendein ahnungsloser Tourist war. »Zi' Arista', erklär ihm doch bitte noch einmal, worin genau deine Geschäfte bestehen.«

»Virgi', wir kennen uns seit dreißig Jahren, und du weißt immer noch nicht, was ich den ganzen Tag mache?«

»Das meine ich nicht, ich spreche von *diesen* Geschäften. Was hast du mit Otello Ganci und dem Sohn von Gabriele Sanna zu schaffen?«

»Ganci ist ein reicher Mann, der vielen Leuten in der Region Arbeit gibt. Wenn ihm irgendwann einmal etwas zustoßen sollte ...«

»Ich habe ihn vor Kurzem gesehen. Er kam mir sehr krank vor.«

»Ja, er ist schwer krank. Er muss seine Angelegenheiten regeln, bevor er stirbt.«

»Fürchten Sie, dass ihm die Zeit davonläuft?«, fragte ich.

»Gut möglich. Wenn man die Natur machen lässt ...«

»Die Natur? Oder ...?«

Aristarco musterte mich argwöhnisch. Man konnte sein Misstrauen förmlich riechen, nicht mal der Mistral hatte es davontragen können.

»Ich meine, haben Sie etwas mit seinen Geschäften zu tun?«

»Ich vertrete die gegnerische Seite. Die Käufer. Was ist mit Ihnen?«

»Was soll mit mir sein?«

»Arbeiten Sie für Ganci?«

»Ich arbeite für Gabriele Sanna. Er zahlt mich dafür, dass ich seinen Sohn finde.«

»Ich habe gehört, dass Sanna und Ganci gute Freunde geblieben sind.«

»Das ist mir neu.«

»Warum soll Sannas Sohn dann hergekommen sein?«

»Was glauben Sie?«

»Nun, um sich mit einem alten Freund seines Vaters zu treffen ...«

»Haben Sie sich nicht gerade noch Sorgen um die Gesundheit von Signor Ganci gemacht?«

Aristarco deutete ein Lächeln an, um den Eindruck zu überspielen, dass ich ihn in die Enge getrieben hatte.

»Natürlich mache ich mir Sorgen«, antwortete er, bemüht, überzeugend zu wirken. »Deswegen bin ich zu Ihnen gekommen. Ich habe gehofft, dass Sie mir etwas Beruhigendes sagen könnten für meine ...« Er suchte nach den richtigen Worten.

»Mandanten«, schlug ich vor.

»Sagen wir lieber Kunden.«

»Ich glaube, Ihre ›Kunden‹ könnte ich damit beruhigen, dass Valentino Sanna ein guter Junge ist.«

»Aber ist das, was man sich so erzählt, wahr?«

»Dazu müsste ich erst mal wissen, wovon Sie reden.«

»Dass Gabriele Sanna mit Otello Ganci unter einer Decke steckt und die beiden Sie hergeschickt haben.«

Über Aristarcos blanken Schädel hinweg suchte ich Virgilios Blick, der ihn mit einem diabolischen Funkeln in den Augen erwiderte.

»Und wozu?«, fragte er Aristarco.

»Vielleicht, um seine Geschäfte so gut wie möglich über die Bühne zu bringen.«

»Dafür hat Ganci doch seine Frau.«

Der Geschäftsmann sagte nichts, sondern zog nur die Schultern hoch, allerdings nicht vor Kälte. Irgendetwas an ihm machte mich misstrauisch, deshalb trat ich ihm in den Weg und hinderte ihn am Weitergehen. Mit meinen knapp eins fünfundachtzig überragte ich ihn um gute zwanzig Zentimeter und hoffte, dass dieser Unterschied seine einschüchternde Wirkung nicht verfehlen würde.

»Nun hören Sie mir mal gut zu, Aristarco. Es gibt da so einige Unklarheiten, und Sie würden gut daran tun, mir mit ein paar Erklärungen weiterzuhelfen. Wieso sind Sie wirklich zu mir gekommen? Sie behaupten, dass mein Auftraggeber und Ganci unter einer Decke stecken. Wissen Sie denn überhaupt, wer mein Klient ist?«

»Ich weiß, wer und wo er ist und was er gemacht hat.« Er hatte das Kinn angehoben und sah mir direkt in die Augen. »Glauben Sie ja nicht, dass, wenn diese Gespräche Signor Ganci zu Ohren kommen würden …«

»Um dahin zu gelangen, müssten Sie ihm das Gesagte ja zutragen. Arbeiten Sie für ihn?«

»Nein! Das sagte ich doch bereits.«

»Und warum machen Sie sich dann so viele Gedanken?«

»Weil hier gewisse Leute den Zeigefinger ziemlich locker am Abzug sitzen haben«, erklärte Virgilio an seiner statt.

Aristarco drehte sich abrupt zu ihm um und runzelte die Stirn. »Was sagst du da, Virgi'?«

»Hast du die Schüsse denn nicht gehört?«

»Was für Schüsse?«

»Vorletzte Nacht, in Sarrala.«

»Ich schlafe im Dorf.«

»Jetzt komm schon, Arista'. Es kann nicht sein, dass dir niemand davon erzählt hat.«

»Ich schwör's dir. Das war sicher nur ein Dummejungenstreich.«

»Kann sein. Aber die dummen Jungen haben echte Pistolen.«

Der Mistral schien noch stärker zu werden. Hinter den künstlichen Lichtern der Straßenlaternen versank das Land in einem Strudel aus Wind und Finsternis. Die Weinberge, die Eukalyptusbäume, die Weiden waren nur zu erahnen, ebenso wie das Weiß der Kalkfelsen. Ich dachte an Aglaja, die ich in diesem Moment gern bei mir gehabt hätte. Clara hatte wohl recht. Mein schmutziger Job war nicht dafür geeignet, eine Tochter großzuziehen. Aber vielleicht war es gar nicht der Job, sondern ich selbst, der nicht auf das Hasardspiel verzichten konnte und der, egal in welchem Beruf, die Menschen in seinem Umfeld am ausgestreckten Arm hätte verhungern lassen. Unfähig, wie ich war, Sicherheiten für mich selbst zu schaffen. Wie hätte ich da einer Tochter und einer Frau etwas bieten können, das auch nur im Entferntesten einer Familie ähnelte?

Mit schnellen Schritten kehrten wir wortlos ins Restaurant zurück, wo Angelica auf uns wartete. Unterdessen füllte sich der Nachthimmel über Tertenia mit Sternen.

Der große Ganci

Noch eine Nacht mit dem Mistral. Es schläft sich nicht gut, wenn der Wind die Bäume und die Gedanken beutelt, Ängste und Sorgen aufkommen lässt und den Kopf mit schlechten Vorahnungen füllt. Aglaja war noch nicht zu Hause – und die sardischen Jugendlichen fuhren wie die Wahnsinnigen. In diesem Moment saß meine Tochter sicher in einem dieser Autos, und ihr Wohl und Wehe lag in den Händen irgendeines ritterlichen Ziegenhirten aus Tertenia.

Ich hatte das Licht auf der Veranda und die Nachttischlampe angelassen und sah alle fünf Minuten auf die Uhr. An Schlaf war nicht zu denken. Endlich, kurz vor ein Uhr, hörte ich, wie sich ein Wagen näherte. Er hielt mit laufendem Motor vor dem Haus, die nächtliche Luft trug ein paar eilige Abschiedsworte zu mir herauf, eine Autotür schlug zu, dann ein Lachen, hell wie das Läuten einer Glocke. Aglaja. Kurz darauf fuhr der Wagen mit quietschenden Reifen davon. Offensichtlich war dem Jungen daran gelegen, meiner Tochter vorzuführen, was für ein Draufgänger er war. Ich hörte ihre leichten Schritte auf dem Kies im Hof, dann wurde die Haustür geöffnet, Aglaja schaltete das Licht im Flur ein, ich sah sie vorbeihuschen, Klospülung, Wassergeplätscher, kurz darauf kam sie wieder aus dem Bad und ging in ihr Zimmer.

Da sie das Flurlicht angelassen hatte, stieg ich aus dem Bett, löschte es, zog mir schnell ein T-Shirt über, da mir ein Kälteschauer über den Rücken lief, und legte mich wieder hin. Auf meinem Nachtschränkchen lag ›Der große Gatsby‹. Ich war versucht, ein paar Seiten zu lesen – vielleicht konnte ich dann besser einschlafen. Es ging darin um eine außerordentliche Persönlichkeit. Reich. In aller Munde. Beneidet. Und einsam. Also, warum dann nicht auch ›Der große Ganci‹?

Schließlich schaltete ich dann doch das Licht aus, und mich überfiel die Erinnerung an Aristarcos Worte: *Arbeiten Sie für Ganci?* Glaubte das hier im Dorf wirklich jemand? Dass Ganci und Sanna unter einer Decke steckten und ich nach Tertenia gekommen war, um irgendeinen ruchlosen Pakt zwischen den beiden zu besiegeln? Und wer um alles in der Welt war dieser Aristarco wirklich? Ich würde Virgilio bitten müssen, mehr über ihn herauszufinden, um ein wenig Licht ins Dunkel zu bringen.

Das war mein letzter Gedanke, bevor ich endlich zur Ruhe kam. Aglaja war zurück, sie war zu Hause, in Sicherheit. Von einem Moment auf den anderen fiel ich in tiefen Schlaf, der von einem sich aus der Dunkelheit herausschälenden Traum gefärbt war. Virgilio kam darin vor, der mich nur scheinheilig angrinste, aber nicht sprach, und eine Gefängniswärteruniform anhatte, wie damals in Novara, wenn er mir mein Essen brachte. Die Zelle ähnelte ebenfalls der von damals: zwei mal zwei Meter, weiß getüncht und fast leer – nur ein Tisch, ein Stuhl und die Pritsche. Aber Virgilio sah nicht aus wie früher, sondern wie jetzt: ziemlich dick, die Haare und der Bart weiß geworden, und der Pferdeschwanz fiel ihm auf den bulligen, dicken Nacken. Von draußen drang Gezeter zu mir, Lachen und sogar Musik, die Fetzen eines Liedes ... *Via, via, vieni via di qui, niente più ti lega a questi luoghi, neanche questi fiori azzurri ... Via, via, neanche questo tempo grigio ...* Ich erkannte die Stimme von Clara, die mich beschimpfte ... Das Lachen kam von der Französin, ein verwirrendes, hysterisches Gekicher, das vor Hohn und schneidender Bosheit nur so triefte ... Der da sang, war der Anwalt aus Asti höchstpersönlich: Paolo Conte. Ich verspürte fast so etwas wie Mitleid mit ihm, sagte mir aber dann, dass er zu welterfahren war, um sich von solchen Frauen bezirzen zu lassen. Und überhaupt – wen kümmerte es schon? *Via, via, entra e fatti un bagno caldo, c'è un accappatoio azzurro, fuori piove un mondo freddo ...* Ich lag ausgestreckt auf der Pritsche und versuchte gerade, Virgilios lachenden Blick zu deuten, als ich bemerkte, dass jemand neben mir lag. Ich drehte mich um. Aglaja. Sie sah nicht aus wie jetzt, sondern wie damals. »Als du sie verlassen hast!«, schrie mir ihre Mutter von der Tür aus zu. Meine kleine Tochter schmiegte ihren weichen, warmen Körper schutzsuchend an mich ...

Plötzlich schreckte ich hoch – und stellte fest, dass meine Tochter tatsächlich neben mir lag. In ihrem dünnen, kurzärmeligen Schlafanzug drückte sie sich an mich, und ich hörte ihren warmen, regelmäßigen Atem. Fast hätte ich das Licht angeschaltet, aber dann sagte ich mir, dass das keine gute Idee war. Also beugte ich mich nur ein wenig hinüber, um die Decke über sie zu ziehen. Die Bewegung missfiel ihr, und sie protestierte wie ein Welpe, der im Schlaf gestört wird. Ich deckte sie dennoch zu und schlief dann wieder ein, während draußen der Mistral durch die Nacht brüllte wie ein verletztes Tier.

Als mich ein energisches Klopfen an der Tür erneut weckte, verriet mir ein schneller Blick auf die Uhr, dass es bereits Viertel nach zehn war. Die Sonne drang längst durch die geschlossenen Fensterläden. Wir hatten geschlafen wie benommen, tief und fest. Aglaja hatte sich auf die Seite gedreht. Ich hörte Virgilios Stimme, die mich von der Veranda her rief.

»Bacci, bist du zu Hause?«

Schnell lief ich zur Tür und machte ihm auf. Grelles Licht blendete mich, und die noch kühle Luft roch nach Erde. Der Wind sammelte alle Stimmungen der Natur in sich und wehte sie zum Meer hinunter. Der Rauchgeruch war stärker geworden, der Waldbrand war wohl näher gekommen. Virgilio wirkte fröhlich, fast unbeschwert. Er trug das übliche blaue T-Shirt und einen schmutzigen kupferfarbenen Overall.

»Gut geschlafen? Willst du einen Kaffee? Habe gerade eine Kanne aufgesetzt.«

»Gerne«, sagte ich und gähnte herzhaft. »Ich habe seit Jahren nicht mehr so gut geschlafen. Neun Stunden am Stück. Noch nicht mal zum Pinkeln musste ich raus.«

»Tja, mein Freund, die Luft von Sarrala wirkt eben Wunder.«

»Die Luft von Sarrala und die Tatsache, dass meine Tochter bei mir ist«, sagte ich und machte mich auf den Weg ins Bad, um meine Blase zu leeren.

Als ich zurückkam, standen auf dem Tisch zwei leere Kaffeetassen und der dampfende Espressokocher. Virgilio schenkte ein und setzte sich in einen der Korbsessel.

»Was hältst du von ihm?«, fragte er mich und pustete dann in die Tasse, die er mit beiden Händen umklammerte.

»Von wem? Aristarco?«

Er nickte und begann, den Kaffee zu schlürfen. An das Eisengeländer gelehnt, ließ ich den Blick übers Meer schweifen, das hinter den Pinien und Lentisken in der Morgensonne ausgebreitet vor uns lag. Noch einer dieser Tage voller Sonne und Wind. Von irgendwoher, vielleicht aus den Zweigen des Johannisbeerbaumes, hörte man eine Nachtigall singen.

Ich setzte mich und nahm einen Schluck Kaffee. Er war stark und heiß und flößte mir sofort ein Gefühl von Wohlbehagen ein.

»Dieser Mann gefällt mir irgendwie nicht.«

Ich kniff die Augen zusammen, denn auf dem Pfad in den Weinbergen hatte ich plötzlich den kleinen Hund entdeckt, der auf unser Haus zutrippelte.

»Ich habe mich mal ein bisschen umgehört. Es ist da so ein Gerücht im Umlauf. In den letzten Tagen ist Aristarco öfter in Gancis Villa gesehen worden«, erklärte Virgilio nun. »Es sieht ganz danach aus, als verhandele er den Grundbesitz des Alten. Man munkelt, dass es um ein Geschäftsvolumen von mehreren Millionen Euro gehe.«

»Ganci verkauft?«

»Es heißt, dass er eine Art Ausverkauf betreibt, zu regelrechten Schleuderpreisen.«

»Ist er auf einmal zum Wohltäter geworden?«
»Wohl nicht für alle, nur für manche hier.«
»Und wer sind die Glücklichen?«
»Das weiß man nicht genau.«
Ich seufzte und trank meinen Kaffee aus. »Ich habe das Gefühl, dass hier vor unseren Augen ein Riesending gedreht wird, von dem wir so gut wie nichts mitbekommen.«
»Das Gefühl habe ich auch.«
Der kleine Hund war inzwischen bei mir angelangt und strich mir um die Beine. Bestimmt war er gekommen, um sein Frühstück einzufordern. Der arme Kerl war sich nicht bewusst, was für eine hässliche Geschichte er mir da eingebrockt hatte. Ich fragte mich, ob sein Herrchen sich wohl darüber im Klaren war, was mich erwartet hatte. Immerhin hätten sie mich bei der Verfolgung auch töten können. Ich fragte mich auch, wie viele solcher Komparsen noch in diesem hässlichen Theaterstück auftreten würden. Und alle diese Fragen nährten sich letztlich von einem einzigen Verdacht: dass auch ich nur eine Marionette war, die sich blindlings bewegte und an Fäden hing, die irgendjemand im Verborgenen bewegte.
Ich ging in die Küche und nahm das feuchte Tuch vom Pecorino, mit dem ich den Laib vor der Trockenheit des Mistrals schützte. Als ich ein Stück abschnitt, breitete sich ein intensiver Geruch nach Schafstall in der Küche aus. Die Luft war erfüllt davon. Von Käse. Von Schaf. Von Licht und Wind.
Der Hund war mir in die Küche gefolgt und stürzte sich jetzt auf den Pecorino, den er wie immer in einem

Bissen hinunterschlang. Dann machte er sich schnüffelnd auf die Suche nach seiner Spielkameradin, die noch immer in meinem Zimmer schlief. Ich schnitt zwei Scheiben Brot und zwei Stücke Käse ab und legte sie auf einen Teller.

Virgilio begrüßte mein Angebot mit dem üblichen Enthusiasmus, denn ihm war jeder Anlass recht, seinen Gaumen auf die Probe zu stellen. Er ging eine Flasche Rotwein und zwei Gläser holen, danach begannen wir schweigend zu essen wie zwei Ordensbrüder, bis auf einmal mein Handy klingelte und ich auffuhr und in mein Schlafzimmer rannte.

Das Höllengerät lag auf dem Nachtschränkchen, wo es vibrierte, klingelte und ominöse Lichtsignale sendete. Ich packte es und verschwand, so schnell ich konnte, um Aglaja nicht zu wecken. Der Hund hatte sich neben ihr auf dem Boden zusammengerollt. Auf dem erleuchteten Display stand Aglajas Name, und das bedeutete nichts Gutes. Daher ging ich erst ran, als ich schon wieder draußen auf der Veranda war.

»Ja, hallo?«

»Bacci? Hier ist Giovanni. Ist Aglaja schon auf dem Weg nach Hause?!«

»Sie schläft noch. Sie war gestern Abend mit einer Freundin weg und ist spät heimgekommen.«

Im Hintergrund spürte ich bedrohliches Schweigen, erfüllt von Drohgebärden, bösen Blicken und Lippenbewegungen, die Anweisungen erteilten und nahendes Unglück orakelten. Aber vielleicht war das auch nur Einbildung.

»Wann hast du vor, sie nach Hause zu schicken?«

»Sie kommt zurück, wann sie es will.«

Er brabbelte etwas Unverständliches, doch ich vernahm auch den Atemhauch, der ganz sicher nicht von dem armen Giovanni kam.

»Hör zu, Bacci, wir machen uns Sorgen um unsere Tochter.«

Unsere Tochter? Wessen Tochter war denn Aglaja?

»*Eure* Tochter ist mit ihrem Vater in den Ferien«, erwiderte ich. »Ihr habt keinen Grund, euch Sorgen zu machen.«

»Aber wir machen uns Sorgen. Wegen ihres kleinen Problems …«

»Welches *kleine Problem*?«

»Clara hat es dir nie gesagt, aber Aglaja leidet, seitdem du weg bist, an einer psychischen Störung …«

»Na, wunderbar. Meine Tochter hat ein Problem und ich als ihr Vater erfahre es nicht. Worum geht's?«

»Nichts Schlimmes, die Ärzte haben gesagt, es bestehe kein Grund zur Sorge. Wenn sie ausgewachsen ist, müsste sich das legen.« Er zögerte kurz. »Aglaja ist Schlafwandlerin, und man muss aufpassen, dass ihr nichts passiert.«

Unbewusst musste ich grinsen. »Solange sie ins Bett ihres Vaters kommt, besteht keine Gefahr. Diese Nacht war es zum Beispiel so. Sie hat sich an mich geschmiegt und geschlafen wie ein Engel.«

»Siehst du, genau das ist das Problem.«

»Drück dich gefälligst ein bisschen genauer aus. Was ist da problematisch? Dass sie sich an mich gekuschelt hat oder dass sie geschlafen hat wie ein Engel?«

»Also … es ist so, dass … dass sie das auch bei mir

macht«, stammelte er und stockte kurz, bevor es aus ihm herausbrach: »Aglaja ist kein Kind mehr.«

»Stimmt. Und weiter?«

»Auch wenn du ihr Vater bist ... ihr habt euch schließlich seit zehn Jahren nicht mehr gesehen ... Du bist für sie fast ein Fremder.«

In diesem Moment fühlte ich, wie blinde Wut in mir hochstieg. Ich wusste genau, dass es gleich vorbei sein würde mit meiner Kontrolle, ich kannte mich gut genug, um zu wissen, wie ich in solchen Momenten reagierte. Bei dem guten Giovanni war mir das bisher noch nie passiert. Vielleicht aus männlicher Solidarität mit meinem Geschlechtsgenossen, der den Mut aufbrachte, sein Leben an der Seite einer Generalin der berüchtigten Sturmtruppen zu fristen: Truppenführerin Clara Sciutto aus dem Val d'Orba. Und der selbst dann nicht desertiert war, als sie mehrere Jahre einen zermürbenden Krieg mit meiner Wenigkeit führte, der auf die tragischste aller Arten geendet hatte: mit einer Niederlage auf beiden Seiten und einem bitteren Nachgeschmack im Mund, der vermutlich nie mehr verschwinden würde, mit einer lange Zeit glücklichen Vergangenheit, die danach nur noch aus zerstörten Erinnerungen bestand. Das alles hatte sie zustande gebracht, die Strategin meiner schlimmsten Träume. Was hatte sie diesmal wieder ausgeheckt?

»Komm endlich zur Sache, Giovanni. Worauf willst du hinaus?«, fragte ich mit verändertem Tonfall.

Das war ihm sicher nicht entgangen, und er wusste jetzt offensichtlich nicht, was er darauf antworten sollte. Vermutlich war er bis zu den Haarwurzeln errötet.

»Versteh mich bitte nicht falsch, Bacci ... Aber wenn die Kleine zu mir ins Bett kriecht, gefällt das Clara ... auch nicht.«

Rums! Jetzt brach gleich ein Gewitter los. Zum Glück traf es diesmal meinen armen Geschlechtsgenossen. Ich hörte, wie Clara eine ganze Salve an Beschimpfungen abfeuerte. Ihre verdammte Besessenheit, Ordnung in das Chaos bringen zu wollen. Militärische Ordnung. Wie in ihrer ganzen Existenz.

»Hör zu, Giovanni ...«

Es war zwecklos. Der Ärmste konnte mir gar nicht zuhören, da er nun mit Beleidigungen und Vorwürfen überhäuft wurde, in die sich immer wieder Verwünschungen meiner Person stahlen. Ich rechnete jeden Moment damit, dass er den Hörer an die Herrin des Hauses aushändigen musste, und bereitete mich seelisch und moralisch auf die x-te verbale Auseinandersetzung mit meiner Ex vor, die sich damit wohl zum hundertsten Male wiederholen würde, nach dem uns zwangsverordneten Drehbuch unseres Wahnsinns.

Dieses Mal war es jedoch Giovanni, der regelrecht aus der Haut fuhr und mich anbrüllte: »Also, hast du es jetzt kapiert oder nicht? Du setzt Aglaja auf die nächstbeste Fähre nach Hause!«

»Kommt doch her und holt sie«, brach es aus mir heraus – und ich legte auf.

Schlimmer als so konnte es nicht ausgehen.

Virgilio hob den Kopf und bedachte mich mit einem verständnisvollen Lächeln. In seinen Augen funkelte die gleiche animalische Lebensfreude wie bei dem kleinen Hund.

»Gute Idee«, murmelte er ironisch. »Hier ist Platz genug für alle.«

»Du kannst mich mal!«

Es folgte ein langes Schweigen, während dessen sich auch der Mistral zu beruhigen schien. Nur das Rauschen der Äste in der vom Strand aufsteigenden Brise war noch zu hören, die den Geruch nach Harz und Schwefel und den salzigen Atemhauch des Meeres mit sich brachte. Sicher, das Gespräch mit Giovanni hatte mir gehörig die Laune verdorben, aber diese unverhoffte Stille flößte mir ebenfalls eine gewisse Unruhe ein. Als ob etwas Unheilvolles bevorstünde. Als wäre dies die Ruhe vor dem Sturm.

Kaum hatte ich den Gedanken beendet, schoss der Hund aus dem Haus und begann zu knurren. Offensichtlich hatte er etwas gehört. Auch ich vernahm nun Schritte auf dem Kies, und kurz darauf sahen wir Gancis *attendente* zögerlich auf uns zukommen. Er war wie immer ganz in Schwarz gekleidet und hatte beide Daumen in den Hosentaschen versenkt. Der Ärmste, er hatte bestimmt genug von Tollwut- und Tetanusspritzen. Seine Jeans sahen nagelneu aus, er hatte ganz sicher keine Lust, sie sich ebenfalls zerreißen zu lassen. Um ein erneutes Blutvergießen zu vermeiden, packte ich den zähnefletschenden Hund im Genick, trug ihn in den Flur und schloss die Haustür hinter ihm, während Virgilio Vincenzo einlud, sich zu uns auf die Veranda zu gesellen.

»Es ist noch ein bisschen Kaffee da«, sagte er.

Vincenzo lehnte höflich ab und wandte sich dann direkt an mich. »Ich komme im Auftrag von Signor

Ganci. Er würde gern mit Ihnen über eine wichtige Angelegenheit sprechen.«

»Schon wieder?«, blaffte ich verärgert.

Er hob abwehrend die Hände, als hätte ich eine Pistole auf ihn gerichtet. »Warum brüllen Sie mich so an? Ich führe nur seine Befehle aus.«

Ich fragte mich, ob er auch Gancis Befehle ausführte, wenn er die Französin besprang. Er war auf der obersten Stufe der Veranda stehen geblieben und hatte die Daumen immer noch in den Taschen. Die Taucheruhr und das goldene Armband prangten an seinem Handgelenk mit der Arroganz einer Jagdtrophäe.

»Er würde Sie gern nach dem Mittagessen zum Kaffee empfangen«, sagte er nun mit monotoner Stimme.

»Wieso setzt du dich nicht, Vince'?«, fragte Virgilio.

»Dann wirke ich so klein, Zi' Virgi'.«

»Ich sage dir, du bist genau richtig so, wie du bist. Die Frauen sind alle verrückt nach dir.«

»Woher wollen Sie das wissen?«

»Im Dorf wird viel erzählt, mein Junge. Sogar meine Tochter meint, sie würde dich vom Fleck weg heiraten, wenn ich es ihr bloß erlauben würde.«

»Und, würden Sie es erlauben?«

»Sie muss erst mal die Schule beenden. Aber in ein paar Jahren – wer weiß ... Vielleicht kommst du ja zu Geld und wirst einmal eine richtig gute Partie für meine Kleine.«

»Reich? Wie soll ich denn das anstellen? Ich bin Halbwaise und lebe nur von meiner Hände Arbeit.«

»Aber Otello Ganci liebt dich wie einen Sohn.«

Vincenzos dunkles Gesicht verdüsterte sich voller

Skepsis. Seine Augenbrauen zogen sich zusammen, und die Augen wurden wieder zu schmalen Schlitzen.

»Was soll das heißen?«

»Nichts. Nur dass der Alte krank ist und deine treuen Dienste sicher reich belohnen wird.«

»Ich tue bloß meine Pflicht, Zi' Virgi'.«

»Sehr gut, Vince'. Mach weiter so, dann werde ich dir früher oder später vielleicht erlauben, mit meiner Lauretta tanzen zu gehen.«

Das fehlende Tor

Otello Ganci und seine Frau saßen auf der Veranda ihrer Villa am Ende des langen Tisches. Die Tafel war für zwei Personen gedeckt. Die Teller waren leer, nur in der Salatschüssel lagen noch ein paar Scheiben Tomaten und Gurken. Sie waren offenbar gerade mit dem Mittagessen fertig.

Der Mistral rüttelte inzwischen wieder an den Weinstöcken und ließ sie ihre schweflige Seele in die Luft hauchen. Virgilio und Vincenzo hatten berichtet, dass die Brände in der Macchia nun schon seit drei Tagen schwelten. Der schlimmste war in der Nacht zwischen Villanova und Villagrande ausgebrochen, man hatte ihn bisher nicht eindämmen können. Der Mistral war ein elender Verräter. Mit dem Feuer brachte er Angst und Zerstörung. Am Morgen schien er sich legen zu wollen, aber das hielt immer nur zu kurz an, denn nun blies er stärker als zuvor. Virgilio hatte es sogleich bemerkt und nach einem Blick auf den Monte Cartucceddu nur gemeint: »Viel zu wenige Wolken am Himmel. Vor heute Abend wird er nicht abflauen.«

Die Sarden ließen sich nicht so leicht täuschen, und ich fragte mich, ob mein Freund vielleicht auch recht hatte, was Ganci betraf. Ob es nicht tatsächlich der Alte war, der in dieser seltsamen Schachpartie die Figuren bewegte. Der alles dafür tat, mir meinen ersten gemeinsamen Urlaub mit meiner Tochter zu verderben – was mich derartig wütend machte, dass ich auf Gancis lebhafte Begrüßung zynisch erwiderte: »Sie wollten mich sprechen, Majestät?«

Ganci lachte herzlich. Man hätte meinen können, dass er sich wirklich freute, mich zu sehen. Aber ich war nicht in der Stimmung, seine Höflichkeit wertzuschätzen. Ich fühlte mich auf den Arm genommen und hätte mich nicht gewundert, wenn er mir von einem auf den anderen Moment eine fiese Überraschung offenbart hätte.

Auf Martines Gesicht hatte sich Verwunderung abgezeichnet. Weder ihr Mann noch ihr Liebhaber hatten es für notwendig erachtet, sie über mein Kommen zu informieren. Heute war sie gekleidet wie eine Dame. Wahrscheinlich war sie am Vormittag im Dorf gewesen. Sie hatte eine weiße Bluse an, und als sie sich mit einem strahlenden Lächeln erhob, um mir die Hand zu geben, fiel mein Blick auf den schwarzen Rock, der sich elegant wie bei einem französischen Model an ihre Hüften schmiegte.

Ganci, der sie beobachtet hatte, wirkte amüsiert.

»Haben Sie den Sohn von Sanna gefunden?«, fragte er dann geradeheraus.

»Nein, aber dafür hat jemand auf mich geschossen.«

»Machen Sie Scherze?«

»Nein, ich war noch nie so ernst wie jetzt.«

»Man hat auf Sie geschossen, Monsieur Pagano?«, schaltete sich Martine ein. Sie wirkte zutiefst beunruhigt, auch wenn ein Rest von Affektiertheit herauszuhören war wie bei manchen Weinen, die im Mund einen leicht korkigen Nachgeschmack hinterlassen.

»Martine«, sagte ihr Ehemann nun, »Signor Pagano ist gekommen, um mit uns Kaffee zu trinken.«

Ohne eine Miene zu verziehen, erhob sich Martine von der Bank und ließ uns allein.

»Wann ist das passiert?«, fragte Ganci, kaum war sie im Haus verschwunden.

»Gestern Morgen, in Porto Santoru. Ich habe gehört, dass Sie dort einen Weinberg mit Cannonau-Trauben besitzen.«

»Den besten Wein, den ich habe«, erwiderte er mit einem gewissen Stolz in der Stimme. »Aber setzen Sie sich bitte, Sie müssen doch nicht stehen.«

»Ich möchte nicht lange bleiben. Meine Tochter wartet zu Hause auf mich.«

»Ach ja, natürlich, Ihre Tochter. Ich habe gehört, dass sie gestern Abend angekommen ist. Meine Frau hat mir gesagt, dass sie das Mädchen bereits kennengelernt hat. Sie sei sehr hübsch und habe einen starken Charakter. Warum haben Sie sie nicht mitgebracht?«

»Sie wollte nicht mitkommen.«

»Schade, wirklich zu schade.«

»Wieso?«

»Wegen ihr habe ich Sie hergebeten. Aber das erkläre ich Ihnen später. Jetzt erzählen Sie mir doch erst einmal, was genau in Porto Santoru geschehen ist. Wer hat auf Sie geschossen?«

Ich schilderte den Vorfall in aller Kürze und erwähnte dabei auch, dass ich zurückgeschossen hatte.

»Sind Sie ein guter Schütze?«

»Ich trainiere regelmäßig. Wozu wollen Sie das wissen? Haben Sie vor, mich als Ihren Bodyguard einzustellen?«

»Warum sollte ich?«

»Im Dorf ist davon die Rede.«

Ein flüchtiges Lächeln umspielte seine Lippen und würzte seine überschäumende Höflichkeit mit einem Hauch Ironie. Er wirkte, als hätte er nicht im Geringsten die Absicht, mich schnell zu meiner Tochter zurückkehren zu lassen.

Ich dachte an Aglaja und wurde allmählich unruhig, da ich sie mit dem kleinen Hund allein zu Hause gelassen hatte. Wir hatten zusammen zu Mittag gegessen und uns dabei über Musik und die Jugendlichen unterhalten, die sie am Abend zuvor kennengelernt hatte. Ihr Schlafwandeln erwähnte ich mit keiner Silbe, ich hatte beschlossen, zu warten, bis sie von selbst damit anfing. Das Thema Clara, Giovanni und ihre Rückkehr in die Schule bedeckten wir ebenfalls erst einmal mit einem Mantel des Schweigens. Ich musste feststellen, dass der Weg zurück in die Vaterrolle mit einigen Minen gespickt war, und fragte mich, ob ich es wohl schaffen würde, sie zu entschärfen. Nach dem

Essen hatte sie sich den Kopfhörer ihres CD-Players übergestülpt und aufs Meer gestarrt. Ich hatte ihr ein paar CDs und einige Tipps gegeben. Die CDs hatte sie voller Enthusiasmus angenommen. Die Tipps dagegen – na ja …

»Hat Ihnen das Ihr Freund Virgilio Loi erzählt?«

»Er und auch einige andere Leute.«

»Haben Sie die Gesichter der Männer gesehen, die auf sie geschossen haben?«

»Meine Augen funktionieren noch ausgezeichnet.«

»Würden Sie sie wiedererkennen?«

»Natürlich«, antwortete ich, ohne zu zögern.

»Sind Sie sicher, dass nicht einer davon der junge Sanna war?«

»Absolut sicher.«

»Haben Sie Anzeige erstattet?«

»Ich denke nicht mal daran. Ich bin hier mehr oder weniger im Urlaub und will nicht noch von der örtlichen Polizei belästigt werden.«

In diesem Moment kehrte Martine Ganci auf die Veranda zurück, in den Händen ein Zinntablett mit drei Espressotassen und einer Zuckerdose aus feinstem Porzellan. Ein Luxusservice. Sie schwebte auf uns zu, als würde sie eine Bühne betreten, wobei ich nicht mit Gewissheit sagen konnte, ob ich hier einer Komödie oder einer Tragödie beiwohnte.

»Haben Sie irgendeine Ahnung, wer auf Sie geschossen haben könnte?«, erkundigte sie sich, während sie mir Kaffee einschenkte.

»Nein. Die Männer waren aber wie Hirten gekleidet.«

Ganci verzog verärgert das Gesicht. »Wie Hirten?«

»Schwarzes Hemd und Drillichhosen.«

»Sie haben die *coppola* vergessen.« Ganci lachte verbittert auf. »Es ist doch immer wieder dasselbe: Festlandbewohner haben den Kopf voller Klischees und halten uns Sarden immer noch für Wilde.«

»Ich wollte niemanden beleidigen«, entgegnete ich und wechselte schnell das Thema. »Vincenzo Puddu meinte, Sie hätten mir etwas Wichtiges mitzuteilen.«

»Genießen Sie erst mal in aller Ruhe Ihren Kaffee. Obwohl Martine Französin ist, kann sie einen hervorragenden Kaffee kochen.«

»Es gibt nur wenig, was mir so gut gelingt«, schickte sie stolz hinterher.

Ich nahm einen kleinen Schluck, doch der Kaffee war so heiß, dass ich mir die Lippen verbrannte. Ich pustete in die Tasse.

»Wollen Sie keinen Zucker?«, fragte Martine.

»Nein, ich trinke ihn schwarz.«

»Weil Sie Schwarz mögen, gibt es wohl gerade auch vieles, das Sie schwarzsehen, Monsieur Pagano«, flötete sie mit einem Anflug von Heiterkeit.

Ich ging nicht weiter auf die Anspielung ein. Ich hatte die Nase gestrichen voll von ihren Spielchen.

»Was wollen Sie damit sagen, Madame?«, erwiderte ich trocken.

»*Rien, rien*. Sie wirken heute nur so missgelaunt.«

»Kennen Sie den Grund, warum mich Ihr Mann herbeordert hat?«

»Ich wusste ja nicht einmal, dass er Sie eingeladen hat. Ich bin vor einer halben Stunde aus Tortolì zurückgekommen.«

»Waren Sie shoppen?«

»Nein, ich habe den Vormittag in der Bank verbracht. Geschäftlich, für meinen Mann.«

»Wenn es einen ganzen Vormittag gedauert hat, scheint es ja um etwas Größeres gegangen zu sein«, sagte ich und blickte Ganci fest in die Augen.

»Sarden sind phlegmatische Menschen«, erwiderte er nur.

»Das ist ebenfalls ein Gemeinplatz.«

»Manche Gemeinplätze entsprechen der Wirklichkeit.«

»Hören Sie nicht auf ihn«, sagte Martine. »Ich musste ein paar Dinge regeln, bei denen ziemlich viel Geld im Spiel ist. Mein Mann glaubt, dass er bald sterben wird, und ist dabei, seinen kompletten Besitz zu liquidieren.«

»Liquidieren? Das heißt im Italienischen so viel wie Sachwerte in Geld umwandeln. Ich nehme an, Sie meinen, er will seine Zahlungsfähigkeit sicherstellen.«

»Sie weiß selbst nicht, was sie meint«, mischte sich Ganci ein. »Frauen haben nun mal keine Ahnung von geschäftlichen Angelegenheiten.«

Wortlos trank Martine ihren Kaffee. Aber irgendetwas passte ihr nicht, das sah man ihr an, so ließ sie sich nicht behandeln – und auf einmal tauchte in ihren Augen ein hasserfülltes Funkeln auf.

»Ach, Frauen haben keine Ahnung?«, zischte sie in einem Ton, der nur zu deutlich ihre Rachsucht widerspiegelte. »Eine halbe Million Euro für zwei Anwesen, von dem jedes für sich mindestens eine Million wert ist – das ist nicht gerade das beste Geschäft, das man abschließen kann. In Wahrheit machst du dir doch vor Angst in die Hosen.«

»Es reicht!«, brüllte Ganci nun, purpurrot im Gesicht.

Doch sie zuckte nur die Schultern und nippte weiter an ihrem Kaffee. Die Tasse bedeckte ihren Mund, aber es war nicht schwer zu erraten, welcher Ausdruck sich dahinter verbarg. Ein triumphierendes Lächeln. Sie hatte es wieder einmal geschafft, ihn kleinzumachen.

Ich hatte inzwischen ausgetrunken und erhob mich entschlossen, als von der Straße her Motorengeräusche zu uns drangen. Es war der Motor eines alten Wagens, der keuchend die Straße heraufkam. Auf einmal legte Ganci ein anderes Tempo an den Tag, als müsste er schnell noch ein bestimmtes Thema anschneiden.

»Ich habe Sie wegen Ihrer Tochter eingeladen, Signor Pagano. Sie reitet doch sicher gern, oder?«

Ich brachte zunächst kein Wort heraus. Meine Frau hatte mir in den letzten Jahren nicht erlaubt, die Hobbys meiner Tochter zu verfolgen. Von meiner Tochter wusste ich so gut wie gar nichts. Nur dass sie sich nach zehn Jahren auf den Weg zu ihrem Vater gemacht hatte.

»Wieso fragen Sie?«, sagte ich schließlich.

»Ich besitze in Tertenia einen Stall mit vier wertvollen Pferden, um die sich Vincenzo kümmert. Ihre Tochter, und natürlich auch Sie, könnten mit ihm ausreiten.«

»Danke für das Angebot. Ich werde mit Aglaja darüber sprechen.«

Der Wagen war inzwischen in die Toreinfahrt eingebogen, und die Reifen ließen den Kies im Garten knirschen. Als der Motor verstummt war, erfüllte nur noch der Mistral die Stille ringsum. Man hörte eine Autotür zuschlagen, dann schwere Schritte, die sich näherten. Ich rechnete damit, dass jeden Moment Vincenzo um die Hausecke bog – stattdessen erschien das rundliche Profil von Aristarco.

Kaum hatte er mich erblickt, als sich auf seinem Gesicht ein verächtliches Lächeln abzeichnete. Er war genauso gekleidet wie am Abend zuvor und trug eine kleine *coppola*. Vor dem Tisch nahm er die Mütze ab, um zuerst Martine, die sitzen geblieben war, und dann Ganci zu begrüßen. Die beiden blickten sich in die Augen.

»Zi' Otello.«

»Zi' Piergio'.«

Es war ein groteskes Begrüßungsritual mit langsamen, gemessenen Gesten, das mich an die Zeremonien der Naturvölker erinnerte. *Festlandbewohner haben den Kopf voller Klischees und halten uns Sarden immer noch für Wilde.*

Schließlich drehte sich Aristarco zu mir.

»Sie auch hier, Signor …?«

»Pagano. Bacci Pagano.«

Ohne allzu große Begeisterung gab er mir die Hand.

»Entschuldigen Sie, ich habe kein gutes Namensgedächtnis.«

»Sie kennen sich?«, zwitscherte Martine.

»Wir haben uns gestern Abend bei Augusto getroffen. Virgilio hat uns bekannt gemacht«, antwortete Aristarco.

Ganci hatte die Szene aufmerksam beobachtet.

»Okay, Signor Pagano, dann geben Sie mir also so schnell wie möglich Bescheid«, sagte er nun so schroff, dass es wie eine Verabschiedung klang.

»Das werde ich«, sagte ich, worauf Ganci mir noch kurz zunickte und Aristarco mir einen an blanken Hohn grenzenden Blick zuwarf.

Martine war inzwischen aufgestanden. »Ich begleite Sie noch hinaus, Monsieur Pagano«, säuselte sie und hakte sich bei mir ein.

Kaum hatten wir uns ein Stück entfernt, fügte sie schelmisch hinzu: »Überlassen wir die beiden Herren ihren wichtigen Geschäften.«

»Sie sollten sich mehr als jeder andere dafür interessieren.«

»Man merkt, dass Sie mich nicht kennen.«

»Schließlich erben Sie doch mal alles, oder fast.«

»Ganci versucht mich zu kaufen, indem er mein Bankkonto bis zum Bersten füllt.«

»Freut Sie das denn nicht? Sie können dann von hier verschwinden und sich irgendwo ein schönes Leben machen.«

»Wenn Sie die Wahrheit hören wollen – das interessiert mich einen feuchten Kehricht.«

»Möchten Sie lieber hierbleiben und mit Vincenzos Hilfe in Gancis Fußstapfen treten?«

Sie antwortete mit einem schallenden Lachen, einem ordinären Gewieher, und warf den Kopf in den Nacken, während ihr Busen, der sich prall unter der Bluse abzeichnete, mit Nachdruck an meinem Ellenbogen rieb.

»Und?«

»Was, und?«

»Was hat Ihr Mann zu befürchten?«

»Das, was alle fürchten – den Tod.«

»Und Sie? Haben Sie keine Angst davor?«

»Mich schreckt eher das Alter.«

»Und seinen Grundbesitz zu veräußern hilft ihm, länger zu leben?«

»Das bildet er sich jedenfalls ein. Ganci ist der festen Überzeugung, dass alles seinen Preis hat, sogar die Tage, die er noch zu leben hat.«

»Hat ihn jemand bedroht?«

»Menschen wie er erzielen durch ihre Profite und Renditen erhebliche Zinsen – in Form von Hass.«

»Darum geht's also mit Aristarco?«

»Ein schmutziges Geschäft, nicht wahr?«

Eingehakt wie ein altes Liebespaar, dem die Zeit die Leidenschaft genommen hat, aber nicht den Spaß daran, das Schicksal herauszufordern, hatten wir den gesamten Garten durchquert, bis wir an den beiden Steinsäulen angelangt waren, zwischen denen eigentlich ein Tor den Besitz hätte begrenzen sollen. Letzten Endes gab es aber sowieso keine Mauern und Tore, die einen vor den Geistern der Vergangenheit schützen konnten, und das wusste wohl auch Ganci, weshalb er sich diese Investition gespart hatte.

Ein klappriger roter Ford Escort stand davor auf dem Kies, demütig wie ein Hungerleider im Vorzimmer einer Reichenparty. Martine löste sich von meinem Arm. Bevor ich mich auf meine Vespa schwang, wollte sie mir offenbar noch etwas sagen – doch plötzlich lehnte sie den Kopf an meine Brust. Noch während ich perplex den Geruch ihrer frisch gewaschenen Haare wahrnahm, die nach weißem Moschus dufteten, hob sie das Gesicht zu mir, als erwarte sie, jeden Moment geküsst zu werden. Vermutlich wähnte sie sich in einer Szene von ›Vom Winde verweht‹. Wind war hier ja genug vorhanden.

»Darf ich Sie morgen besuchen kommen?«, maunzte sie wie eine schnurrende Katze, die es nach Streicheleinheiten verlangt.

»Meine Tochter ist …«

»Sie mögen mich nicht, stimmt's?«

»Nein, aber wir haben uns lange Zeit nicht gesehen. Da hat sie das Recht, ihren Vater mal ganz für sich zu haben.«

Da löste sich Martine ohne ein weiteres Wort von mir und ging mit langsamen Schritten zurück zu ihrem Kerkermeister. Ich sah ihr nach. Der Wind schob sie voran, die Böen peitschten sie, als wollten sie ihr noch den letzten Rest ihrer Seele aus dem Leib reißen.

Dann durchschritt ich das nicht vorhandene Tor. Ich hatte hier schon viel zu viel Zeit verloren und wollte so schnell wie möglich zurück zu Aglaja. Hier ist nichts von dem zu finden, was du suchst, sagte ich mir. Es gab kein Tor – und anscheinend auch niemanden, der bereit war, etwas zu riskieren, damit dieser ganze Reichtum nicht einfach so versandete. Selbst Otello Ganci erwartete nichts mehr. Oder vielleicht ja doch: Er erwartete wenigstens den Tod.

Am Nachmittag besuchte ich mit Aglaja und Laura die Grotte Su Marmuri in Ulassai. Virgilio hatte mir seinen Geländewagen geborgt, in dem wir alle drei auf der vorderen Sitzbank Platz hatten.

Die Grotte war so tief, dass man unter dem Gewölbe des Hauptraumes ein Gebäude von den Ausmaßen des Mailänder Domes hätte errichten können, hatte uns die junge sardische Reiseführerin erklärt, die uns auf der letzten Führung dieses Tages begleitete. Zum Glück war es niemandem in den Sinn gekommen, das wirklich zu tun, nicht einmal, nachdem die größte Witzfigur unter den Politikern sich zweihundert Kilometer weiter nördlich eine pompöse Villa am Meer hatte bauen lassen, eine Verschandelung der Umwelt, die praktischerweise durch die Wahrung des Staatsgeheimnisses gedeckt wurde.

Kaum waren wir wieder ans Tageslicht getreten, fing mein Handy an, im Sekundentakt entgangene Anrufe zu vermelden. Während ich mich im kalten feuchten Bauch des Berges aufgehalten hatte, hatten drei Personen versucht, mich zu erreichen: Meine Exfrau, Gina Aliprandi sowie der Leiter der Genueser Mordkommission Salvatore Pertusiello. Zwei Menschen, die mich mochten, und eine, die mich wohl immer noch so sehr mochte, dass sie die Wunden nicht vergessen konnte, die ich ihr zugefügt hatte, als ich gegangen war. Und die ihren Hass wie einen Topflappen zu Hilfe nahm, um sich an mir nicht die Finger zu verbrennen.

Aglaja und Laura liefen auf dem Weg zurück zum Pick-up neben mir her. Da ich es nicht für angemessen hielt, in ihrem Beisein ein weiteres Streitgespräch mit Clara zu führen, beschloss ich, die Auseinandersetzung auf später zu verschieben, und wählte zunächst die Handynummer der Anwältin.

»Gina? Ich bin's, Bacci. Gibt es was Neues?«

»Endlich meldest du dich mal«, antwortete sie mit der gewohnt kameradschaftlichen Stimme, rau von den vielen Zigaretten und den zahllosen Plädoyers vor Gericht, wenn sie Diebe, Mörder und Verbrecher aller Art verteidigte. Menschen wie Gabriele Sanna und Otello Ganci. »Ich wette, du lässt es dir ziemlich gut gehen. Hat das Meer immer noch die gleichen Farben?«

»Um diese Jahreszeit sind sie sogar noch leuchtender. Aber der Mistral lässt uns seit drei Tagen nicht an den Strand.«

»Lässt *uns*? Du hast doch nicht etwa eine von deinen Freundinnen mitgenommen?«

»Nein, aber meine Tochter ist hier.«

Totenstille am anderen Ende der Leitung. Das war genau der Effekt, den ich erreichen wollte.

»Aglaja? Sie ist bei dir?«, fragte sie, als sie sich von ihrer Überraschung etwas erholt hatte.

»Ja, sie ist von zu Hause abgehauen und hat die nächste Fähre nach Sardinien genommen.«

Durch den Hörer drang ein schriller Pfiff, der mir im Ohr schmerzte. Das war die einzige Bemerkung, mit der Gina Aliprandi, die mich seit fünfunddreißig Jahren kannte und liebte wie eine Schwester, diesen entscheidenden Wendepunkt in meinem Leben zu kommentieren in der Lage war. Dann wechselte sie den Tonfall und gab sich ganz professionell.

»Hast du Valentino Sanna gefunden?«

»Nein, und ich bezweifle stark, dass ich ihn noch finden werde. Dafür habe ich das Gefühl, hier in ein Wespennest gestochen zu haben.«

Sie wirkte beunruhigt – wie es einem so geht, wenn ein Freund in Schwierigkeiten gerät, weil er jemanden schützen muss, der einem am Herzen liegt. Sie versuchte, sich von mir erklären zu lassen, was vor sich ging, erhielt aber nichts anderes als vages Gebrummel und ein paar dürftige Satzfetzen als Antwort.

»Jetzt, da Aglaja bei dir ist, ist sowieso alles anders«, erklärte sie schließlich mit demonstrativer Einsichtigkeit. »Du darfst sie auf keinen Fall in Gefahr bringen. Vergiss den Auftrag und genieß deinen Urlaub. Ich werde mit Gabriele Sanna sprechen.«

»Es gibt keinen Auftrag, den ich vergessen müsste. Ich bin mir ganz sicher, dass Valentino nicht hier ist.«

»Mein Mandant ist vom Gegenteil überzeugt.«

»Dann irrt er sich eben.«

»Es gibt Neuigkeiten, aber unter diesen Umständen …«

»Gina, spuck's aus.«

»Sannas Frau hat ihn im Gefängnis besucht und ihm erzählt, dass einige Leute aus Tertenia bei ihr waren. Weder er noch seine Frau wollten Namen nennen, und sie schweigen sich auch über den Grund des Besuchs aus. Aber der Ausdruck von Befriedigung, der seither auf Sannas Gesicht liegt, beseitigt die letzten Zweifel.

Irgendetwas ist da passiert. Irgendjemand muss ihm seinen Anteil an der Beute versprochen haben …«

»Und er glaubt, das sei das Verdienst seines Sohnes.«

»Da ist er sich absolut sicher. Du müsstest mal sehen, wie er strahlt.«

»Er irrt sich gewaltig.«

»Aber warum haben dann gerade jetzt …?«

»Es gibt hier jemanden, der noch seine offenen Rechnungen begleichen will, bevor er stirbt.«

»Einer seiner Komplizen?«

»Möglich. Vielleicht aber auch der Chef des Ganzen.«

Wieder ein überraschter Pfiff. Gina erinnerte mich manchmal an eine Filmdiva, die sprach wie ein in die Jahre gekommener Hafenarbeiter.

»Von wegen Urlaub, du alter Spürhund. Du hast sogar trotz Aglajas Anwesenheit die Hände nicht in den Schoß gelegt.«

»Im Grunde läuft das hier alles von ganz allein.«

»Bist du sicher, dass du weitermachen willst?«

»Ich habe ja noch nicht einmal richtig angefangen. Mein Auftrag ist gegenstandslos. Das Wichtigste ist, dass Sanna mir mein Honorar zahlt.«

»Da kannst du beruhigt schlafen. Er wird pünktlich zahlen, keine Sorge, und wenn es stimmt, dass er seinen Anteil der Beute bekommt …«

»… dann könntest du ihn nach einem Zuschlag wegen des Mistrals fragen. Bei tausend Euro pro Tag hätte ich dann schon dreitausend verdient.«

»Ich glaube, nicht mal da würde er rumzicken«, sagte sie und verabschiedete sich.

Inzwischen waren wir bei Virgilios weißem Mitsubishi angelangt.

»Pa, wo fahren wir jetzt hin?«, wollte Aglaja wissen, als sie ins Auto stieg. Irgendetwas hatte ihr die Laune verdorben.

»Der Nachmittag ist noch lang. Am besten, wir fragen Laura, die kennt sich hier aus.«

Virgilios Tochter schlug vor, zurück nach Tertenia zu ihren Freunden zu fahren. Aglaja stimmte vorbehaltlos zu, und ich fügte mich. Schließlich waren ein Besuch bei den Seen von Flumendosa, im Wald von Montarbu oder auf dem Areal der Vereinigten Streitkräfte in Perdasdefogu sicher nicht das, was zwei Heranwachsende als »geil« bezeichnen würden. Während wir die Straße nach Jerzu hinunterfuhren, warf ich einen Blick auf das Tal zu meiner Linken. In der Ferne schmeichelte die blaue Linie des Meeres der Landschaft mit dem Versprechen auf schönes Wetter. Ich bat meine Tochter, den Kopfhörer ihres MP3-Players in mein Handy zu stecken, was sie mit säuerlicher Miene denn auch tat. Damit rief ich dann Pertusiello an.

»Hast du geschlafen oder gevögelt?«, fragte er geradeheraus ohne ein Wort der Begrüßung. »Oder warum hast du um fünf Uhr nachmittags bei der Arbeit das Handy aus?«

»Ich war in einer Grotte, da war kein Empfang.«

»Aha, verstehe. In einer feuchten, dunklen Grotte. Du hast also gevögelt.«

»Ich habe mit meiner Tochter die Grotte Su Marmuri besichtigt. Das soll die tiefste in ganz Europa sein.«

Pertusiello hatte zwar nicht die Angewohnheit zu pfeifen, aber er war nicht weniger verblüfft als Gina.

»Jawohl, Aglaja ist zu Besuch bei mir in Tertenia.«

Es folgte ein Schweigen, das man sich mit Trompetenstößen, Trommelwirbeln und dem Klirren von Tamburinen untermalt vorstellen muss. Sozusagen die ›Ode an die Freude‹ aus der Neunten von Beethoven. Pertusiello hatte meine ganze Karriere als flüchtiger Ehemann und abwesender Vater mit einer Geduld und Wärme begleitet, zu der nur Menschen aus dem Süden fähig sind. Er hatte mir zugehört, ohne jemals zu urteilen, und mir liebevoll Mut zugesprochen, weniger mit Worten als vielmehr mit seinen Augen und Gesten. Den typischen Gesten der Menschen, die das Bedürfnis haben, in jedes Gespräch ein kunstvolles Geflecht aus Tönen des Mitgefühls und der Leidenschaft hineinzuweben. Wobei bei ihm, der hundertfünfunddreißig Kilo wog und Ähnlichkeit mit einem ewig hungrigen Dickhäuter hatte, noch ein gewisses Bauchgefühl dazukam.

»Ist sie mit ihrer Mutter gekommen?«, fragte er beinahe schüchtern. Er schien förmlich Angst vor der Antwort zu haben.

»Nein. Sie ist von zu Hause abgehauen.«

»Aha.«

Wieder beredtes, lautstarkes Schweigen, während seine und meine Gedanken einander jagten wie spielende Kinder auf der Straße.

»Das freut mich ... Sehr sogar.«

Nichtsdestotrotz hörte ich heraus, dass er mir etwas Wichtiges mitzuteilen hatte. Und tatsächlich änderte sich gleich darauf sein Tonfall.

»Ich habe diese kleine Recherche angestellt, um die du mich gebeten hattest.«

»Hast du etwas Interessantes herausgefunden?«

»Die südfranzösische Polizei hat mir einige Vorfälle zwischen 1994 und 1996 genannt, an denen italienische Staatsbürger sardischer Herkunft beteiligt waren. Zwei davon könnten dich interessieren. Zum einen der Mord an einem gewissen Giovanni Puddu, der am 20. August 1994 in Nizza von Unbekannten umgebracht wurde, mit zwei Schüssen in den Rücken. Sie haben ihn mit einer geladenen Pistole Kaliber .22 in der Tasche gefunden, die er vermutlich nicht mehr ziehen konnte. Und dann ist noch ein zweiundzwanzigjähriger Maurer aus Mentone spurlos verschwunden, Mario Canu. Er war wenige Monate zuvor nach Frankreich gezogen und bei seinem Cousin untergekommen, einem sardischen Immigranten, der die Insel Ende der Siebzigerjahre verlassen hatte und bei einer Baufirma in Nizza arbeitete. Und jetzt kommt's: Sowohl Puddu als auch Canu stammten aus Tertenia.«

»Giovanni Puddu und Mario Canu ... Danke, Totò! Du hast mir sehr geholfen.«

»So wie immer. Kannst dich ja bei Gelegenheit mal erkenntlich zeigen.«

Ich wollte mich schon verabschieden, als ich in seiner Stimme ein Zittern wahrnahm, eine Art dumpfes Grunzen, das wohl seine Aufgewühltheit ausdrückte.

»Ist noch was?«

»Aglaja ... Wie läuft's denn so?«

»Ich würde sagen, ganz gut. Besser, als ich es mir erträumt hätte.«

»Sie ist also von zu Hause abgehauen. Und was sagt ihre Mutter dazu?«

»Ich kann jetzt nicht sprechen. Wenn ich zurück bin, erzähle ich dir alles …«

»Okay, bei einem Pecorino und einem *caglio di capretto.*«

»Darauf kannst du dich verlassen. Versprochen ist versprochen.«

Damit verabschiedeten wir uns.

Kaum hatte ich aufgelegt, drehte sich Laura zu mir.

»Was ist mit Mario Canu?«

»Wie?« Erstaunt sah ich sie an. »Kanntest du ihn etwa?«

»Er hat in der Nachbarschaft gewohnt. Als kleines Mädchen habe ich für ihn geschwärmt. Morgens stand ich auf einem kleinen Hocker immer ewig am Fenster und habe gewartet, bis er aus dem Haus kam. Er war so unglaublich gut aussehend. Vor ein paar Jahren ist er nach Frankreich gezogen und dort nach einer Weile spurlos verschwunden. Im Dorf haben die Leute lange davon gesprochen. Seine Verwandten haben überall auf der Welt nach ihm suchen lassen, vergeblich. Sie haben große Teile ihres Grundbesitzes verkauft, um die Nachforschungen bezahlen zu können. Mein Vater hat immer gesagt, das sei rausgeworfenes Geld. Seiner Meinung nach ist er tot.«

Ich bemerkte, dass Aglajas Miene sich verfinstert hatte. Sie schaute aus dem Fenster, schien aber nur ihren eigenen düsteren Gedanken nachzuhängen und nicht das besondere Licht zu sehen, in das die Häuser von Jerzu getaucht waren, zwischen denen sich der Geländewagen nun hindurchquetschte. Die Sonne tanzte auf den bunt getünchten, dicht aneinandergereihten Fassaden, bröckelnder Putz und zerborstene Steine im Erdgeschoss, unverputzte Ziegel in den höheren Etagen. Mehrere Male hätte der Pick-up fast eine der alten Frauen auf ihren Stühlen vorm Hauseingang gestreift, die einem mit ihrer traditionellen schwarzen Kleidung und ihrer unerschütterlichen Gleichmut das Gefühl vermittelten, dass hier die Zeit stehen geblieben war. Von wegen Revolution. Von wegen Utopien. So gesehen war mein klägliches Jahr 1968 nicht mehr als ein kleiner Darmwind in der Atmosphäre gewesen.

»Was ist los, Aglaja?«, fragte ich.

»Nichts«, brummte sie.

»Na los, sag schon. Irgendetwas stimmt doch nicht.«

»Es passt mir nicht, dass du allen erzählst, dass ich von zu Hause weggelaufen bin!«, rief sie aufgebracht. »Das ist meine Sache, und ich weiß echt nicht, warum das Leute wissen sollen, die ich nicht mal kenne.«

Ich sagte mir, dass sie absolut recht hatte, dennoch versuchte ich, mich zu rechtfertigen.

»Ich erzähle es nicht allen, nur den beiden eben am Telefon, denn das sind meine besten Freunde, die mir in den vergangenen Jahren am nächsten waren.«

»Das ist mir scheißegal. Ich will, dass das unter uns bleibt.«

»Nicht in dem Ton, mein Fräulein!«

»Lern du erst mal, meine Gefühle zu respektieren.«

Der Mitsubishi war inzwischen auf der Höhe der Cantina Sociale angelangt, dem Weingut, wo der *»Cannonau di Jerzu«*, einer der besten Rotweine Sardiniens, produziert wurde. Er wurde in Kartons in die halbe Welt exportiert, auf die eine kleine Nuraghen-Statue aufgedruckt war, die von Giacometti oder Paul Klee stammen könnte. Wir waren schnell in Richtung Arco di Genna Crexia unterwegs, wo die alte Staatsstraße verlief. Im Auto herrschte eine bedrückende Stille. Zu dem Streit zwischen Aglaja und mir gesellten sich Lauras Verlegenheit und unser aller Wunsch, diesen Ausflug möglichst bald zu beenden. Ich fragte mich sogar, ob ich den Krach mit Clara nicht vorzog. Aber die Antwort lautete Nein – vielleicht war die Meinungsverschiedenheit zwischen Aglaja und mir ja einfach nur eine Etappe, die wir zu bewältigen hatten. Irgendetwas von ihrer Mutter, mit dem ich mich früher oder später würde auseinandersetzen müssen, musste Aglaja schließlich haben, ebenso wie in ihr auch etwas von mir überlebt haben musste; vielleicht die Liebe zur Musik und die Entscheidung, das Risiko auf sich zu nehmen und einfach zu mir zu kommen. *Kinder sind Teil deines Herzens*, sagte Eduardo einmal, *so, wie auch wir Teil der Herzen unserer Kinder werden*. Schade, dass Clara nie darüber nachgedacht und stattdessen das Ziel verfolgt hatte, mich aus dem Gedächtnis meiner Tochter zu löschen.

Endlich entschloss ich mich, das Schweigen zu brechen.

»Es tut mir leid, Aglaja. Wirklich.«

Stumm hielt sie den Kopf zum offenen Fenster gedreht. An manchen Stellen lag der Duft der Zistrosen in der Luft und erfüllte den Pick-up mit einer schwer zu ertragenden, geradezu aggressiven Süße, die die zarte Duftpalette der mediterranen Macchia erdrückte wie eine Primadonna die anderen Sänger im Theater. Ganz so wie die Frau von Ganci. Ein unscheinbares Gewächs ohne jegliche Anziehungskraft. Ein Unkraut, das hartnäckig am Straßenrand stand, ähnlich einer Vorstadtnutte. Und doch war auch dieses Kraut Träger geheimnisvoller Wahrheiten, für die es keine Worte gab. Die ganze mysteriöse Weisheit dieser Erde schwang im Aroma der Zistrose mit.

Er machte mich trunken, dieser Duft, und ließ meine Gedanken weit zurückschweifen, hin zu Momenten des Glücks, die sich einem fest ins Gedächtnis prägten. Wie in der Rückblende eines Films sah ich Clara vor mir, als sie und ich das erste Mal Virgilio in Tertenia besucht hatten. Damals liebten wir uns noch sehr. An einem dieser Abende waren wir, nachdem wir Spanferkel gegessen, viel Cannonau getrunken und gemeinsam einen Joint geraucht hatten, Hand in Hand hinunter zum Strand gegangen, hatten uns in den Sand gelegt und hinauf in den sternenhellen Nachthimmel geschaut.

»Welches ist das schönste Buch, das du im Gefängnis gelesen hast?«, hatte Clara gefragt.

»›Der Idiot‹ von Dostojewski«, hatte ich erwidert. »Und deins?«

»Ich war nicht im Gefängnis.«

Wir lachten alle beide, trunken von Wein, Haschisch und Lebensfreude.

»Dann eben das schönste, das du in diesen Jahren gelesen hast«, sagte ich.

»Auch ›Der Idiot‹.«

»Und welche Figur hat dir am besten gefallen?«

»Nastassja Filippowna. Und dir?«

»Aglaja.«

Vielleicht war es die Nacht von San Lorenzo gewesen, in der unzählige Sternschnuppen vom Himmel fallen und Wünsche wahr werden. Genau in jenem Moment zerriss jedenfalls ein Lichtstrahl die Dunkelheit über dem Monte Cartucceddu.

»Lass uns ein Kind zeugen, und wenn es eine Tochter wird, nennen wir sie Aglaja«, hatte Clara unvermittelt gesagt.

»Ja, das machen wir«, hatte ich lächelnd geantwortet.

Damals war ich noch voller Dankbarkeit für diese Frau, die fünf Jahre auf mich gewartet hatte, bis ich endlich entlassen wurde. Sicher war ich nicht mehr in der Lage, Träume und Hoffnungen zu nähren, aber ich fand immer noch Gefallen daran, etwas zu tun oder zu sagen, um ein Lächeln auf die Lippen der Menschen zu zaubern, die ich liebte. Und Clara liebte ich wirklich. Gut möglich, dass sie sich in diesen fünf Jahren ein falsches Bild von mir gemacht hatte. Die Tatsache, dass ich mit einer gewissen Würde durch die Hölle gegangen war, erst den Prozess, dann die Haft und den Tod meiner Eltern verdaut und am Ende sogar einen geisteswissenschaftlichen Studienabschluss hinbekommen hatte, brachte sie wohl zu der Überzeugung, dass ich ein Mann sei, der wusste, was er wollte, und der ganz in sich ruhte. Sie hatte meine Verzweiflung wohl für Konstanz gehalten. Und ich ihre Zähigkeit für Offenheit und Interesse an mir.

Das war im August 1982 gewesen, sechs Monate nach meiner Entlassung und kurz bevor ich die Welt zu bereisen begann, um den Sinn meines Lebens zu ergründen. Die Zelle in Novara war so eng gewesen, dass ich unbedingt entdecken wollte, wie groß die Welt eigentlich war. Ich hatte einige Zeit gebraucht, um zu kapieren, dass ich nicht den Ozean überqueren musste, um zu entdecken, wie unendlich groß das Universum war. Es reichte völlig, sich in Sardinien an den Strand zu setzen und aufs Meer hinauszuschauen. Oder nachts den Blick zum sternenübersäten Himmel über Tertenia zu erheben. Aber damals war ich noch zu jung und zu rastlos dafür. Sämtliche Stunden des Tages und der Nacht reichten mir nicht, um mir das Leben zurückzuholen, das man mir genommen hatte.

»Aglaja, ich habe gesagt, es tut mir leid«, wiederholte ich jetzt noch einmal. »Antworte mir bitte!«

»Was soll ich sagen?« Sie hatte angefangen, mit meinem Handy herumzuspielen, mit der beleidigten Miene von jemandem, der erwartet, dass der andere den ersten Schritt macht.

»Was weiß ich? Dass du mich trotzdem magst, zum Beispiel.«

»Ich weiß noch nicht, ob ich dich mag.«

»Du hast recht, das kannst du noch nicht wissen. Es ist zu viel Zeit vergangen. Für mich ist das leichter, ich bin dein Vater. Ich weiß, dass ich dich lieb habe.«

Sie antwortete zuerst nicht, aber ich sah sie aus den Augenwinkeln an und glaubte, ein Lächeln auf ihren Lippen zu erkennen.

»Ich bin es nicht gewohnt, dass es mir jemand sagt, wenn ihm etwas leidtut«, sagte sie schließlich ernst und entschieden.

»Und wie wirkt das auf dich?«

»Es erschreckt mich ein bisschen. Ich muss wohl besser aufpassen, was ich sage.«

»Das verstehe ich nicht.«

»Das habe ich so von meinem Vater gelernt. Ich muss für mich allein entscheiden, ob ich recht oder unrecht habe.«

Wir hatten das Ortsschild von Tertenia hinter uns gelassen und fuhren jetzt geradewegs die Schnellstraße vor der Abzweigung zur Marina von Sarrala entlang. Lang gezogene weiße Wolken flogen vom Wind gepeitscht am Himmel dahin und verdeckten für einen Moment die Sonne, sodass Schatten eilig über die Felswände und das trockene Kiesbett im Tal hinwegzogen. Doch die Tage waren lang, und es würde noch eine Weile dauern, ehe die Sonne sich in den Abgrund hinter den Bergen im Westen stürzen würde. Die Hitze war unerträglich geworden.

»Mädels«, sagte ich, »morgen geht es an den Strand zum Baden.«

»Wirklich?«, fragten sie fast einstimmig.

Die Anzeichen waren eindeutig – abgesehen davon, dass ich mich auf die Vorhersage meines Freundes verlassen konnte. Seine Bauernweisheit schützte mich vor dem Risiko, eine schlechte Figur abzugeben. Aglaja würde langsam daran glauben, dass ihr Vater manchmal auch die Wahrheit sagte.

»Wirklich«, antwortete ich voller Überzeugung. »Der Mistral lässt schon nach.«

Der Tod

Der Tod verhandelt nicht

Wie ein Buddha, der sich nur widerwillig ans Meer hatte mitschleifen lassen, saß Virgilio im Schneidersitz auf einem kleinen Handtuch, sein beachtlicher Bauch ruhte auf den Oberschenkeln. Am Strand empfanden die Leute aus dem Innern der Insel immer ein leichtes Unbehagen – wahrscheinlich wegen der Badehose, in der sie sich vorkamen, als trügen sie Unterwäsche. Er rutschte nervös hin und her, und ab und an sah er auf die Uhr, während er mit seinen dicken Fingern an der Toscano herumknetete, die er aus der achtlos in den Sand geworfenen Ledertasche gezogen hatte.

Ich lag, auf die Ellenbogen gestützt, auf dem Bauch und sah Aglaja und Laura entgegen, die gerade zum Ufer zurückkamen, nachdem sie bis zu den Bojen hinausgeschwommen waren. Das Meer gurgelte leise vor sich hin, verhaltene Wellen schwappten an den Strand und hinterließen einen leichten Salzgeschmack auf unserer Haut. Am Strand waren nur wenige Badegäste, die verstreut und so weit voneinander entfernt dalagen, dass ein Kennenlernen oder ein Gespräch unmöglich war. Unter ihnen befand sich auch die Französin. Als sie uns kommen sah, hatte sie sich darauf beschränkt, kurz zu winken. Das war auch besser so, denn ich hatte nicht die geringste Lust, sie an diesem ersten Strandtag mit meiner Tochter um mich zu haben. Zudem schien sie völlig in ein Buch versunken zu sein; nur ab und an drehte sie sich um, um ihren Körper von allen Seiten gleichmäßig zu bräunen. Ein einziges Mal sah ich, dass sie aufstand und baden ging, aber bald vergaß ich sie und widmete meine Aufmerksamkeit wieder unseren Töchtern.

Die beiden Mädchen liefen lachend und einander neckend auf uns zu. Aglaja trug einen knallroten Bikini, dessen Farbe sich auffällig von Lauras schwarzem Badeanzug abhob. Ihre ausgelassenen Rufe stiegen in den Himmel auf, der vom Mistral rein gewaschen war und nun von einer leichten Brise sauber gehalten wurde, dem Grecale, der vom Capo Sferracavallo herüberwehte und die türkisfarbene Wasseroberfläche nur leicht kräuselte. Die Sonne stand hoch über dem Meer und wärmte die Haut mit einer Sanftheit, die sich wie die Küsse einer schönen verliebten Frau anfühlte.

Während sich Virgilio die Zigarre anzündete, ließen sich unsere Töchter neben uns auf ihre Handtücher fallen. Laura war ihrer Mutter sehr ähnlich. Klein und schlank, mit ihrem rabenschwarzen, über die Schultern fallenden Haar und der dunklen Haut sah sie fast aus wie eine Mulattin; wären ihre Beine im Vergleich zum Körper etwas länger gewesen, hätte sie durchaus als Kubanerin oder Brasilianerin durchgehen können. Ihre anthrazitfarbenen Augen reflektierten in der Sonne den Schein einer wilden Schönheit. Aglaja war größer und kräftiger als ihre neue Freundin und wirkte neben ihr noch blasser als sonst. In ihren sonnengebleichten Haaren sah ich Strähnen in der Farbe von reifem Korn.

Ihre unbeholfenen Bewegungen gaben ihr etwas Unfertiges, Kindliches. Vielleicht zog sich ihre Kindheit in die Länge, da ihr immer etwas gefehlt hatte. Beziehungsweise jemand.

Die beiden erweckten den Anschein, als wollten sie etwas Wichtiges mit uns besprechen.

»Papa«, begann Laura, »ein Freund hat Bacci gestern etwas über Mario Canu erzählt.«

Ich hatte die ganze Zeit befürchtet, dass wir sie irgendwann in die Sache mit hineinziehen würden, und das gefiel mir ganz und gar nicht.

»Das geht euch nichts an«, sagte ich deshalb schnell. »Es ist besser, wenn ihr euch da raushaltet.«

Doch Laura ließ sich nicht davon beeindrucken.

»Papa, ist Mario Canu tatsächlich ermordet worden?«

Virgilio fuhr zusammen, und als er antwortete, konnte er nur mit Mühe seine Wut unterdrücken. Wie ein Schnellkochtopf, dessen Ventil unter Druck stand und der kurz vorm Explodieren war.

»Das kann niemand wissen. Und wie Bacci schon sagte: Das sind keine Themen für junge Mädchen.«

»Aber du hast das doch immer behauptet«, beharrte Laura.

»Ich habe nur gesagt, dass ich glaube, dass er tot ist.«

»An Altersschwäche wird er ja wohl kaum gestorben sein«, wandte das Mädchen trocken ein.

»Warum wollt ihr denn nicht darüber sprechen?«, sprang Aglaja ihrer Freundin nun bei. »Was steckt hinter dieser ganzen Heimlichtuerei? Ist es wegen deiner Ermittlungen, Papa? War Mario Canu einer von den Männern, die den Geldtransporter überfallen haben?«

»Genug jetzt«, knurrte Virgilio unwirsch. »Das sind keine Themen für euch. Wenn euch die falschen Leute hören, könntet ihr ernsthafte Probleme bekommen.«

»War es der Mann von der Französin?«, setzte Aglaja noch eins drauf.

Unwillkürlich lief mir ein Schauer über den Rücken. Meine Tochter hatte eine scheinbar naive Miene aufgesetzt, die bei mir eher Wut als Zärtlichkeit auslöste. Aber das machte sie für mich nur noch schöner, denn ihre Augen waren größer geworden. Meine Tochter hatte riesengroße braune Augen, die im Sonnenlicht glitzerten. Die gleichen Augen wie ihre Mutter. Ich hatte sie schon einmal verloren, ich wollte nicht, dass mir das noch einmal passierte.

»Aglaja, jetzt reicht's«, sagte ich deshalb schroff.

Sie zuckte mit den Schultern und wechselte einen wissenden Blick mit Laura.

»Wir haben es satt, von euch wie Kleinkinder behandelt zu werden«, polterte sie los. »Haltet ihr uns für blöd?«

»Ihr könnt uns nicht so im Unklaren lassen«, fuhr Laura fort.

»Wenn wir wirklich in Gefahr sind, wäre es besser, zu wissen, worum es hier eigentlich geht.«

»Wir könnten uns darauf einstellen und wüssten, mit wem wir sprechen dürfen und mit wem nicht.«

»Darüber«, zischte Virgilio, der mit seinen weit aufgerissenen Augen selbst ein Wildschwein in die Flucht geschlagen hätte, »dürft ihr mit *niemandem* sprechen!

Ist das klar? Wir wissen ja nicht einmal, was wirklich passiert ist ...«

»Aber ...«, wollte Laura einwenden, doch Virgilio redete schon weiter.

»Wir wissen nur, dass irgendetwas Schreckliches passiert sein muss. Etwas, das vielleicht noch nicht ausgestanden ist. Ihr müsst euch da wirklich raushalten, habt ihr verstanden? Wenn euch etwas passiert, würden Bacci und ich uns das nie verzeihen.«

»Ihr seid also selbst in Gefahr«, sagte Aglaja und schaute mich durchdringend an.

»Wir können aber damit umgehen«, erwiderte ich ärgerlich.

»Wird es noch mehr Tote geben? Hast du die Pistole bei dir, Papa?«

»Nein«, log ich.

»Lügner! Ich habe sie in deiner Tasche gesehen.«

»Aglaja, so etwas erlaubst du dir kein zweites Mal!«

»Und du hörst auf, uns Märchen zu erzählen.«

Es war nichts zu machen. Aglaja war eindeutig die Tochter ihrer Mutter, eine verkleinerte Ausgabe von Clara. Innerhalb von nur einer Minute hatte sich unsere gelöste Ferienstimmung ins blanke Gegenteil verkehrt. Alle schwiegen und gaben vor, in ihre eigenen Gedanken vertieft zu sein. Dabei dachte jeder von uns nur an die anderen, das Herz schwer von Sorge und Enttäuschung. Virgilio und ich waren völlig verkrampft vor Angst, und die Mädchen waren verletzt in ihrem Stolz, da sie es nicht erwarten konnten, wie erwachsene Frauen behandelt zu werden. So war das immer mit Menschen, die man liebte. Wenn etwas schieflief, wollte man am liebsten den Schaden sofort wiedergutmachen. Doch manchmal waren die Dinge eben schwieriger, als sie schienen.

Dass zum Beispiel Aglaja genau in dem Moment in Sarrala auftauchte, als Martine sich in meinem Schlafzimmer tummelte, hatte ich nicht vorhersehen können. So, wie die Dinge lagen, konnte ich ihr das Thema Ganci nicht länger vorenthalten. Oder vielleicht ja doch. Womöglich hatte ich einen Fehler gemacht und hätte alles kleinreden sollen. In Virgilios Augen las ich einen ernsthaften Vorwurf. Seine Toscano war inzwischen ausgegangen. Er holte sein Feuerzeug heraus und zündete sie wieder an, ohne einen Ton zu sagen. Sein Schweigen bürdete mir eine schreckliche Verantwortung auf, auch gegenüber seiner Tochter.

»Ich hab Durst«, sagte Aglaja unvermittelt. »Ich geh rüber zur Bar und hol mir ein Bier.«

»Ich komme mit«, erbot sich Laura sofort.

Mit der Aufforderung, ihre Freundin einzuladen, steckte ich meiner Tochter fünf Euro zu, worauf die Mädchen von ihren Handtüchern aufsprangen und sich auf den Weg zu der nahe gelegenen Holzbude machten.

»Was hat dich denn geritten?«, knurrte Virgilio, kaum dass die beiden sich etwas entfernt hatten. »Du kannst doch nicht mit Aglaja über Ganci reden!«

»Bei ihrer Ankunft war gerade die Französin bei mir.«

»Ach so ist das«, lautete sein lakonischer Kommentar.

»Es tut mir leid, Virgilio. Ich werde alles tun, damit Aglaja sich da raushält.«

»Das ist leichter gesagt als getan.«

»Und du bearbeitest Laura. Deine Tochter scheint mir zum Glück noch etwas gefügiger zu sein, vielleicht hat sie ja einen guten Einfluss auf Aglaja.«

»Und was ist das für eine Geschichte mit Mario Canu?«, wollte er wissen.

»Ein Freund von der Genueser Mordkommission hat mir davon erzählt.«

Bedächtig zog er an seiner Zigarre und blies den Rauch aus, langsam und im selben Rhythmus wie die Idee, die er in seinem Kopf ausbrütete.

»Was, wenn die Mädchen recht haben?«

»Dass Mario ein unbequemer Komplize war, den man einfach so verschwinden ließ?«

»Wieso nicht?«

»Und was ist mit Giovanni Puddu?«

»Puddu war der Vater von Vincenzo.«

»Das dachte ich mir schon. Ganci hat mir gesagt, dass er den Liebhaber seiner Frau nicht rauswerfen könne, wegen eines Versprechens, das er einem Freund kurz vor dessen Tod gegeben habe.«

»Dieser Freund war sicherlich Giovanni.«

»Und Ganci soll Mario Canu kaltgemacht haben?«

»Das ist zumindest eine Möglichkeit. Vielleicht haben die restlichen drei Räuber nach dem Überfall ja abgerechnet.«

»Und was ist mit den Verwandten von Canu? Wissen die das?«

»Ich glaube, sie hegen seit Jahren einen Verdacht, aber die Angst vor Schande und Ächtung war bisher stärker als alles andere. Als Ganci aus Frankreich zurückgekommen ist, haben sich im Grunde alle gefragt, wie er so viel Geld hatte anhäufen können. Keiner hat je eine Antwort darauf gefunden. Wenn sie in der Sache Gewissheit gehabt hätten, wäre er sicher längst tot.«

»Willst du damit sagen, dass in Tertenia niemand wusste, dass sie den Coup zusammen durchgezogen hatten?«

»Als Ganci das Dorf verlassen hat, war Mario Canu vier oder fünf Jahre alt. Sollten sich die beiden tatsächlich kennengelernt haben, so kann das nur in Frankreich passiert sein, jedenfalls weit weg von hier. In Tertenia hätte niemand die Wahrheit erfahren müssen. Die Canus sind arme, aber ehrenhafte und angesehene Leute. Mario hätte nie zugelassen, dass der Name seiner Familie besudelt wird.«

»Deshalb haben sie ihr ganzes Vermögen geopfert, um ihn suchen zu lassen.«

»Auch deshalb, ja. Sie wollten vor den Augen aller den Verdacht zerstreuen, dass er in irgendeiner paradiesischen Ecke sitzt und seinen Anteil der Beute verprasst. Indem sie ihn suchen ließen, zeigten sie allen, dass sie nichts zu verbergen hatten.«

»Und haben sie das wirklich geglaubt?«

»Wer weiß das schon? In dieser ganzen Geschichte ist das einzig Sichere die Liebe der Eltern zu ihrem Sohn. Der Vater ist vor fast dreißig Jahren gestorben, als Mario noch sehr klein war. Seine Frau hatte ihm sieben Kinder geschenkt, drei Mädchen und vier Jungen. Mario war der Jüngste und hatte einen rebellischen Charakter, war immer bereit, einen Streit anzuzetteln. Er war ein attraktiver junger Mann, der wesentlich besser darin war, Frauen zu erobern, als Männerfreundschaften zu erhalten. Im Dorf war er nicht besonders gern gesehen. Aber der Liebling seiner Mutter war er von Anfang an. Sie hat ihn suchen lassen, weil sie ihn über alles liebte.«

Ich spähte hinüber zu Martine Ganci. Sie lag bäuchlings auf ihrem Handtuch, die Füße in Richtung Meer, den Kopf zu den Sanddünen gewandt, wo die üppig wachsenden Lentisken die Sicht auf die dahinter liegenden Häuser verdeckten. Sie war völlig in ihre Lektüre versunken und schien keine Notiz davon zu nehmen, was um sie herum passierte. Der Strohhut warf einen Schatten auf ihr Gesicht, die Mittagssonne brannte jedoch auf ihren Rücken und ihre Beine. Mir fiel auf, dass Martine, sobald sie allein war und sich nicht in lüsternen Männerblicken spiegeln sowie ihrer Attraktivität versichern konnte, fast zum Schatten ihrer selbst wurde, ein flüchtiges Wesen, das das Licht wie die Finsternis oder den Nebel einfach auflöste.

Während ich meinen Gedanken nachhing, sah ich Aglaja und Laura Seite an Seite zu uns zurückkommen. Sie plauderten und lachten, die Verstimmung von vorhin schienen sie bereits vergessen zu haben. Auf sie beide hatte das Licht einen völlig anderen Effekt: Es badete ihre jungen Körper in einem verheißungsvollen Glanz, der ihre baldige Blüte verhieß. Die Französin hatte die beiden Mädchen ebenfalls bemerkt und hob nun den Kopf. Laura und Aglaja blieben bei ihr stehen. Leider konnte ich nicht verstehen, was sie sagten, aber nachdem sie wohl die üblichen Höflichkeiten ausgetauscht hatten, schienen sie sich prächtig zu amüsieren.

Alle drei lachten aus vollem Hals und warfen den Kopf in den Nacken. Von Zeit zu Zeit wechselten die Mädchen komplizenhafte Blicke, ansonsten schienen die drei in bestem Einvernehmen zu sein.

Virgilio beobachtete sie ebenfalls stumm, doch sein Schweigen schien überzufließen vor Gedanken. Immer wieder zog er nervös an seiner Zigarre. Offensichtlich befürchtete er, dass unsere Töchter zu zwei wandelnden Tretminen werden könnten.

»Ist dir aufgefallen, dass Aristarco Ganci mit Sanna in Verbindung gebracht hat?«, sagte er schließlich.

»Vielleicht hat er uns ja nur auf den Zahn fühlen wollen.«

»Er hat von seinen Kunden gesprochen, die an Gancis Besitz heranwollen. Wenn das nun die Canus sind?«

»Als ich gestern Nachmittag in Gancis Villa war, stand auf einmal Aristarco in der Tür. Die beiden waren verabredet, und es sah so aus, als hätten sie etwas Wichtiges zu verhandeln.«

»Warum hat er dich eigentlich rufen lassen?«

»Stell dir vor: Um meiner Tochter eines seiner Pferde anzubieten.«

Das überzeugte Virgilio ebenso wenig wie mich, er zog die Augenbrauen hoch und schürzte die Lippen.

»Das erinnert mich an die Aktion mit mir und dem Weinberg in Porto Santoru.«

»Mich hat er mit einem exzellenten Kaffee und einer Menge Gerede bei Laune gehalten. Kaum ist jedoch Aristarco aufgetaucht, hat er mich gnadenlos abserviert. Ich hatte den Eindruck, dass er das mit Absicht gemacht hat. Er wollte, dass wir uns bei ihm begegnen.«

»Um Aristarco in der Überzeugung zu bestärken, dass du für ihn arbeitest?«

»Kann sein. So, wie der mich angesehen hat, würde ich sagen, dass das Ganci ganz hervorragend gelungen ist. In den Augen von Aristarco lag jene Form von Verachtung, die man Meineidigen entgegenbringt.«

»Aber auf diese Weise deckt Ganci ja seine Karten auf.« Virgilio schüttelte den Kopf. »Falls Aristarco tatsächlich für die Familie Canu arbeitet, spielt der Alte mit seinem Leben.«

»Seine Frau hat gesagt, dass er sich noch ein paar Tage Leben erkaufen wolle.«

»Wenn der Einsatz dafür der Mord an Mario Canu ist«, erklärte Virgilio lapidar, »dann täuscht er sich gewaltig. Der Tod verhandelt nicht.«

Mein Blick schweifte wieder hinüber zu der Französin, die noch immer mit unseren Töchtern redete und lachte. Ein Bild voller Unbeschwertheit und Freude, das sich nicht deutlicher von unseren düsteren Gesprächen hätte abheben können. Dabei steckte sie selbst bis über beide Ohren in der Geschichte drin. Von wegen die Angelegenheiten ihres Mannes interessierten sie nicht. Das Geld gehörte schließlich auch ihr. Ganci war schwer krank und hatte nicht mehr lange zu leben. Sie musste jedes Detail der Geschäfte ihres Mannes kennen und erdreistete sich dennoch, seinen Geschäftssinn zu verlachen.

In Wahrheit machst du dir doch vor Angst in die Hosen, hatte sie ihm ins Gesicht gesagt. Es schien fast so, als bereite es ihr das größte Vergnügen, ihren Mann zu demütigen und zu verletzen – noch mehr, als mit

Vincenzo zu vögeln. Oder mit meiner Wenigkeit herumzuknutschen.

In diesem Moment kamen Aglaja und Laura zu uns herüber und überfielen uns mit ihrer ausgelassenen, fröhlichen Laune. Es war, als würde eine frische Brise in unsere düstere Stimmung wehen. Von Weitem beobachtete uns Martine, auf deren Lippen sich ein maliziöses Lächeln abzeichnete.

»Pa«, sagte Aglaja, »warum hast du mir nichts davon gesagt?«

Ich sah sie nur fragend an.

Virgilios Toscano war wieder ausgegangen und rotierte nun auf seinen Lippen wie ein wieder und wieder gewälzter Gedanke.

»Martine hat uns von dem Angebot ihres Mannes erzählt, dass er uns reiten lassen will.«

»Du nennst sie Martine? Ich dachte, du findest sie blöd.«

»Vielleicht habe ich mich ja geirrt. Sie hat gesagt, sie würde gern einmal mit uns ausreiten. Und Laura darf auch mit.«

»Mit Vincenzo Puddu?«, fragte Virgilio.

»Keine Ahnung«, antwortete Aglaja. »Sie hat gesagt, dass ihr Stallbursche uns begleiten würde.«

»Der arme Kerl«, bemerkte er. »Gerade noch *attendente*, und schon zum Stallknecht degradiert.«

»Und dürften wir auch erfahren, was ihr euch Lustiges zu erzählen hattet?«, fragte ich, an meine Tochter gewandt.

»Wozu willst du das wissen? Um auch mal lachen zu können?«

»Das würde mir ziemlich guttun«, sagte ich, und im gleichen Moment schoss mir durch den Kopf, dass ich ihre Mutter noch nicht angerufen hatte.

»Wir haben auch über dich gesprochen«, antwortete Aglaja und konnte sich nur mit Mühe das Lachen verkneifen.

»Ich wusste gar nicht, dass ich als Thema so viel hergebe.«

»Martine hat uns erzählt, dass du deinen Kaffee immer bitter schwarz trinkst. An und für sich habe das ja noch nichts zu bedeuten …« Sie warf Laura einen Blick zu, worauf beide erneut in Lachen ausbrachen, das immer lauter wurde und sie daran hinderte, fortzufahren. »Aber es … es ist eben …«

Die beiden bogen sich vor Lachen, während ihnen Tränen über die Wangen liefen. So sehr, dass Virgilio und ich irgendwann mitlachen mussten, ohne dass wir auch nur im Entferntesten wussten, worum es ging.

»… nicht nur der Kaffee … schwarz ist auch alles andere … weshalb du einfach mal einen Löffel Zucker in dein Leben tun solltest …«

»Und du auch, Papa«, sagte Laura prustend zu Virgilio. »Du bist … du bist immer so mürrisch …«

Mein Freund konnte nichts erwidern, er lachte weiter aus vollem Hals.

»Stellt euch mal vor, wie schön das wäre«, fuhr Aglaja fort, »wenn man sein Leben zuckern könnte.«

Endlich kriegte sich Laura wieder ein.

»Also«, sie holte tief Luft, »dürfen wir mit Martine reiten gehen?«

»Wir werden sehen«, sagte Virgilio und wischte sich

mit dem Handrücken die Tränen von der Wange. »Das muss ich erst mit deiner Mutter besprechen.«

Die Antwort reichte, um die ganze Fröhlichkeit in Luft aufzulösen. Also versuchte Virgilio erst mal, dem Zigarrenstummel mit seinem Feuerzeug wieder Leben einzuhauchen. Mit der hohlen Hand schützte er die Flamme vor dem Grecale. Die Meeresbrise war heftiger geworden, wie so oft gegen Mittag, wenn der Boden sich aufheizte. Virgilio stieß einen sardischen Fluch aus, weil die Zigarre gar nicht daran dachte, sich anzünden zu lassen.

Ich wusste, dass Laura lieber ein eigenes Pferd hätte, als mit Vincenzo Puddu und seiner französischen Freundin auszureiten. Virgilio hegte gegen Ganci und alle aus dessen Dunstkreis eine tiefe Aversion. Er wollte mit diesen Leuten nichts zu tun haben, auch wenn er im Gefängnis dreißig Jahre lang ähnliche Typen bewacht hatte und es gewohnt war, mit ihnen umzugehen wie mit jedem anderen. Ich hatte mit eigenen Augen gesehen, wie er sich mit gewissen Sträflingen verbrüdert hatte, die weitaus fiesere Visagen hatten als Gancis ausgemergeltes Gesicht es war.

Aber vielleicht war das auch leichter, wenn man in einer Uniform steckte. Die Rollen waren klar verteilt – einer stand auf dieser Seite von Recht und Gesetz und einer auf der anderen. Inmitten der Leute aus dem eigenen Dorf war das etwas anderes. Abgesehen davon befand er sich in der unangenehmen Lage, in der Badehose am Strand zu sitzen, wo niemand anhand von Laufbahn oder Strafregisterauszug identifiziert werden konnte. Das, was er mir über die Familie Canu gesagt hatte, galt letztlich auch für ihn. Die Ehre ist ein Gefühl, das nicht mit Füßen getreten werden darf.

Widerstrebend hatte er eingewilligt, Gancis Weinstöcke zu beschneiden, denn in den Augen der Gemeinschaft konnte er so etwas nicht ablehnen. So hatte er sich die Gunst des Alten erworben. Von jemandem wie Otello Ganci allein hätte der Wachmann Virgilio Loi niemals Vergünstigungen angenommen, erst recht nicht jetzt, da er in Rente und Vollzeitbauer war. Zumal sie beide Sarden waren. Etwas, das weit mehr bedeutete, als nur die gleiche geografische Herkunft zu haben: ein Zusammengehörigkeitsgefühl, das ähnliche Emotionen und Interessen beinhaltete. Doch die beiden gehörten Universen an, die tunlichst getrennt bleiben mussten. Ihre Wege waren dazu bestimmt, einander ewig fremd zu sein.

Der Gecko und der Nachtfalter

Ich traf sie in der Dämmerung, als ich gerade die Müllsäcke zum Container vor dem Haus bringen wollte.

Es war einer dieser wunderbaren Sommerabende, die in Sardinien so häufig waren und die uns Touristen die Vorstellung so schwer machten, irgendwann wieder eine Fähre besteigen und abreisen zu müssen. Und es war wirklich nicht leicht, sich von dem Zauber zu lösen, den das Elixier aus Meer, Licht und Wind dieser Insel verlieh. Sardinien war ein raues, großzügiges Land. Auch Virgilio war so – rau und großzügig. Das war schon damals im Gefängnis von Novara so gewesen, als er noch die Wächteruniform trug, die ihn wie ein Gipsverband einengte, ihn, der die Weite und die Stille der Ogliastra mit der Muttermilch aufgesogen hatte. Darum hatte er auch alles dafür getan, versetzt zu werden; am Ende war er im Hochsicherheitsgefängnis von Asinara gelandet, einer kleinen Insel vor der sardischen Küste, wo sich Raum und Stille bis zum weiten Horizont des Mittelmeers und bis hoch in das riesige Sternengewölbe des nächtlichen Himmels ausdehnten.

Die lauwarme Luft duftete süßlich nach den Blüten der Rosen-, Oleander- und Jasminstauden, die in den Gärten entlang der Straße in voller Pracht standen. Ich hatte Virgilio und die Mädchen, die die Steaks und die Würstchen für den Grill vorbereiten wollten, einen Moment lang ihrem Schicksal überlassen. Mein Freund war in Tertenia einkaufen gewesen und hatte Pferdekoteletts mitgebracht, über die Aglaja die Nase rümpfte. Die Sarden mochten Pferdefleisch, aber diese Koteletts samt Knochen hatten unbestreitbar etwas Provokantes. Angelica hatte eine Foccaccia mit Kürbis und Zwiebeln gemacht, eine herzhafte, leckere Speise, die Aglaja und Laura schon vor dem eigentlichen Essen verschlungen hatten.

Martine Ganci saß auf der kleinen Steinmauer, die den Garten eines an die Straße grenzenden Ferienhauses umgab, das nur im Juli und August von Touristen bewohnt wurde. Die Französin hatte sich wie immer in ihren Pareo gewickelt, den sie über dem knappen schwarzen Bikini trug. Neben ihr auf der Mauer lagen die Strohtasche und ihr Sonnenhut. Sie sah aus, als warte sie auf jemanden. Ihr Blick begleitete mich das kurze Stückchen Weg, den ich bis zu ihr zurücklegen musste, fast so, als wollte sie mich in der Intimität eines Schlafzimmers empfangen.

»Bonsoir, Monsieur Pagano«, gurrte sie mit halb geschlossenen Augen und einem anzüglichen Lächeln.

»Bonsoir à vous, Madame.«

Wir hatten beide einen sonnenheißen Tag am Meer hinter uns. Unsere Haut war gerötet, und auf dem Leib trugen wir nichts als die schnell zusammengesuchten Kleidungsstücke nach einem typischen Strandtag: sie den durchsichtigen Pareo und ich ein altes Polohemd und die über den Knien abgeschnittene Jeans. Beide hatten wir jenen erschöpften und glücklichen Ausdruck im Gesicht, den die Natur all jenen schenkt, die in den Genuss ihrer Schönheit kommen.

»Heute waren Sie aber ziemlich unhöflich zu mir«, maunzte sie mit kokettem Blick.

»Unhöflich?«

»*Oui, très impoli, Monsieur.* Sie waren den ganzen Tag am Strand und haben sich nicht dazu herabgelassen, zu mir zu kommen und wenigstens ein paar Worte mit mir zu wechseln.«

»Sie schienen so versunken in ihre Lektüre, dass ich Sie nicht stören wollte.«

»Ja, sicher, die Lektüre war wirklich interessant – und hat mir gezeigt, wie Sie ticken.«

»Wie ich ticke?«

»*Oui*, Sie und Ihre Frau. Und auch Ihre hübsche Tochter. Aglaja ist wirklich ein wunderschöner Name.«

Sie griff in ihre Tasche und holte ein Buch heraus. Es war eine Taschenbuchausgabe von ›Der Idiot‹ auf Französisch.

Eine Welle widerstreitender Gefühle überrollte mich. Die gleiche unangenehme Verwirrung stellte sich ein, die ich empfunden hatte, als ich Martine nach dem Eintreffen meiner Tochter aus dem Haus gejagt hatte. Verlegenheit. Zärtlichkeit. Verärgerung. Furcht. Wut. Vielleicht aber auch nur maßloses Mitleid für ihre verzweifelten Bemühungen und die ungeschickte Suche nach einer Intimität, die ihr bisher weder jemand gegeben noch von ihr verlangt hatte.

»Ich brenne darauf, zu erfahren, was Sie jetzt alles über uns wissen«, brummte ich mehr höflich als neugierig; ich erwartete mir absolut keine Erleuchtung von ihrer Antwort.

»Ihre Tochter muss die Frucht einer großen Liebe sein«, hauchte sie, während sie mich aufmerksam von oben bis unten musterte. »Sie wissen gar nicht, was für ein Glück Sie haben. Sie werden von Ihrer Ehefrau und Ihrer Tochter geliebt. Was will man mehr?«

Ihre Stimme war dabei ganz tief geworden und drückte grenzenlose Traurigkeit aus.

»Was hat Sie daran gehindert, all das auch zu bekommen?«, fragte ich leicht irritiert. »Ihr Mann hat mir erzählt, dass Sie keine Kinder wollten.«

Sie senkte die Lider und schien eine Spur in ihren Erinnerungen zu verfolgen, schmerzhaft genug, um ihr Gesicht zu einer Grimasse zu verziehen.

»Mein Mann redet zu viel.« Ihre Augen funkelten mich nun fast spöttisch an. »Kinder lassen einen schneller altern, Monsieur. Sie sind kleine Vampire, die den Müttern ihre Jugend aussaugen. Man geht in die Breite und bekommt einen Hängebusen.« Sie hatte sich die Hände wie Körbchen unter die Brust gelegt und wiegte sie, als würde sie zwei Orangen auf dem Wochenmarkt feilbieten. »Für euch Männer ist das etwas anderes. Euer Körper nimmt keinen Schaden …«

»Ich sehe meine Tochter zum ersten Mal seit zehn Jahren. Meine Frau und ich leben getrennt. Jedes Mal, wenn wir telefonieren, beschimpfen und beleidigen wir uns. Sie hat mir sogar damit gedroht, mir die Carabinieri auf den Hals zu hetzen, damit sie Aglaja abholen. Also, wo soll da das Glück sein?«

»Die Liebe nimmt manchmal schlimme Formen an.«

»Nur nicht die Ihres Mannes. Er würde alles tun, um Sie nicht zu verlieren.«

»Stimmt«, erwiderte sie mit einem maliziösen Lächeln. »Schon um mich für sich zu gewinnen, hat er alles Mögliche angestellt. Das hätte er nicht tun sollen.«

»Warum hassen Sie ihn eigentlich so sehr?«

Mit einer Geste, die ihre ganze Enttäuschung ausdrückte, steckte sie das Buch zurück in ihre Tasche. Meine Äußerung hatte ihre Erwartungen enttäuscht. Vielleicht wollte sie gar nicht über ihren Mann sprechen? Madame Ganci war nun mal nicht sonderlich bewandert in Political Correctness.

»Was genau hätte er nie tun dürfen?«, bohrte ich nach.

Doch sie hob nur die Schultern und wandte den Blick von mir hin zur Straße, die zwischen den Häusern entlang zum Strand führte. Wahrscheinlich musste derjenige, auf den sie wartete, dort auftauchen.

»Was hat er so Schlimmes getan«, fuhr ich fort, »dass er nicht wenigstens ein bisschen Duldsamkeit verdient hätte? Dieser Mann liebt Sie und versucht, alles so zu ordnen, dass er Sie bestens versorgt zurücklassen kann und Sie frei sind, seinen Reichtum zu genießen.«

»Sie wären ein perfekter Anwalt, Monsieur. Haben Sie im Gefängnis etwa Jura studiert?« Ihr Ton war sarkastisch geworden.

»Im Gefängnis habe ich ganz andere Sachen studiert, um nicht depressiv zu werden und die Zeit im Knast heil zu überstehen.«

»Meine Zeit im Knast wird nie enden.«

»Entschuldigen Sie, Madame, aber Ihre lebenslange Haft macht eigentlich einen recht komfortablen Eindruck. Niemand hindert Sie daran, sich alle Freiheiten zu nehmen, die Sie haben wollen.«

»Die einzige Freiheit, die ich mir herausnehme, besteht darin, ihm den ganzen Dreck vor die Füße zu spucken, den er mich schlucken lässt und dem Rest der Welt als bare Münze verkauft.«

»Trösten Sie sich, lange wird es nicht mehr dauern.«

Die Meeresbrise hatte sich gelegt, und ein schwerer, warmer Hauch durchzog die Abendluft. Die Straßenlampen waren angegangen, und die Korkeiche im Garten warf ihren langen Schatten auf den Asphalt.

»Es wird auf jeden Fall zu lange sein. Er tut alles Menschenmögliche, um sein Ableben zu verhindern. Jede Stunde Lebenszeit, die er so gewinnt, zögert meine Genugtuung hinaus.«

Martines Antwort hatte mich erstarren lassen. Kein Passant, kein Auto hatte bisher unser Gespräch gestört, doch auf einmal tauchte auf dem Weg vom Strand jemand auf, mit dem ich am allerwenigsten gerechnet hätte. Jene Albtraumgestalt, die mich seit zwei Tagen verfolgte. Aristarco.

»Das ist also der Arzt, der ihm das Leben verlängern soll?«, sagte ich.

»Eigentlich hoffe ich, dass er sein Totengräber wird«, erwiderte Martine trocken.

Ich stand auf dem Fußweg, mit dem Abfallsack in der Hand. Kaum hatte Aristarco mich entdeckt, fuhr er vor Schreck zusammen. Er riss die blauen Augen auf, als hätte er gerade ein Gespenst gesehen. Doch er bewahrte Haltung.

»Wir beide laufen uns aber auch ständig über den Weg«, meinte er.

»Na klar«, antwortete ich ruhig. »Wir schwirren ja auch beide um Ganci herum wie die Schmeißfliegen um einen Scheißhaufen.«

Konsterniert zuckte er zusammen. Er wusste nicht, was er darauf sagen sollte. Doch die Französin half ihm aus der Patsche.

»Ts, ts, solche Ausdrücke in Gegenwart einer Dame. Eine kultivierte Ausdrucksweise gehört nicht gerade zu Ihren Stärken, Monsieur.«

»Ich wollte nur beim Thema bleiben, Madame. Sie hatten doch gerade von dem Dreck gesprochen, den Ihr Mann Ihnen vorsetzt.«

»Sie hätten wenigstens sagen können wie Bienen um den Honig. Das wäre nicht ganz so vulgär gewesen.«

»Na ja, Signor Aristarco als Totengräber zu bezeichnen, ist auch nicht gerade die feine englische Art.«

»Totengräber?«, platzte es aus Aristarco heraus, und sein Gesicht wurde noch röter, als es ohnehin schon war.

Als er verschwitzt vor uns aufgetaucht war, war er bereits völlig außer Atem gewesen. Er musste den leicht ansteigenden Strandweg fast schon entlanggerannt sein, sicher hatte er befürchtet, zu spät zu seiner Verabredung mit der kapriziösen Madame Ganci zu kommen.

Auch bei Martine war mein Spruch nicht gut angekommen, denn sie sah mich mit einem giftigen Blick an und zischte mir in ihrer Sprache, die Aristarco offenbar nicht verstand, zu: *»Vous êtes un homme méprisable. Je ne vous conterai plus rien sur moi.«*

Sie hatte den gleichen Ton an sich, in dem sie sonst mit ihrem Mann sprach, mich ließ er jedoch völlig kalt. Die Worte wie auch den Ton kannte ich von meiner Exfrau, wenn sie mich auch in Italienisch anschrie. In tadellosem Italienisch. Clara hatte nämlich Philologie studiert, genau wie ich.

»Ich fürchte, ich habe nicht ganz verstanden!«, blaffte Aristarco mich an. Der Satz war aus ihm herausgeschossen wie der Korken aus einer nicht ausreichend gekühlten Champagnerflasche, dem augenblicklich auch der Schaum folgen würde, und tatsächlich setzte er hinzu: »Sie sind ein elender, feiger Provokateur!«

»Ich habe bloß nicht die geringste Lust, Sie zu treffen. Das ist alles.«

»Ein Lügner sind Sie also auch noch!«

»Da irren Sie sich. Madame Ganci kann bezeugen,

dass ich ein überaus ehrlicher Mensch bin.« Ich wandte mich an Martine, die sich inzwischen erhoben hatte. »Sagen Sie es ihm, Madame. Arbeite ich für Ihren Mann?«

Ohne zu antworten und ohne mich anzusehen, zuckte sie nur mit den Schultern und stolzierte in Richtung der Nuraghen-Straße davon, während Aristarco sich mir mit bedrohlicher Miene näherte. Am liebsten hätte er mir wohl eine reingehauen, doch als er so nah vor mir stand, dass ich sehen konnte, wie sein Bauch die Knopfleiste seines Hemds spannte, erwies sich unser Größenunterschied anscheinend als überzeugendes Argument, sich mit verbalen Attacken zu begnügen.

»Das wird Sie teuer zu stehen kommen«, stieß er deshalb hervor. »Irgendjemand wird Sie früher oder später dafür zahlen lassen.«

»Na, na, ganz ruhig«, antwortete ich. »Jetzt, wo Sie mit Madame Ganci so ein vertrautes Verhältnis haben, wird sie Ihnen bestimmt alles erklären und Sie davon überzeugen, dass ich nichts mit ihrem Mann zu schaffen habe. Seine Geschäfte interessieren mich einen feuchten Kehricht. Ich bin hier auf der Insel, um den Sohn von Gabriele Sanna zu suchen. Nur dafür werde ich bezahlt, mehr nicht.«

»Wenn ich vorhin noch Zweifel hatte – jetzt bin ich mir sicher, dass das nicht stimmt.«

»Fragen Sie sie nur, fragen Sie Madame!«

Martine entfernte sich jedoch mit schnellen Schritten, die ihre ganze Verachtung und ihren Widerwillen gegen unser Scharmützel ausdrückten. Bekanntlich erwarten Frauen von Helden entschlossenes Handeln.

Wenn Aristarco seine *pattada* herausgeholt und mich aufgeschlitzt hätte, dann stünde er jetzt wahrscheinlich hoch in ihrer Gunst. Wahrscheinlich waren wir in ihren Augen aber nur zwei aufbrausende, ungeschlachte Kerle, die mitten auf der Straße ihre männlichen Territorialkämpfe austrugen wie zwei betagte Streithähne, die im Laufe der Zeit vorsichtig geworden waren, weil sie schon allzu viele Federn gelassen hatten.

Aristarco rannte Martine hinterher und holte sie auf der Nuraghen-Straße ein, und ich sah mit Erleichterung zu, wie sich die beiden entfernten. Erschreckende Szenarien formten sich aus den bedrohlichen Schatten, die dieser Abend vorauswarf, doch ich beschloss, ihnen keine Beachtung zu schenken und endlich den Müllsack zu entsorgen.

Das Abendessen war schmackhaft und überaus reichlich. Die Mädchen schienen vergessen zu haben, dass die Koteletts aus Pferdefleisch waren, und aßen mit großem Appetit. Dem armen Hund ließen sie nur ein paar abgenagte Knochen übrig. Wir Erwachsenen schütteten eine ganze Flasche Cannonau hinterher. Mit der Ausrede, dass ich mich nicht vor meiner Tochter betrinken wollte, konnte ich gerade noch den Verdauungsschnaps abwehren, den Virgilio schon aus dem Kühlschrank holen wollte. Aber in Wirklichkeit schmeckte mir der *abbardente* nicht und bereitete mir obendrein Kopfschmerzen.

Meine Begegnung mit Martine Ganci und Aristarco erwähnte ich nicht, sondern beschloss, am nächsten Tag mit Virgilio allein darüber zu sprechen.

Die Luft war so trocken, dass wir die Räucherkerzen

nicht anzünden mussten, um uns die Mücken vom Leib zu halten. Plötzlich stieß Aglaja einen Freudenschrei aus und zeigte auf die Lampe, die die Veranda erhellte.

»Guckt mal!«

Wir schauten nach oben. Aus dem Rollladenkasten war ein handtellergroßer Gecko herausgekrochen.

»Ganz schön kräftig, das Kerlchen«, bemerkte Laura. »Sieht aus wie ein Kotelett.«

Die Haut des Tieres hatte die Farbe von trockenem Laub, sein Rücken war mit zahlreichen schwarzen Streifen übersät, die an die Adern eines Blattes erinnerten. Vorsichtig näherte er sich der Lichtquelle, wo ein Nachtfalter auf der Suche nach Wärme Platz genommen hatte – mit fatalen Folgen. In andächtiger Stille wurden wir Zeugen des unvermeidlichen Epilogs. Der Gecko kroch näher heran und verschwand unter der Lampe. Dann schnellte er nach vorn und verschlang den Nachtfalter mit einem Bissen, während die Mädchen die Szene mit einem Stierkampf-Schlachtruf untermalten: *»Olé!«*

Auch Virgilio als eingefleischter Jäger goutierte das Spektakel. Angelica dagegen rief voller Mitgefühl: »Der Arme! Friede sei mit dir«, was der Opferung des armen Falters einen würdevollen Touch verlieh.

Zwischen dem Johannisbrotbaum und dem Hibiskus schimmerte die Sichel des Mondes über dem Meer und tauchte den Feigenbaum in ein silbernes Licht. Schwer lag der Duft der Blüten in der Luft und verführte dazu, sich von den beunruhigenden Ereignissen der letzten Tage einfach wegzuträumen. Der kleine Hund war satt und glücklich unter dem Tisch zu Aglajas Füßen eingeschlafen. Die Stille der Nacht hüllte mein Feriendomizil ein wie die Schale einer wundertätigen Frucht. Sarrala schien wieder zu sein, wie es immer gewesen war, mein Refugium, wo jede Wunde, jede Kränkung der Seele Linderung und Erleichterung fand. Die Zuneigung meiner Freunde erwärmte mir das Herz. Und ich hatte sogar meine Tochter wiedergefunden.

Ich hätte mich zurücklehnen können, stattdessen verspürte ich die schwärende Bedrohung, dass auch mir, während ich mich an der warmen Nachtluft berauschte, ein ähnlich dicker Gecko zu Leibe rücken würde. Ob er nun Aristarco, Martine oder Otello Ganci hieß, spielte keine Rolle. Das Entscheidende war, dass ich mir genau so vorkam: wie ein vom Mondlicht hypnotisierter Nachtfalter.

Stockhiebe

An diesem Morgen kam Virgilio schon zeitig aus Tertenia herunter. Er hatte offenbar beschlossen, sich nun doch um Gancis Weinberge zu kümmern. In dem weißen Mitsubishi saß auch Laura, die lieber einen Tag am Meer mit Aglaja verbringen wollte, als mit ihren Schulkameraden einen Schulausflug auf den Monte Tertoli zu machen. Die Mädchen gingen zum Strand, und nachdem ich meinem Freund von der Begegnung mit der Französin und Aristarco erzählt hatte, brach er nach Porto Santoru auf und ich schaute ihm noch eine Weile nach. Dann ging ich zurück ins Haus, um über seine Worte nachzudenken. *Diese Frau ist vom Hass zerfressen. Sie kann eine Sache ganz besonders gut: wehtun – und zwar sich selbst und anderen.*

Ich schaltete das Handy ein – wahrscheinlich nur, um mir die besten Stunden den Tages verderben zu lassen. Tags zuvor hatte ich es die ganze Zeit ausgeschaltet gelassen, nichts sollte den ersten gemeinsamen Ausflug zum Meer mit meiner Tochter stören. Kaum war das Telefon an, spuckte es mir eine ganze Reihe von Mitteilungen über entgangene Anrufe entgegen, die alle von derselben Nummer stammten. Vom frühen Morgen bis in die späte Nacht hinein hatten Clara und Giovanni mich jede Stunde angerufen. Sie zurückzurufen war das Letzte, wozu ich jetzt Lust hatte, aber ich wusste, dass ich nicht drum herumkam. Vielleicht würden mir aber ein paar Seiten von ›Der große Gatsby‹ helfen, mich der Situation zu stellen.

Das war schon im Gefängnis so gewesen. Die Literatur war damals die beste Medizin gegen meine schlechte Laune und meine Nervosität. Wann immer ich kurz davor war, durchzudrehen, hatte ich zwei Möglichkeiten: mir ein Buch zu nehmen oder handgreiflich zu werden. Die erste Option war allerdings nicht immer diejenige, die mir besser bekam. Bestimmte Bücher, wie etwa Kafkas ›Der Prozeß‹ oder ›Die Verwandlung‹, hatten mich völlig umgehauen. Damals brachte es mir weit mehr Befriedigung, einem Mithäftling die Nase einzuschlagen, weil er mich als Muttersöhnchen tituliert hatte, nur weil ich nicht tätowiert war, mich anständiger ausdrückte als die anderen und mich beim Freigang in die Sonne setzte, um zu lesen. Nach dieser Lektion waren wir allerdings Freunde geworden, und er hatte mich sogar gebeten, ihm einige von meinen Büchern zu leihen. Am längsten von allen behielt er Anaïs Nins ›Das Delta der Venus‹; im Gefängnis gab es eben keine Alternativen für all jene, die vor Sex mit Männern zurückschreckten.

Ich ging hinaus auf die Veranda, in der einen Hand ›Der große Gatsby‹, in der anderen das Handy. Kaum hatte ich mich hingesetzt, da ging das Höllengerät los, schrill wie ein hungriges Kind, dessen Bedürfnisse man unbedingt sofort befriedigen muss. Ich fürchtete schon, dass es meine Exfrau oder ihr Prinzgemahl wären, doch auf dem Display erschien eine mir unbekannte Nummer. Mit der Vorwahl von Tertenia.

»Signor Pagano? Hier spricht Otello Ganci.«

Mich traf der Schlag. Wie zum Teufel war er an meine Handynummer gekommen?

»Ihr Freund Virgilio Loi hat mir Ihre Nummer gegeben«, fuhr der Großgrundbesitzer ohne Pause fort, als hätte er meine Gedanken gelesen. »Ich habe einige Informationen für Sie und muss Ihnen etwas mitteilen, das Sie interessieren könnte. Sie dürfen es aber nicht herumerzählen – und vor allem niemandem sagen, von wem Sie die Informationen haben.«

»Was für ein langer Vorspann. Kommen Sie zur Sache!«

»Haben Sie je etwas von den Brüdern Canu gehört?«

»Noch nie«, konterte ich trocken. Das war das zweite Mal, dass ich ihn anlog, um ihm wenigstens eine halbe Wahrheit entlocken zu können.

»Am besten, Sie lassen sich alles Wichtige von Ihrem Freund erzählen. Er kennt sie gut, sicherlich besser als ich. Hinter der Falle, die man Ihnen in Porto Santoru gestellt hat, stecken nämlich sie.«

»Hat Ihnen das Aristarco gesteckt? War er deshalb neulich bei Ihnen? Um über die Brüder mit Ihnen zu sprechen?«

Vermutlich lächelte er jetzt, doch es drang nur das Geräusch seines Atems zu mir durch den Hörer.

»Wir verhandeln gerade über die Abtretung eines Grundstücks.«

»Haben die Canu-Brüder Sie deshalb aufgesucht?«

»Was interessiert Sie das? Das sind Angelegenheiten, die Sie nichts angehen.«

»Ich versuche nur zu verstehen, warum sie auf mich geschossen haben könnten.«

»Sie wollen jedenfalls, dass Sie von hier verschwinden. Ich habe Ihnen doch schon gesagt, dass Sie nicht hätten herkommen dürfen. Hier im Dorf ist der Name Sanna nicht gut gelitten. Niemand will in diese Geschichte hineingezogen werden.«

»Und wie haben Sie erfahren, dass diese Canus mich loswerden wollen?«

»Ich kann keine Namen nennen. Alle hier haben Augen und Ohren, aber keiner will sich bei Nachbarn und Verwandten Feinde machen. Und hier sind wir alle Nachbarn oder Freunde, oft sogar beides.« Er verstummte für einen Augenblick. »Sie sollten gut auf Ihre Tochter aufpassen. Ihre Gegenwart macht Sie verletzbar.«

Mir lief ein Schauer über den Rücken. Eiskalter

Schweiß. Trotzdem bemühte ich mich, Haltung zu bewahren.

»Haben Sie mir nicht angeboten, das Mädchen reiten zu lassen?«, antwortete ich ihm scheinbar unbekümmert.

»Ja, in Begleitung von Vincenzo Puddu. Sie können beruhigt sein, ihm vertraue ich voll und ganz.«

Er sagte es voller Überzeugung. Aber der Einsatz in diesem Spiel war meine Tochter, daher konnte ich mich nicht mit einer Versicherung in Form eines Blankoschecks zufriedengeben.

»Auch Ihre Frau hat eine Schwäche für Pferde. Können Sie ihr ebenfalls vertrauen?«

Seine Antwort quietschte wie ein Fingernagel auf einer Wandtafel. »Lassen Sie es gut sein, Pagano. Martine sehnt meine Beerdigung herbei wie einen Festtag. Sie kann es kaum erwarten, dass ich zur Hölle fahre, damit sie endlich das ganze Geld verprassen kann, das ich auf ihrem Konto anhäufe.«

»Ich dachte immer, Sie und Martine hielten zusammen wie Pech und Schwefel?«

»Vincenzo ist ein guter Junge. Wenn ich es ihm auftragen würde, würde er für mich durchs Feuer gehen. Die Tatsache, dass er mit meiner Frau schläft, hat nichts zu bedeuten. Lieber er als irgendein anderer. Seinem Vater habe ich ein feierliches Versprechen gegeben, bevor ihn ein Feigling mit mehreren Schüssen in den Rücken umgebracht hat. Das weiß Vincenzo, und er wird es nie vergessen.«

»Wissen Sie, wer es war?«

»Wenn ich das wüsste, wäre derjenige schon tot.«

»Es ist ja nicht gesagt, dass er es nicht schon ist.«
»Was wollen Sie damit sagen?«
»Nun, es passiert immer mal, dass jemand stirbt.«
»Hören Sie auf, den Schlaumeier zu spielen. Giovanni Puddu war mein Freund. Freundschaft ist bei uns Sarden heilig. Wenn ein Freund auf der Straße abgeknallt wird wie ein Hund, kann man nicht einfach so tun, als wäre nichts passiert. Leider habe ich nie erfahren, wer ihn auf dem Gewissen hat und aus welchem Grund.«
»Warum legen Sie sich dann so ins Zeug? Mir müssen Sie nichts beweisen.«
Es folgte ein kurzer Moment der Stille. »Ich muss Sie davon überzeugen, dass Vincenzo auf Ihrer Seite ist.«
»Auf meiner Seite? Ich bin hier, um den Sohn von Sanna zu suchen.«
»Eben.«
Einmal mehr hatte er es geschafft, dass ich tief in seiner falschen Seele entdeckte, dass er eigentlich ein ehrlicher Kerl war. Wir verabschiedeten uns, und ich legte auf. Natürlich wusste er, wer Giovanni Puddu getötet hatte. Und wenn Virgilio recht hatte, hatte Otello Ganci seinen Landsmann Mario Canu drei Meter unter der Erde vergraben oder ihn mit einem Stein um den Hals ins Meer geworfen, damit ihn keiner mehr fand. Auch die Geschichte, dass die Canus mir eine Falle gestellt hätten, war garantiert erstunken und erlogen. Es sei denn, Ganci selbst hatte ihnen eingeflüstert, dass ich sie verdächtigte. Nein, seine Ehrlichkeit zeigte sich auf andere Weise: Wie er mir von seiner Frau und Vincenzo erzählt hatte. Von seinem Freund Giovanni Puddu.

Und von meiner Tochter. Wenn er sich zu Gefühlen hinreißen ließ, konnte dieser Mann nicht lügen.

Ich schaltete das Handy aus und fing an zu lesen. Die Blätter der Zürgelbäume rauschten an diesem klaren Sommertag sanft in der Brise des Grecale. Unter den beiden Bäumen stand meine alte Vespa, die ich inzwischen von der sandigen Staubschicht befreit hatte. Irgendwo zirpte eine Zikade in wechselnden Tonlagen. Ab und zu wanderten meine Gedanken unbeabsichtigt zu Martine. Ob sie immer noch ›Der Idiot‹ las? Für mich fühlte es sich so an, als ob sie mithilfe von Dostojewskis Roman in meinem und dem Leben meiner Tochter herumschnüffeln würde. Vielleicht wollte sie ja herausbekommen, ob auch ich ein Idiot war, eine Marionette, die man nach Gutdünken für die eigenen Zwecke benutzen konnte. Falls sie heute an den Strand gegangen war, hatte sie jedenfalls nicht den Weg an Virgilios Haus vorbei genommen. Wieder fielen mir Virgilios Worte ein: *Diese Frau ist vom Hass zerfressen. Sie kann eine Sache ganz besonders gut: wehtun – und zwar sich selbst und anderen.*

So verstrich der Morgen, bis ich mich gegen Mittag endlich aufraffte und Clara anrief. Sie nahm nach dem zweiten Klingeln ab.

»Um die Zeit bist du zu Hause?«, fragte ich überrascht. »Macht dein Pflichtgefühl Urlaub?«

»Du findest dich wohl sehr originell, was? Hast du Aglaja zur Fähre gebracht?«

»Sie ist am Strand. Allmählich bekommt sie ein bisschen Farbe. Als sie hier ankam, sah sie ja völlig erschöpft aus.«

»Jetzt hör mir mal gut zu, du Vollidiot, denn ich sage es dir nicht zweimal: Ich war beim Anwalt, der einem Richter das Problem mit Aglaja beschrieben hat. Er war sofort gewillt, dir die Carabinieri vorbeizuschicken. Hast du verstanden?«

Schweigen.

»Hallo?«, drängte sie. »Hörst du mich? Bist du noch dran? Bacci?«

»Clara, was spielt das für eine Rolle, ob ich noch dran bin oder nicht?«

»Leck mich …!«

»Aber eins weiß ich mit Sicherheit … ohne Zweifel …«

»Sprich dich aus.«

»Ohne Abstriche …«

»Jetzt mach hier nicht auf Clown, Bacci.«

»Du bist verrückt!«

Sie war im Begriff, zu einer Schimpftirade gegen mich anzusetzen, aber es war zu spät, denn ich hatte das Gespräch schon beendet und schaltete das Handy wieder aus. Unter diesen Bedingungen konnte sie mich mal. Nicht zu fassen: Sie wollte Aglaja per richterlichen Beschluss zurückholen, nur damit ich nicht ein paar Tage allein mit meiner Tochter verbringen konnte. Dabei wollte ich ihr Aglaja ganz und gar nicht wegnehmen oder das Mädchen gegen sie aufhetzen, wie Clara es mit mir immer gemacht hatte.

In diesem Moment fuhr Virgilios Geländewagen mit quietschenden Reifen in die Toreinfahrt. Auf dem knirschenden Kies brachte er das Auto kurz vorm Haus zum Stehen und stieg mit dem zufriedenen Gesichtsausdruck eines Menschen aus, der seine Pflicht getan hat. Auch ich hatte meine Pflicht getan, aber auf meinem Gesicht lag wohl ein ganz anderer Ausdruck.

»Was ist los?«, fragte er mich, als er die Stufen zur Veranda heraufkam.

»Nichts. Das übliche Gezänk«, antwortete ich unwillig.

»Hast du mit Clara gesprochen?«

Ich zuckte mit den Schultern und verschwand kurz ins Haus, um Buch und Handy auf dem Nachttisch abzulegen. Als ich zurückkam, sah ich ihn den Pfad durch den Weinberg entlanggehen.

»Ich gehe Laura holen«, rief er mir noch zu. »Ihre Mutter erwartet sie zum Mittagessen. Sie muss Hausaufgaben machen.«

Der kleine Hund hatte sich im Schatten des Feigenbaums ausgestreckt, gleich neben dem Brunnen, und schlummerte selig. Offensichtlich hatte er beschlossen, dass wir jetzt seine Familie waren, doch da irrte er sich gewaltig. Wir waren ganz und gar keine Familie. In ein paar Tagen würden wir nach Genua zurückkehren, wo der übliche Kleinkrieg weitergehen würde. Wer wusste schon, ob Aglaja dem furchtbaren Druck ihrer Mutter standhalten konnte und dem von Giovanni, den Clara sich zurechtformte, als ob er aus Knete wäre. Wer wusste schon, ob Aglaja mich dann überhaupt noch sehen wollte.

Eine Flut aus Licht überschwemmte die Landschaft in der sengenden Mittagshitze. Die Farben und Umrisse der Gegenstände hatten in der Ferne angefangen zu flimmern, und vom Erdboden stieg feuchtwarmer Dunst herauf. Ein Duft nach Harz und frisch gemähtem Gras.

Von der Düne am Ende des Pfades hörte ich Schreie. Ich sah Laura in ihrem schwarzen Badeanzug, die mit gesenktem Kopf aufs Haus zulief, und hinter ihr der brüllende Virgilio, der nur mit Mühe im Sand vorwärtskam, in der Hand die Badetasche seiner Tochter. Von Aglaja keine Spur. Auf dem Hof schluchzte Laura laut auf und bedeckte das tränenüberströmte Gesicht mit den Händen. Ohne mich eines Blickes zu würdigen, stieg sie in den Pick-up wie eine auf frischer Tat ertappte Diebin. Virgilio warf mir einen vernichtenden Blick zu und feuerte wütend die Tasche auf die Ladefläche des Mitsubishi.

»Wusstest du, dass deine Tochter Joints raucht?«, fragte er mich in einem Ton, der wohl der Schärfe seiner *pattada* entsprach.

Ich nickte nur.

»Meine hat noch nie geraucht!«

»Es tut mir leid«, stammelte ich, nicht sehr überzeugend.

»Mir auch, das kannst du mir glauben! Ich hoffe, du wirst mit Aglaja reden. Laura und sie werden sich jedenfalls nicht weiter treffen.«

»Findest du nicht, dass du etwas übertreibst? Ein bisschen Haschisch hat schließlich noch niemandem geschadet ...«

Mein Freund schnaubte. »Du müsstest wissen, dass ich da anderer Meinung bin.«

»Das stimmt, aber das hat uns nicht daran gehindert,

Freunde zu bleiben. Also, warum sollten sich Aglaja und Laura nicht mehr treffen?«

»Wir werden sehen.«

Er setzte sich in den Pick-up und zog die Tür so heftig zu, dass der Luftzug die Blätter des Hibiskus schüttelte. Dann fuhr er mit quietschenden Reifen davon, ohne die Fröhlichkeit, mit der ich ihn aus Porto Santoru hatte zurückkommen sehen. Als er an der Veranda vorbeifuhr, konnte ich hören, was er zu seiner Tochter sagte: »Bevor das deine Mutter erfährt, müssen wir beide uns mal fünf Minütchen unterhalten.«

Ich fühlte mich hundeelend. Verärgert. Aufgebracht. Und war sauer auf die ganze Welt. Auf Aglaja, die mich bei meinen besten Freunden als verantwortungslosen Trottel dastehen ließ. Auf ihre Mutter und ihre dämliche Disziplin. Denn ihrer Tochter beizubringen, wie man mit Joints umgeht, das hatte sie nicht geschafft. Auch auf Virgilio war ich sauer, wegen seiner rückschrittlichen Haudrauf-Mentalität. Selbst wenn er inzwischen Bauer war, hatte er es offensichtlich nicht geschafft, seine Wärteruniform ganz abzulegen: Er kultivierte weiterhin seine Berufung, seine Mitmenschen zu überwachen, weil er panische Angst davor hatte, dass die Trennlinie zwischen Gut und Böse verwischt werden könnte. Von den eigenen Moralvorstellungen erdrückt, war er nicht in der Lage, seine Freunde und seine Tochter in Ruhe ihre Grenzen ausloten zu lassen.

Ich holte tief Luft und sah zu den Dünen. Aglaja ließ sich immer noch nicht blicken, folglich beschloss ich, zum Strand hinunterzugehen und ihr dort die Leviten zu lesen.

Schwerer Harzgeruch troff von den Bäumen und mischte sich mit dem Aroma der durch die Hitze neu belebten Zistrosen, als ich an den Strand kam, an dem kaum ein Mensch war. Meine Tochter hatte sich nah am Ufer auf ihr Handtuch gesetzt. Den Kopfhörer auf den Ohren saß sie da und schaute aufs Meer hinaus. Mich überkam ein Anflug von Zärtlichkeit, doch ich verkniff ihn mir sofort wieder. Sie bemerkte mich nicht, bis ich direkt neben ihr stand und die kühlen Wellen mir an den Füßen leckten, denn sie rauchte gerade den Joint zu Ende, der diese Staatsaffäre ausgelöst hatte.

»Was fällt dir ein, verdammt noch mal?«, schrie ich sie an und deutete auf den Joint, den sie zwischen Mittel- und Ringfinger hielt.

Da hob sie endlich den Kopf, sah mich mit einem so schmachtenden Blick an, wie ihn nur Haschischnebel hervorbringen kann, und nahm den Kopfhörer ab.

»Was ist denn los, Pa?«

»Wegen dir habe ich mich mit Virgilio gestritten. Er will nicht, dass Laura und du euch noch seht.«

»Nur wegen einem bisschen Haschisch?«

»Was glaubst du denn, wo wir hier sind? Auf Sardinien gibt es keinen Jugendclub und auch nicht solche Nichtsnutze wie die Leute, mit denen du dich in Genua triffst! Wir sind hier in einem Dorf im tiefsten Süden, und du hast nichts Besseres zu tun, als der Tochter eines ehemaligen Gefängnisaufsehers, der zudem noch mein Freund ist, das Haschischrauchen beizubringen?!«

»Was redest du denn da, Pa …«, unterbrach sie mich mit leicht hängenden Mundwinkeln. Wie es schien, hatte sie den Joint fast ganz allein geraucht.

»Ich meine, du müsstest langsam lernen, wie man sich im Leben zu benehmen hat, Aglaja. Du hast mich gebeten, deine Mutter zu überreden, dass du hierbleiben darfst, und ich …«

»Was zum Teufel hat denn meine Mutter damit zu tun?«

»Wenn du schon willst, dass ich mich für dich ins Zeug lege, dann versuch wenigstens, mir das Leben nicht unnötig schwer zu machen.«

»Willst du mich etwa zurück nach Hause schicken?«

»Das habe ich nicht gesagt.«

»Aber bestimmt gedacht: Wie schön wäre es doch, sich diese Nervensäge vom Hals zu schaffen und sie zurück zu ihrer Mutter zu schicken. Soll die sich doch mit dem Gör rumschlagen, sie ist es ja inzwischen gewöhnt …«

»Es reicht, Mädel. Um dich hierbehalten zu können, habe ich gerade deine Mutter am Telefon zum Teufel gewünscht. Aber das soll nicht zum Freibrief dafür werden, dass du hier einfach alles machst, was dir in den Sinn kommt. Die Mentalität in diesem Dorf …«

»Das ist keine Frage der Mentalität, Pa«, unterbrach sie mich entschieden. »Das ist ein rein finanzielles Problem.«

»Was willst du damit sagen?!«

»Schwör mir erst, dass du Virgilio nichts davon erzählst.«

»Ich schwöre.«

»Der Dope schmeckt den Freunden von Laura genauso. Und es war ganz sicher nicht das erste Mal, dass sie einen Joint geraucht hat. Bei ihr in der Schule gehen die Joints genauso um wie bei uns, bloß dass die Jugendlichen hier weniger Geld haben und schwieriger an das Hasch rankommen.«

»Meinst du damit, dass gar nicht du ...«

»Ich hatte bloß ein paar Gramm Haschisch bei mir, die sind längst weg. Und ich habe Laura ganz bestimmt nicht überredet.«

Trotzdem wollte ich ihr eine Lektion erteilen. Nach zwanzig Jahren, die ich nun schon nach Tertenia kam, glaubte ich tatsächlich, alles über dieses Dorf und die Menschen hier zu wissen. Und nun stellte sich heraus, dass ich überhaupt noch nichts begriffen hatte. Und jetzt erklärte mir auch noch meine Tochter, dass die Jugendlichen hier gar nicht so viel anders waren als die vom Festland. Vielleicht war Virgilio ja selbst schuld. Mit seiner Besessenheit von Recht und Ordnung hatte er mich am Ende von etwas überzeugt, was gar nicht stimmte. Vielleicht musste ich einfach aufhören, zu glauben, dass diese Insel noch nicht vom Elend der Welt angesteckt war. Vielleicht irrte sich mein Freund ja in allem. Auch in Ganci. Was, wenn der Alte doch ein skrupelloser Mensch war, der dank seiner schmutzigen Geschäfte ein Vermögen angehäuft hatte? Ein echter Hardliner, der noch Ehre und Treue hochhielt – so sehr, dass er sogar seine eigene Frau mit dem Sohn seines besten Freundes ins Bett steigen ließ? Was, wenn das alles gar nichts mit dem Überfall auf die Banco di Sardegna zu tun hatte?

All diese Fragen waren im Grunde nur überflüssiger Ballast. Ich beschloss, nach Hause zu gehen und mich um das Mittagessen zu kümmern. Aglaja fragte mich, ob sie noch am Strand bleiben und das Konzert zu Ende hören könne. Aus den Kopfhörern schallte das Allegro aus dem Violinkonzert Nr. 3 von Mozart. Sie wollte in einer halben Stunde nachkommen, um dann mit mir zu essen.

Ich erklärte mich einverstanden und ging in Richtung der Düne. Als ich auf der Höhe der Lentisken war, vernahm ich einen Pfiff. Es war ein Ton, den ich schon einmal gehört hatte, und es fiel mir nicht schwer, ihn wiederzuerkennen. Ich duckte mich hinter eine der Zwergpalmen und versuchte herauszufinden, wo genau er hergekommen war. Aber ich sah niemanden.

Der Pfiff ertönte erneut, und kurz darauf sah ich den Hund über den Hof davonsausen. Ich bewegte mich ein paar Schritte vorwärts, duckte mich aber weiterhin. Der Hund lief jetzt an den Häusern auf der anderen Seite der Straße entlang. Obwohl ich nur Badeschuhe anhatte, überlegte ich nicht lange und rannte in Richtung des Parkplatzes, der sich im Juli und August mit den Autos der Badegäste füllte.

In seinem schwarzen Hemd und den kurzen Hosen lief der Hirtenjunge vom Strand, jenes Kind, das behauptet hatte, Pietrangelo zu heißen, Seite an Seite mit seinem Hund eilig auf einen blauen Geländewagen zu, dem einzigen Auto auf dem riesigen Parkplatz. Es war ein nagelneuer Cherokee. Der Motor lief schon, und der Fahrer wartete ganz eindeutig auf die beiden.

Zwanzig Meter weiter vorn stand am Straßenrand Virgilios weißer, schmutziger Mitsubishi. Wahrscheinlich saßen Virgilio und Laura im Wagen und diskutierten.

Pietrangelo sprang in den Geländewagen, während der Hund sich erst mal sträubte. Doch schließlich folgte er seinem Herrchen hinein, worauf der Cherokee einen Kavaliersstart hinlegte, der einer Rallye würdig gewesen wäre. Er wirbelte eine riesige Staubwolke auf, drehte sich einmal um die eigene Achse und stob davon. Ich war zu weit entfernt, um erkennen zu können, wer am Steuer saß, aber mich erstaunte, dass der Junge sich geduckt hatte, um nicht gesehen zu werden.

Ich rannte hinüber zu Virgilios Pick-up, in dem er und Laura noch immer stritten. Lauras Gesicht war zwar wieder trocken, aber sie wirkten beide angespannt. Als sie mich vor dem Autofenster auftauchen sahen, starrten sie mich an wie einen Marsmenschen.

»Los, Virgilio«, rief ich und riss die Beifahrertür auf. »Du musst den Geländewagen dort verfolgen.«

»Welchen Geländewagen? Und wieso?«

Ich saß schon auf der Sitzbank und hatte die Tür zugeschlagen. »Na der, der gerade hier losgebraust ist. Da sitzt Pietrangelo mit dem Hund drin!«

»Scheiße!«, meinte er nur, während sich ein Lächeln auf seinem eben noch wütenden Gesicht breitmachte, und startete.

»Warum hast du gerade Scheiße gesagt?«

»Weil das der Wagen von Vincenzo Puddu ist.«

Verfolgung

Wir hielten einen Sicherheitsabstand von ungefähr dreißig Metern, in der Hoffnung, nicht entdeckt zu werden. Zum Glück fuhr aus dem Parkplatz der Pizzeria »La Grotta« ein roter Fiat Uno heraus, der sich auf der Straße zwischen uns und den Cherokee schob und uns damit genügend Deckung verschaffte. Vincenzo Puddu war zügig unterwegs. An der Kreuzung nach Melisenda fuhr er geradeaus weiter nach Tertenia und bis zum Arco-di-Sarrala-Pass.

Laura war wahnsinnig aufgeregt. »Mensch, ist das spannend«, sagte sie immer wieder. »Schade, dass Aglaja nicht dabei ist.«

Ich schaute auf die Uhr. Seit ich meine Tochter am Strand zurückgelassen hatte, war fast eine halbe Stunde vergangen. Wahrscheinlich ging sie gerade nach Hause, doch würde sie dort niemanden antreffen. Ich musste ihr Bescheid sagen. Aber ich hatte mein Handy auf dem Nachttisch gelassen. Ausgeschaltet. Das sagte ich Laura, die sofort ihre Tasche hervorholte und nach ihrem Handy kramte, mit dem sie versuchte, eine Nachbarin in Sarrala anzurufen, doch vergeblich, die Frau war wohl ins Dorf gegangen, weshalb sie es bei einem Freund probierte, einem der jungen Kellner aus der Pizzeria, und dieses Mal hatte sie mehr Glück. Sie bat ihn, schnell zu Aglaja hinüberzulaufen und sie zu informieren, und er versprach, sich sofort darum zu kümmern.

»Sag ihm, dass sie ihr Handy anschalten soll«, mischte ich mich ein, denn ich wollte persönlich mit meiner Tochter sprechen.

Laura gab meine Anweisung weiter und legte auf. Erst jetzt schien sie zu bemerken, dass sie nur mit ihrem Badeanzug bekleidet war, daher durchwühlte sie erneut ihre Tasche und zog sich ein weißes T-Shirt über. Keine leichte Übung, da sie eingeklemmt zwischen mir und ihrem Vater saß.

Inzwischen waren wir in Sichtweite der ersten Häuser des Dorfes, in der Nähe der Brücke, die über den Quirra führt. Der Cherokee verließ die Landstraße und nahm die Ausfahrt zur Staatsstraße in Richtung Cagliari.

Sie verlief durch das Inselinnere am Fluss entlang, hinter dem eine nicht enden wollende Hügelkette die Sicht aufs Meer versperrte. In der Ebene gaben Weiden und Weinberge der Landschaft etwas Sanftes. Wir passierten die Kreuzung nach Pedrasdefogu und fuhren weiter in Richtung Quirra. Das Stück der Küstenstraße, das jenseits der Hügel parallel zur Staatsstraße verlief, wurde von der Schotterstraße gekreuzt, die nach Porto Santoru führte. Zwischen Tertenia und Villaputzu lagen circa fünfzehn Kilometer unberührte Küste voller Klippen und Felsvorsprüngen. Kein einziges Haus, höchstens ab und zu eine einsame Schäferhütte.

Inzwischen hatten sich noch ein Auto und ein Transporter zwischen uns und den Geländewagen geschoben, aber Virgilio war vorsichtig. Er fürchtete, Vincenzo könnte bemerken, dass er verfolgt wurde, und drosselte daher auf den geraden Streckenabschnitten das Tempo.

Die Scheiben des Mitsubishis waren ganz geöffnet, die warme Luft ließ Lauras lange Haare flattern. Ich ließ mir ihr Telefon geben und wählte die Nummer meines Handys. Es war noch immer ausgeschaltet. Laura hatte in ihrem Adressbuch Aglajas Nummer gespeichert, also versuchte ich, sie direkt zu erreichen. Nichts, auch ihr Handy war aus. Ich begann, mir Sorgen zu machen. Also bat ich Virgilios Tochter, es noch einmal bei ihrem Freund in der Pizzeria zu versuchen. Es hieß, er sei noch nicht zurückgekommen.

Inzwischen waren wir an dem Wegweiser nach Villaputzu angelangt, und der Geländewagen bremste leicht, ehe er blinkte und nach rechts auf eine unbefestigte Straße abbog. Das Gelände war eben, und von der Staatsstraße aus konnte man den Verlauf der Strecke gut einsehen, daher mussten wir nicht ebenfalls abbiegen.

Nach einer Weile fuhr Virgilio rechts ran und parkte den Pick-up im Schutz des Schilfs. Wir stiegen aus der alten Blechkiste und folgten der Staubspur, die der Cherokee hinterlassen hatte. Das Ziel war jetzt klar: Am Ende der Straße stand ein großes weißes Bauernhaus. Das umliegende Gelände mit Weinbergen, Obstplantagen und bestellten Feldern machte einen äußerst gepflegten Eindruck.

Virgilio ging zu seinem Mitsubishi zurück, öffnete die Tür und kramte im Handschuhfach herum. Als er wiederkam, hatte er ein Fernglas in der Hand.

»Das brauche ich, wenn ich auf Wildschweinjagd gehe«, erklärte er.

Es sah ganz so aus, als wäre sein Jagdinstinkt erwacht. Bloß dass sein Wildschwein ein durchtrainierter

Kraftprotz war, der einen fabrikneuen Geländewagen fuhr und für den reichsten Mann in Tertenia arbeitete. Virgilios schlechte Laune wegen des Joints schien im Rausch des Abenteuers verflogen zu sein. Die Verfolgungsjagd hatte uns so elektrisiert, dass wir unsere Auseinandersetzung von vorhin vollkommen vergessen hatten. Virgilio setzte das Fernglas an und stellte es scharf.

»Er ist es, Vincenzo Puddu«, brummte er zufrieden. »Und da ist auch der Junge mit dem Hund. Sie bereiten ihnen einen Wahnsinnsempfang.«

»Wer?«

»Eine alte Frau … zwei Männer … jetzt kommt ein dritter Mann heraus … sieht aus, als ob er humpelt …«

»Zeig mal«, sagte ich und riss ihm das Fernglas aus der Hand.

»Das könnte mein Mann sein«, flüsterte ich aufgeregt, kaum dass ich die Schärfe eingestellt hatte.

»Welcher Mann?«, fragt Laura.

Bisher hatte sie noch nicht gewagt, zu fragen, ob sie einmal durch das Fernglas schauen könne, aber ich merkte ihr an, wie sehr es sie reizte. Also gab ich es ihr und beantwortete ihre Frage, allerdings eher vage: »Einer der Männer, denen ich in Porto Santoru begegnet bin.«

Virgilio erfasste die Lage sofort und hielt sich zurück.

Seine Tochter schien jedoch etwas zu wittern.

»Wieso humpelt der denn?«, fragte sie, als wäre es völlig klar, dass ich eine Antwort darauf wusste.

»Er wird gestürzt sein«, meinte Virgilio trocken und

machte sich auf den Weg zum Pick-up. »Kommt, wir haben hier nichts mehr verloren. Wir haben genug gesehen. Steigt ein, ich will was überprüfen.«

Ohne noch etwas hinzuzufügen, ließ er den Motor an und fuhr, kaum dass wir im Wagen saßen, wild entschlossen los nach Villaputzu. Wir passierten das Ortseingangsschild, und Virgilio steuerte schnurstracks auf ein Ziel zu, das nur er kannte. Er bog in eine Seitenstraße ein und hielt vor einem neuen Wohnhaus mit Plastikfensterläden und Balkonen voller Geranien an.

»Wartet kurz hier. Das ist eine Sache von fünf Minuten«, raunte er, als er aus dem Wagen stieg.

Er ging zur Haustür, klingelte an der Sprechanlage und verschwand nach kurzer Wartezeit im Inneren des Hauses. Just in diesem Moment gab Lauras Telefon ein Signal ab. Meine Tochter musste ihr Handy eingeschaltet haben. Laura verlor keine Zeit und rief sie sofort an. Aglaja nahm das Gespräch entgegen. Sichtlich erregt berichtete Laura, was wir gerade erlebt hatten, ehe sie auf den Joint zu sprechen kamen. Meine Tochter schien ziemlich sauer auf ihre Freundin zu sein, die sich nach Kräften zu rechtfertigen versuchte.

»Du hast ja recht, entschuldige bitte«, sagte sie immer wieder, »aber ich konnte ihm wohl schlecht alles erzählen … Du hast recht. Es tut mir leid. Aber versetz dich bitte mal in meine Lage …«

Ganz Tochter ihrer Mutter, schaffte Aglaja es tatsächlich, der armen Laura die komplette Schuld in die Schuhe zu schieben. Ich ließ die beiden sich in Ruhe aussprechen, dann bat ich um das Telefon.

»Ihr seid doch wirklich das Letzte!«, bescheinigte

meine Tochter mir sofort. »Wenn schon einmal was los ist, dann lasst ihr mich hier alleine hocken!«

»Wenn wir auf dich gewartet hätten, wäre er weg gewesen. Ich komme aber bald nach Hause. Wartest du mit dem Essen auf mich?«

»Ich denke ja gar nicht daran«, antwortete sie. »Ich habe einen Riesenhunger und mache mir jetzt einen Teller Pasta.«

»Lass mir bitte was übrig.«

»Was willst du für eine Soße?«

»Im Kühlschrank findest du Eier und Speck. Kannst du eine Carbonara machen?«

»Hab ich noch nie probiert.«

»Du brätst in der Pfanne den Speck mit Öl, Knoblauch, Zwiebeln und Petersilie an. Wenn das Ganze schön kross ist, gibst du die gekochte Pasta dazu. Dann schlägst du zwei Eier darüber und mischst alles gut durch. Wenn du willst, kannst du zum Schluss noch ein bisschen Pfeffer drübermahlen.«

»Das klingt ganz schön kompliziert.«

»Dann machst du eben Pasta mit Butter und Salbei.«

»Hm.«

Butter und Salbei schienen sie auch nicht zu überzeugen.

»Was hältst du von Olivenöl und Parmesan?«

»Okay«, sagte sie. »Ich versuche, eine Carbonara für zwei zu machen. Wenn ich Hilfe brauche, rufe ich dich noch mal an.«

Ich gab das Telefon sofort Laura zurück, die mich mit ihren kohlschwarzen Augen sichtlich geplagt von Gewissensbissen anschaute.

»Nur Mut, kleines Fräulein«, sagte ich zu ihr. »Das mit deinem Vater wird schon wieder, keine Sorge.«

»Es tut mir ja so leid«, sagte sie beschämt. »Ich hab doch nicht gewollt, dass das alles passiert.«

»Jetzt ist es aber nun mal geschehen. Eltern sein und Kind sein sind zwei sehr schwierige Jobs. Da macht man immer wieder mal etwas falsch.«

»Sie sind lange nicht so streng wie mein Vater. Aglaja hat wirklich Glück …«

»Du hast auch Glück gehabt. Und zwar das Glück, mit deinem Vater aufwachsen zu dürfen.«

»Aber mein Vater war viele Jahre nicht bei uns.«

»Das ist nicht das Gleiche. Seine Arbeit hat ihn dazu gezwungen, aber du wusstest, dass du ihn hast und auf ihn zählen kannst. Deshalb kann sich Virgilio auch leisten, dir gegenüber fordernd zu sein. Ich dagegen entdecke meine Tochter gerade erst und bin mir nicht so sicher, welche Ansprüche ich an sie stellen kann, ohne dass ich sie gleich wieder verliere.«

»Sie wieder verlieren? Aber Sie hatten sie nie verloren!«, erwiderte sie mit einem Lächeln in den Augen.

»Was meinst du damit?«

»Aglaja hat in all den Jahren nie aufgehört, an ihren Vater zu denken. Jeden Morgen beim Aufwachen und jeden Abend vor dem Einschlafen. Sie merkte ihrer Mutter an, dass sie sich große Sorgen um Sie machte, und wusste, dass Privatdetektiv ein gefährlicher Beruf ist. Sie hatte immer Angst, dass Ihnen etwas passieren könnte, und es gab Zeiten, da hat sie sogar für Sie gebetet. Als sie nicht mehr an Gott geglaubt hat, hat sie angefangen, Ihnen anstelle der Gebete lange Briefe zu schreiben, die sie aber nie abgeschickt hat.«

»Woher weißt du das?«

»Aglaja hat es mir erzählt.«

Ihre Worte trafen mich wie ein Faustschlag in den Magen. Clara, die sich Sorgen um mich machte. Nach so vielen Jahren des Krieges. Aglaja, die für mein Wohl betete. Und ich hatte immer geglaubt, dass meine Exfrau ihr nur Hass und Verachtung für ihren Vater eingeimpft hätte!

In diesem Moment trat Virgilio aus der Haustür und strahlte über das ganze Gesicht. Wie es aussah, war seine Rechnung aufgegangen. Ohne uns seine gute Laune zu erklären, warf er den Motor an und fuhr los. Zurück auf der Staatsstraße, bog er nach Norden ab, in Richtung Tertenia.

»In dem Haus wohnt eine Cousine von mir. Rate mal, wem das Bauernhaus und das Grundstück gehören?«

»Otello Ganci.«

»Richtig! Darin lebt eine Bauernfamilie, die aus Orosei zugezogen ist. Vater, Mutter und drei Söhne. Zwei von ihnen sind um die dreißig, der Jüngste elf.«

»Pietrangelo.«

»Dir hat er einen falschen Namen genannt. In Wirklichkeit heißt er Aurelio.«

»Er hätte ja wenigstens einen etwas gewöhnlicheren wählen können. Antonio, Giuseppe oder so …«

»Die Söhne sind leidenschaftliche Angler«, fuhr mein Freund sichtlich zufrieden fort. »Sie haben in Porto Corallo ein Boot liegen …«

»Ein weißes Motorboot.«

»Ein Kajütboot, von wo aus sie ihre *palamiti* auswerfen, die Netze für den Schwertfischfang.«

»Bingo.«

»Jetzt müssen wir nur noch zu Ganci fahren und ihn zur Rede stellen«, schloss er.

Diese Vorstellung gefiel mir ganz und gar nicht. Gabriele Sanna hatte *mich* bezahlt, damit ich Valentino ausfindig machte, und auf mich war geschossen worden. Wenn alles vorbei war, würde ich die nächstbeste Fähre nach Genua nehmen. Nur in den Ferien wollte ich wieder herkommen, vielleicht im nächsten Jahr. Oder im übernächsten, wer wusste das schon? Eventuell mit Aglaja, der dieser gottverlassene Fleck zu gefallen schien. Aber Virgilio – dem zahlte keiner eine Risikoversicherung, er lebte hier mit seiner Frau und seiner Tochter. Er hatte mir schon genug geholfen und dabei sein Leben und das seiner Familie aufs Spiel gesetzt. Nun hatte er sogar Ganci entlarvt und damit gezeigt, dass er ihn richtig eingeschätzt hatte. Deshalb war es höchste Zeit, dass jeder von uns wieder zu seinem Tagewerk zurückkehrte: Virgilio zu seinen Weinbergen und ich zu meinem Auftrag als privater Ermittler.

»Ich werde allein mit Ganci sprechen«, sagte ich entschlossen.

»Du machst wohl Witze!«, gab er zurück. »Meinst du, ich lasse dich dabei allein?«

»Das hier ist meine Arbeit. Ich werde dafür bezahlt, dass ich meinn Kopf riskiere.«

»Du ja, aber deine Tochter …«

»Genau, meine Tochter. Über sie würde ich gern mit

dir sprechen. Ich brauche nämlich jemanden, der sich um sie kümmert, bis ich den Fall abgeschlossen habe. Wenn Laura und Aglaja sich nicht mehr sehen dürfen, bin ich gezwungen, sie unverzüglich nach Hause zu schicken.«

Laura hatte sofort verstanden, ihr Gesicht leuchtete vor Freude auf.

»Und was soll ich deiner Meinung nach tun?«, fragte Virgilio mit wachsender Ungeduld.

»Ich kann nicht riskieren, dass Aglaja etwas passiert. Bring sie weg von hier.«

»Sie wegbringen? Wohin denn?«

»Wohin du willst. Macht einen Ausflug mit ihr. Drei Tage müssten reichen.«

»Dann werde ich Angelica sagen, sie soll mit den Mädchen ihre Schwester in Cagliari besuchen.«

»Cagliari geht in Ordnung. Aber du musst mitfahren. Hier könnte die Hölle losbrechen, und da will ich nicht, dass du meine Ermittlungen behinderst.«

»Du bist ganz schön undankbar, du elender Bastard! Und das nach allem, was ich für dich getan habe.«

»Du hast sowieso schon viel zu viel getan. Jetzt lass mich auch mal was für dich machen.«

»Du willst mich also allen Ernstes wegschicken und mich zwingen, zu meiner hypochondrischen Schwägerin zu fahren?«

Jetzt schaltete sich Laura ein, und ihr Tonfall verriet gleichzeitig Sorge und Belustigung. »Hypochondrisch?«

»Ja«, brummte Virgilio, »Tante Amelia ist fest davon überzeugt, dass sie alle Krankheiten dieser Welt mit sich herumschleppt, dabei ist sie kerngesund und wird wahrscheinlich hundert Jahre alt.«

»Im Ernst, Virgilio, wenn du es nicht für mich tun willst, dann mach es für meine Tochter. Besser gesagt, für unsere Töchter. Fahr mit den beiden weg. Und vergiss die Geschichte mit dem Joint. Ich bin mir sicher, dass es für Laura bloß der Reiz des Neuen war und dass das nicht wieder vorkommen wird. Stimmt doch, oder, Laura?«

Das Mädchen nickte beflissen.

Virgilio dagegen tat so, als würde er überhaupt nichts kapieren, und zuckte mit den Schultern.

»In dem Alter«, brummte er, »ist man ganz schnell beim Heroin.«

»Was redest du denn da für einen Unsinn, Papa!«, rief Laura aufgebracht.

»Jetzt mal ehrlich, Virgilio, kannst du dir wirklich vorstellen, dass sich deine Tochter einen Schuss setzt?«

Er kratzte sich nachdenklich am Kopf, wobei er wie gebannt auf die Straße starrte, doch dann gab er sich einen Ruck.

»Ist gut, ich werde gleich mit Angelica sprechen, wenn ich zu Hause bin.«

Der Mitsubishi rauschte zügig die Staatsstraße entlang. Wir waren inzwischen in Quirra angelangt und sahen die Ruinen des hoch oben im Gebirge gelegenen Schlosses und den Schilfstreifen, wo die Straße breiter wurde und zum Strand führte. Wie ein Messerstich traf mich da plötzlich die Erinnerung. Fast zwanzig Jahre waren vergangen. Clara und ich hatten hier mit Virgilio und Angelica unseren Urlaub verbracht. Gina

Aliprandi war mit einem ihrer zahlreichen Liebhaber auch mit von der Partie gewesen, irgendeinem dieser armen Kerle, die dazu verdammt waren, früher oder später und ohne das geringste Bedauern dem Vergessen anheimzufallen. So war Gina schon immer gewesen. Es hatte ihr noch nie behagt, ihr Leben mit den Überbleibseln alter Erinnerungen zu belasten. Und den Mann, den sie wirklich mochte, behielt sie lieber in sicherer Entfernung. Genau wie Stalin, ihren riesigen Mischlingshund. Oder die wenigen Freunde, die ihr im Laufe der Zeit treu geblieben waren, darunter dieser Volltrottel namens Bacci Pagano.

Jenes Jahr war anders gewesen als alle anderen. Clara war damals schwanger, und ihr Bauch begann sich zu runden. Es war Juni, und sämtliche Düfte des sardischen Sommers versüßten die prickelnde Morgenluft. Der breite Strand von Quirra war leer und verlassen, und wir hatten unsere Autos im Schatten der Wacholdersträucher stehen lassen. Den Renault 4 von Virgilio, der einen Linksdrall hatte, und meine rote Ente, die nur noch darauf wartete, verschrottet zu werden. Wir waren über einen Kilometer barfuß über die Kiesel gelaufen, bis zur Militärbasis von San Lorenzo. Beladen wie die Maulesel, kamen wir nur langsam voran mit unserem Sonnenschirm, den Rucksäcken und Kühltaschen – aber ums Herz war uns leicht, und wir alberten herum wie Gymnasiasten beim Schulausflug.

Virgilio und ich saugten den Duft der Freiheit begierig ein. Kaum hatten wir uns am Strand niedergelassen, forderte Gina Virgilio heraus, mit ihr bis zur Felsklippe von Quirra hinauszuschwimmen. Ein Unterfangen, das kräftige Lungen und Durchhaltevermögen erforderte. Bei seiner Ehre gepackt, ließ sich mein sardischer Freund nicht lumpen und nahm die Herausforderung an. Zusammen sprangen sie ins Meer. Angelica und Ginas Freund hatten sich in der Sonne ausgestreckt und waren eingeschlafen. Clara und ich saßen eng umschlungen beieinander und sprachen von Aglaja, als wäre sie schon geboren. Laut Ultraschall war es fast sicher, dass wir eine Tochter bekamen. In jener Zeit war Clara sehr glücklich, und die Schwangerschaft verlieh ihr Ruhe und Anmut. An jenem Tag sprachen wir zum ersten Mal über den Namen unserer Tochter.

»Und wenn es nun ein Junge wird?«, fragte sie, als würde sie großes Unheil verkünden.

»Dann nennen wir ihn Giovanni Battista, nach meinem Großvater.«

»Nein, um Gottes willen. Ein Bacci in der Familie ist mehr als genug.«

»Dann eben Guido, nach meinem Vater.«

»Warum nicht Arturo, nach meinem Vater?«

»Weil sich Arturo auf *duro* reimt und er dann von seinen Freunden bestimmt gehänselt wird.«

»Gut, dann geben wir dem Kind einen literarischen Namen.«

»Ja, wir nennen ihn Tadzio. Dann wird er früher oder später von irgendeinem alten Professor von hinten genommen.«

Es war am Ende dieses langen Tages, als ich zum ersten Mal diesen Duft bemerkte. In der Dämmerung, als sich die Brise vom Erdboden löste, erhob sich ein intensives Aroma, das die Sinne förmlich berauschte, als befänden wir uns inmitten einer Wacholderhecke. Der Geruch erinnerte mich an bestimmte Cocktails aus Linos Bar auf der Piazza Alimonda. Der Barkeeper dort schaffte es, einen am Tisch regelrecht festzunageln, bis sich einem die Worte um die Zunge wickelten und man feststellen musste, dass man auf seinen wackligen Beinen nicht mehr heil nach Hause kommen würde.

Ich war damals oft mit den Freunden, zu denen ich nach meiner Entlassung wieder Kontakt aufgenommen hatte, dort hingegangen, um mich zu betäuben und die ganze Wut zu ersticken, die ich in mir trug. Mit Martini. Negroni. White Lady. Tom Collins. Namen von Cocktails, die die Illusion von süßem Vergessen schufen, voll von dem Duft, der jetzt hier auf Sardinien durch die Luft schwirrte und mein Herz mit einem Glücksgefühl erfüllte, das der Trunkenheit der Nüchternen glich.

Während ich auf dem Kiesstrand in den Armen der Frau lag, die mir bald eine Tochter gebären sollte, dachte ich mit bangem Gefühl an meine Vaterschaft, die mein Leben nachhaltig verändern würde. Claras lächelnder, auf den sich langsam verdunkelnden Himmel gerichteter Blick wiegte mich in der süßen Hoffnung auf eine Glückseligkeit, die noch immer in den verborgenen Winkeln meiner bittersüßen Erinnerungen schwang. Ich betrachtete sie und dachte an all das Gute, das diese Frau unserem kleinen Geschöpf mitgeben würde. Ihre Kraft, ihre Bestimmtheit, die Fähigkeit, sich um andere zu kümmern, all ihre Qualitäten, ohne die ich diesen Schritt wohl nie gewagt hätte. Dabei war mir auch die Frage durch den Kopf gegangen, wie der Mensch wohl das Wunder vollbracht hatte, die Natur nach seinen Bedürfnissen zu nutzen. Wie er zum Beispiel aus dem Aroma eines knorrigen, windgekrümmten Strauches eine raffinierte Mischung aus Geschmäckern herauszufiltern vermochte, die in der Lage war, unsere Wut und unseren Schmerz aufzulösen, ähnlich den vom Meer über den Strand von Quirra zerriebenen Muschelschalen.

Carbonara unter Tränen

»Gratuliere, Aglaja. Die Carbonara war ausgezeichnet!«

»Hat sie dir wirklich geschmeckt, Pa?«

»Ja, sie war richtig gut. Warum fragst du?«

»Nur so.«

Nur so. Immer ist es an den Eltern oder den Erwachsenen überhaupt, den Sinn aus dem, was Kinder sagen und tun, herauszufiltern – eine Aufgabe, die untrennbar mit dieser Rolle verbunden ist.

»Glaubst du, dass ich nicht ehrlich zu dir bin?«

»Was das betrifft – also ein paar Bären hast du mir schon aufgebunden. Aber darum geht es gar nicht …«

Ihre Wangen waren leicht gerötet, ihr Blick irrte durch den Raum. Sie suchte etwas, worauf sie ihre Aufmerksamkeit richten konnte und das sie davon entband, meinem Blick standhalten zu müssen. Diese dreiste, kleine Haschischraucherin barg eine Schüchternheit in sich, die mir förmlich das Herz zerriss.

»Worum geht es dann?«

Jetzt fing sie an, mit der Papierserviette zu spielen, die sie erst einmal und dann noch einmal faltete. Wie es schien, hatte sie die Freuden des Origami für sich entdeckt.

»Manchmal habe ich das Gefühl, dass du … dich nicht traust, mir die Dinge so zu sagen, wie sie wirklich sind.«

»Ja, weil ich dich noch nicht richtig kenne.«

»Hast du Angst, mich zu verletzen?«

»Ich will dich kein zweites Mal verlieren.«

Aglaja sagte nichts dazu, sondern musterte mich nur mit prüfendem Blick.

»Es ist nicht so leicht, plötzlich Vater einer Achtzehnjährigen zu sein. Ich weiß fast nichts von dir.«

»Hat Mama dir denn in all den Jahren nichts über mich erzählt?«

»Ein bisschen was hat sie mir schon gesagt. Ich weiß zum Beispiel, dass du aufs Gymnasium gehst und gut in der Schule bist. Dass du mit einem Jungen zusammen warst und viel Sport getrieben hast. Und dass dann irgendwann die Krise kam. Sie hat mir aber auch gesagt, dass du gern Mozart hörst.«

»Wann hat sie dir das gesagt?«

»Im April. Das war seit unserer Trennung das erste Mal, dass wir uns außerhalb eines Gerichtssaals gesehen haben.«

»War das der Abend, an dem sie so viel getrunken hat?«

»Genau.«

»Das hätte ich mir denken können.«

»Wieso?«

»Weil du mir in den ganzen Jahren nicht ein einziges Mal zu Weihnachten oder zu meinem Geburtstag eine CD mit klassischer Musik geschenkt hast.«

»Ich hätte eben nicht erwartet, dass einem Mädchen in deinem Alter klassische Musik gefallen könnte. Dafür habe ich dir viele Bücher geschenkt – und nie erfahren, ob du sie jemals gelesen hast.«

»Ein paar davon habe ich gelesen … Was hat Mama dir sonst noch erzählt?«

»Dass sie sehr stolz auf dich ist, genau wie Giovanni. Und dass du ihn genauso lieb hast wie einen Vater. Er hat ja die Vaterrolle für dich übernommen, und ich glaube, er mag dich sehr.«

»Er war immer sehr geduldig mit mir. Am Anfang wollte ich nicht, dass er deinen Platz einnimmt, und habe ihm die Hölle heißgemacht. Aber hat sie dir sonst noch etwas gesagt? Hat sie dir nichts von einem *kleinen Problem* erzählt?«

Mir verschlug es lange genug den Atem, um zu sehen, wie sich auf ihrem Gesicht Angst breitmachte. Ich musste ihr eine überzeugende Antwort geben, koste es, was es wolle. Deshalb durfte ich sie jetzt nicht belügen.

»Giovanni hat mir davon erzählt. Vor zwei Tagen. An dem Tag, als du nachts in mein Bett gekrochen bist.«

»Was hast du eigentlich gedacht, als ich in der Nacht zu dir ins Bett geschlüpft bin?«

»Nichts, denn ich habe es nicht mal bemerkt, ich

habe fest geschlafen. Als ich aufgewacht bin, hast du neben mir gelegen und geschlafen wie ein Engel.«

»Und was hast du da gedacht?«

»Ich habe gedacht, dass du dich sicher allein gefühlt hast und Angst hattest.«

»Das mache ich auch zu Hause, weißt du. Unser Hausarzt sagt, das ist nichts Schlimmes und geht irgendwann von selbst vorbei. Mama und Giovanni wollten mich deshalb zum Psychologen schicken, aber ich wollte nicht. Ich habe ein paar Klassenkameraden, die eine Therapie machen, aber ich finde, die werden dabei immer komischer. Was hältst du davon, Pa?«

»Wovon?«

»Von meinem *kleinen Problem.* Meinst du, dass ich deshalb zum Psychologen muss?«

»Ich glaube nicht.«

»Als ich da in deinem Bett lag, hast du also nicht geglaubt, dass deine Tochter verrückt ist?«

»Natürlich nicht! Ich habe nur befürchtet, dass danach passiert, was dann auch tatsächlich passiert ist.«

»Das kann ich mir gut vorstellen. Mama rastet immer total aus, wenn ich in Giovannis Bett lande.«

»Schlafen Mama und Giovanni etwa nicht zusammen in einem Bett?«

»Wenn sie sich streiten, übernachtet Giovanni immer auf dem Schlafsofa im Wohnzimmer.«

»Und du gehst dann immer zu ihm?«

Sie wurde wieder rot. Dieses Mal legte sich ein besorgter Schatten auf ihr Gesicht, und ihr Blick verdüsterte sich. »Ein paar Mal ist es schon vorgekommen.

Aber ich schlafe so tief und fest, dass ich überhaupt nichts davon mitkriege.«

»Das scheint mir kein richtig großes Problem zu sein.«

»Ich habe einmal mit einer von meinen Freundinnen darüber gesprochen, die zu einem Seelenklempner geht. Ihrer Meinung nach ist das mein Unterbewusstsein, das einen Vater sucht. Vielleicht hat sie ja recht, denn das Ganze hat angefangen, als ihr euch getrennt habt.«

»Gut möglich. Ich kenne mich in solchen Dingen leider überhaupt nicht aus. Eine ehemalige Freundin von mir, die Psychologin ist, hat immer gesagt …«

»… dass du ein Gefühlsanalphabet seist. Das hast du mir schon erzählt. Wie hieß sie eigentlich?«

»Mara.«

»Sie hieß oder sie heißt?«

»Sie heißt Mara. Schließlich ist sie ja nicht tot.«

Aglaja sah mich durchdringend an, sagte aber nichts.

»Du willst wissen, ob wir noch zusammen sind? Ehrlich gesagt weiß ich es nicht. Jedenfalls lebt jeder von uns in seiner eigenen Wohnung. Wir haben uns zwischendurch drei Jahre lang nicht gesehen, und eines Tages hat sie sich überraschend wieder bei mir gemeldet …«

»Und ihr seid wieder zusammengekommen?«

»Wir sehen uns immer mal wieder. Das ist alles.«

»Bist du noch in sie verliebt?«

»Verliebt? … Hm, sie gefällt mir, aber wir verstehen uns nicht so richtig gut.«

»Aber das kann doch nicht sein, dass du nicht weißt,

ob du verliebt bist oder nicht. Wahrscheinlich hat Mara recht, und du bist wirklich ein Gefühlsanalphabet.«

Es folgte ein langes Schweigen, nur vom Summen der Wespen unterbrochen, die von den Speckwürfeln auf Aglajas Tellerrand angelockt worden waren. Aber nicht nur die Wespen summten. Auch unsere Gedanken schwirrten uns ruhelos durch den Kopf. Aglaja hielt den Blick gesenkt, doch ihre Augen wanderten über den Tisch, als suche sie etwas.

»War das bei Mama auch so«, fragte sie nach einer ganzen Weile, »dass sie dir erst gefallen hat und ihr euch mit der Zeit nicht mehr so gut verstanden habt?«

»Mit Mama war das anders. Da war etwas zu Ende gegangen.«

»War die Liebe zu Ende?«

»Wir hatten uns wirklich sehr gern, haben es aber leider nicht geschafft, das noch zu spüren. Stattdessen haben wir ständig gestritten, über alles und jedes. Deine Mutter hat mich nie so akzeptiert, wie ich bin, sie wollte mich immer ändern. Und sie hat den Gedanken an meine Arbeit nicht ertragen.«

»Sie hatte eben Angst, dass dir etwas zustoßen könnte.«

»Ich weiß. Auch deshalb funktionierte es zwischen uns nicht länger. Aber es ist nun mal mein Job.«

Jetzt schaute Aglaja auf und sah mir direkt ins Gesicht. Meine Tochter würde mich noch bei lebendigem Leib häuten. Sie brauchte so wenig, um meine wunden Punkte zu erspüren. Sie musste noch nicht einmal etwas sagen, um mich in einen Strudel zu reißen, der mir den Atem nahm, in dem die Zentrifuge der Erinnerungen und verpassten Gelegenheiten den giftigen Saft der Vergänglichkeit des Lebens destillierte. Der mich innerlich schreien ließ, dass es so nicht weitergehen könne. Ich musste etwas tun. Ich durfte nicht länger so in den Tag hineinleben. Wenn Aglaja so weiterbohrte, würde ihr am Ende genau das gelingen, woran ihre Mutter gescheitert war: Ich würde mich ändern.

»Aber hast du Mama geliebt?«

»Oh ja, ich habe sie sogar sehr geliebt.«

Auf ihren Lippen zeigte sich ein Lächeln, das mehr sagte als alle Worte.

Der Nachmittag kündigte sich mit einer Hitzewelle an, die den Himmel mit einem weißlichen Schleier bedeckte. Es war vollkommen windstill. Feigenbäume, Johannisbrotbäume, Hibiskus – kein Blatt rührte sich. Ich dachte an Ganci, an den hinterhältigen Streich, den er mir gespielt hatte, und fragte mich, was das eigentlich sollte. Was hatte er von mir zu befürchten? Vielleicht hatten seine Frau und Virgilio ja recht – dieser Mann verdiente kein Mitleid.

Ein Sonnenfleck zeigte sich neben dem Liegestuhl auf dem Fußboden. Genau dort, wo sich sonst immer der Hund zusammengerollt hatte, nachdem er den Pecorino verschlungen hatte.

»Wo ist eigentlich das Hündchen abgeblieben?«, fragte Aglaja unvermittelt.

Es tat mir in der Seele weh, aber ich konnte nicht umhin, es ihr zu sagen. »Ich glaube, du wirst ihn nicht wiedersehen. Sein Herrchen hat ihn geholt. Sie sind nach Hause gefahren, zurück nach Villaputzu.«

»Schade«, antwortete sie und zuckte mit den Schultern. »Ich hatte ihn gerade lieb gewonnen.«

Man merkt, dass sie schon ganz andere Verluste überstanden hat, dachte ich. Vielleicht sah sie die Dinge aber auch einfach in einem anderen Licht. *Du wirst ihn nicht wiedersehen* hatte für meine Tochter überhaupt keine Bedeutung. Ihre Jugend und ihr angeborener Optimismus ließen ihr das Leben als Raum mit vielen Möglichkeiten erscheinen. So war es auch mit ihrem Vater gewesen. Sie hatte sich nie damit abgefunden, auf ihn verzichten zu müssen.

»Laura hat mir erklärt, dass der Ehemann der Französin versucht hat, dich hinters Licht zu führen«, sagte sie jetzt in verändertem Tonfall, denn nun überwog die Neugierde. »Was hat er denn gemacht?«

»Er hat mich in dem Glauben gelassen, dass der junge Mann, den ich in Tertenia suchen sollte, tatsächlich hier ist und auf mich geschossen hat.«

Ihre Augen wurden kugelrund vor Schreck. »Er wollte dich töten?«

»Nein, er ist doch gar nicht hier. Ganci wollte mich nur dazu bringen, von hier zu verschwinden.«

»Warum?«

»Das weiß ich noch nicht. Deshalb will ich heute auch versuchen, ihm die Wahrheit zu entlocken.«

»Wie willst du das anstellen? Willst du ihn mit der Pistole bedrohen?«

»Das wird nicht nötig sein. Er ist alt und krank. Da reicht es, wenn ich ihm mit den Carabinieri drohe.«

»Mannomann, Pa. Du hast wirklich einen ganz schön harten Job.«

»Weißt du, das ist der Grund, warum ich nicht will, dass du mit Martine reiten gehst.«

»Heute früh habe ich sie am Strand gesehen.«

»Habt ihr euch unterhalten?«

Sie zog die Schultern hoch. Wie um zu sagen, dass sie nur ein bisschen über Belanglosigkeiten geplaudert hatten.

»Martine und ihr Mann, verstehen die sich gut?«, wollte sie dann wissen.

Eine gute Frage. Eine Frage, die mindestens zwei Anwesen zu je einer Million Euro wert war. Und die auch ich mir schon gestellt hatte, ohne jedoch eine Antwort zu finden. Vielleicht hatte selbst Ganci sie sich gestellt. Aber darüber mit Aglaja zu sprechen, hätte sie nur verwirrt. Lieber wollte ich sie in dem Glauben lassen, dass die Französin Teil des Komplotts war. Auf jeden Fall musste sich meine Tochter von dieser Frau fernhalten.

»Sie vertragen sich wie Hund und Katze«, antwortete ich und beugte mich zu ihr. »Aber was anderes, Aglaja. Ich habe mit Virgilio gesprochen, und wir haben beschlossen, dass ihr alle nach Cagliari fahren werdet.«

»Cool! Ich war noch nie in Cagliari.«

»Es ist kein Tagesausflug. Ihr werdet für ein paar Tage dortbleiben.«

Sie begann zu verstehen. »Und du?«

»Ich bleibe hier und schließe meinen Fall ab.«

»Und dazu muss ich verschwinden?«

»Ich will dich keinem Risiko aussetzen.«

»Du bist mir ein schöner Vater«, wetterte sie los.

»Ich laufe von zu Hause weg, um dich am Ende der Welt zu besuchen, nachdem du zehn Jahre nichts von dir hast hören lassen, meine Mutter und Giovanni sind stinksauer, und du …«

»Mein Mädchen, jetzt mal langsam. Es geht mir doch nur um dich. Wenn ich dich hierbehalten würde, könnte mir deine Mutter zu Recht vorwerfen, dass ich verantwortungslos bin.«

»Das ist mir schnurz. Ich fahre nicht nach Cagliari!«

»Dann bringe ich dich heute noch nach Arbatax zur Fähre.«

»Du schickst mich zurück nach Genua?«

»Das kannst du sehen, wie du willst. Hier kannst du jedenfalls nicht bleiben.«

Ihr Gesicht war knallrot geworden, ihre Lippen zitterten, und ihre Augen füllten sich mit Tränen.

»Wieso? Was soll mir denn hier passieren?«, erwiderte sie wütend.

»Das weiß man nie. Die Situation könnte sich zuspitzen. Ich will nicht, dass du dann mittendrin bist …«

»Mittendrin in was? In einer Schießerei? Wollen die dich umbringen?«

Die Vorstellung, dass sich hier eine Katastrophe anbahnen könnte, erfüllte sie mit panischer Angst. Jetzt ballte sie die Fäuste und die Tränen brachen sich Bahn, das Schluchzen erstickte ihre Stimme.

Ich stand auf, ging zu ihr hinüber und nahm sie fest in die Arme, küsste ihre noch nassen, salzigen Haare und streichelte ihre Wangen.

»Mach dir keine Sorgen. Niemand wird mehr auf

mich schießen«, sagte ich sanft und zärtlich, um sie zu beruhigen.

Sie klammerte sich an mich, die nasse Wange fest an meine Brust gedrückt.

»Aber wieso kann ich denn dann nicht hierbleiben?«, presste sie mühsam hervor.

»Weil ich befürchte, dass dich jemand in die Sache hineinziehen könnte. Zum Beispiel, um mich zu erpressen und mich zum Aufgeben zu zwingen.«

»Dann gib doch gleich auf.«

»Das kann ich nicht. Das ist mein Beruf. Aber ich habe alles im Griff.«

»Wirklich?«

»Ich schwöre es dir.«

Nach und nach beruhigte Aglaja sich. Vielleicht hatte sie begriffen, dass sie keine Angst haben musste, mich ein zweites Mal zu verlieren. Vielleicht verstand sie aber allmählich auch ihre Mutter und konnte die Jahre weit weg von mir besser verstehen. Oder es animierte sie der Gedanke, dass Cagliari eine schöne Stadt und einen Besuch wert war. Was mich betraf – ich spürte vor allem den bitteren Nachgeschmack, den Halbwahrheiten hinterlassen. Ich hatte meiner Tochter versichert, dass ich keinem Risiko ausgesetzt sei – was leider nicht stimmte. Und um ehrlich zu sein, hatte ich in der seltsamen Geschichte, die hier vor sich ging, eigentlich selbst noch nichts begriffen.

Auch die Seele ist käuflich

Alle waren sie da: seine Frau Martine in Markenjeans und Poloshirt von Fred Perry, sein *attendente* Vincenzo Puddu, Komplize, Laufbursche, Stallknecht und Liebhaber von Madame Ganci, und natürlich Ganci selbst. Nur Aristarco fehlte, doch es hätte mich nicht gewundert, jeden Moment seinen klapprigen roten Ford Escort die Nuraghen-Straße heraufkommen zu hören.

Ich hatte meine Vespa vor einer der weißen Steinsäulen geparkt und dann noch einen kurzen Blick hinunter zur Bucht von Foxi Manna geworfen. Wie ein Schmutzschleier ließ die schwüle, drückende Atmosphäre alle Farben verblassen. Ein leichter Südwind wehte über das Land und durchtränkte die Luft mit Feuchtigkeit. Am Horizont war kein einziges Boot zu sehen. Während ich über den kiesbedeckten Hof zur Villa stapfte, beschlich mich das unangenehme Gefühl, einen Friedhof zu betreten. Die Luft stand still und stank nach Tod. Alles war unbeweglich wie auf einem Foto, das jedes Schicksal gnadenlos auf Zelluloid bannt.

Martine schnürte im Laubengang gerade ihre Stoffschuhe. Sie empfing mich mit einer Herzlichkeit, die mich fassungslos machte. Nach der Szene vom Vorabend hätte ich eher einen ihrer vernichtenden Kommentare erwartet. Doch vielleicht hob sie sich die an diesem Tag für ihren Gatten auf.

»Oh, Monsieur Pagano«, gurrte sie, als ob mein Anblick sie zur glücklichsten Frau der Welt machen würde. An meinem Blick konnte sie jedoch die Wut ablesen, die in meinen Eingeweiden rumorte. »Stimmt etwas nicht?«

»Ich muss dringend Ihren Mann sprechen«, sagte ich in einem Ton, als hätte ich sie am liebsten zum Teufel geschickt.

Just in dem Moment trat Vincenzo aus dem Haus.

»Spricht man so mit einer Dame?«, schnaubte er.

»Soll ich ein paar Stunden bei Ihnen in höfischer Etikette nehmen?«, sagte ich voller Ironie. »Sagen Sie mir, wo Ganci ist.«

»Signor Ganci, meinen Sie wohl.«

Die Französin griff beschwichtigend ein. »Lass gut sein, Vincenzo. Wir wollen nicht mit Monsieur Pagano streiten. Er ist unser Gast.«

Vincenzo hörte jedoch nicht auf sie, sondern baute sich vor mir auf, sodass sich unsere Schultern berührten. Ich spürte seine gestrafften Muskeln und spannte meinen Bizeps ebenfalls an.

»Gäste haben sich ihrem Gastgeber gegenüber so respektvoll zu zeigen, wie sie selbst von ihm behandelt wurden«, zischte er.

Beim Gedanken daran, dass dieser Kerl kurz zuvor die Spuren der Übeltaten seines Chefs beseitigt hatte, juckte es mich in den Fingern. Diese beiden miesen Schweine hätten mich fast umbringen lassen.

»Sie vergeuden meine Zeit mit Ihrem Geschwätz. Versuchen Sie Madame Ganci gefälligst mit etwas anderem zu beeindrucken«, zischte ich zurück. »Und sagen Sie mir auf der Stelle, wo ich den Lügenbaron finde!«

Da legte er mir eine Hand auf die Brust und drückte mich gegen den Eschentisch. Kein Zweifel, der Kerl fühlte sich wie ein Kampfstier, doch wie allen Jungtieren fehlte ihm die Erfahrung. Ich hätte ihm mit einer Geraden locker die Nase zertrümmern können, beschränkte mich aber darauf, ihm einen Handkantenschlag gegen das Kinn zu versetzen. Von unten nach oben. Vincenzos Kopf knickte nach hinten weg, er verlor das Gleichgewicht und machte leicht wankend ein paar Schritte rückwärts.

»Du Hurensohn«, knurrte er.

Schon wollte er sich auf mich stürzen, als Martine dazwischenging und sich ihm mit einer so melodramatischen Geste an den Hals warf, dass ich grinsen musste.

»Hör auf, Vincenzo! Lass den Quatsch!«, schrie sie.

Ruppig schob er sie beiseite und kam auf mich zu, bereit, zuzuschlagen. Ich hatte mich in Position gebracht und war wild entschlossen, ihm eine gehörige Tracht Prügel zu verpassen. Er war zwar stark, aber sicher hatte man ihm im Fitnessstudio keine Kampftechniken beigebracht. Seinem ersten Fausthieb wich ich leicht aus. Auch der nächste Hieb war schief und ungelenk, zumal er seinen Schwerpunkt verlor und mir so die Chance zum Gegenschlag auf dem Silbertablett servierte. Ich parierte den Angriff mit einem gut platzierten Haken in den Magen und schickte gleich noch einen Kinnhaken hinterher, sodass Vincenzo in hohem Bogen nach hinten flog und im Fallen gegen die Bank stieß, die mit einem Höllenlärm auf den Boden krachte. Stöhnend richtete er sich auf und massierte sich mit einer Hand das Kinn, während Martine ihm mit dem Eifer einer Rotkreuzkrankenschwester zu Hilfe eilte.

In diesem Augenblick erschien Ganci gähnend in der Verandatür, als ob er gerade erst aufgewacht wäre.

»Was ist hier los?«

»Rien, rien«, antwortete Martine hastig. »Vincenzo und Monsieur Pagano hatten eine kleine Meinungsverschiedenheit.«

Sie schien entschlossen, die Sache herunterzuspielen, als ob sie den Vorfall schnellstmöglich ad acta legen wollte.

»Was war los, Vincenzo?«, fragte Ganci, wobei er unsicher ein paar Schritte auf der Veranda tat.

»Je viens de te dire«, kam Martine ihm zuvor. »*Une bagarre entre vieux amis …* wie sagt man: Ein kleiner Streit unter Freunden?«

Sie half Vincenzo wieder auf die Füße, fasste ihn am Arm und zerrte ihn zu mir. Der junge Mann wirkte wie ein ramponierter Boxer und schien überhaupt nicht mitzubekommen, was um ihn herum geschah.

»Na los, Vincenzo«, insistierte die Französin. »Jetzt gibst du Monsieur Pagano die Hand, und die Sache ist erledigt.«

»Geht mir aus den Augen, alle beide!«, schrie Ganci sie da an.

Martine schaute mich flehend an. Ihr theatralischer Blick hätte sich gewiss gut in einem klassischen Drama gemacht. Ich hatte erwartet, dass sie ihren Mann dafür gehörig abkanzeln würde, stattdessen sagte sie zu mir: »*Pardonnez, Monsieur Pagano*. Vincenzo hat ein hitziges Gemüt, aber sonst ist er ein netter Kerl. Er hängt sehr an Otello und duldet nicht, dass man ihn beleidigt.«

Otello. Es war das erste Mal, dass sie ihren Mann beim Vornamen nannte.

Martine hatte jetzt Vincenzos Taille umfasst und führte ihn zur Rückseite des Hauses, genau wie vor ein paar Tagen, als der Hund ihn gebissen hatte. Ich zuckte mit den Schultern und wandte mich Ganci zu, der am Tisch Platz genommen hatte und mich argwöhnisch musterte.

»Sie wollten mich sprechen?«

Ich zog die drei Gewehrkugeln, die ich in Porto Santoru gefunden hatte, aus der Hosentasche und warf sie auf den Tisch. Dann setzte ich mich Ganci gegenüber, ohne ein Wort zu sagen.

»Schluss mit den Spielchen. Am späten Vormittag bin ich Ihrem *attendente* nach Villaputzu gefolgt.«

Ganci starrte unbeweglich auf die Kugeln, als ob er sie dadurch in Bonbons verwandeln könnte. Sein Kiefer verkrampfte sich, und sein Teint wechselte von Oliv zu Violett.

»Sie glauben doch nicht, dass ich Sie umbringen lassen wollte«, sagte er schließlich.

»Es hätte nicht viel gefehlt.«

Er zog eine Grimasse und schüttelte den Kopf. »Alles Stümper. Es gibt wirklich keine Profis hier. Sogar für meinen Weinberg musste ich Ihren Freund um Hilfe bitten. Sie werden sicher bemerkt haben, dass Vincenzo nicht mal als Leibwächter taugt.«

»Genug geplaudert. Warum haben Sie das getan? Wollten Sie mich loswerden?«

»Ganz im Gegenteil. Ich hoffte, dass Sie mir helfen würden, dieses Kapitel ein für alle Mal zu beenden. Ich habe sofort gemerkt, dass Sie ein Profi sind.«

»Erzählen Sie mir keine Märchen. Werben Sie einen Profi damit an, dass Sie auf ihn schießen lassen? Warum haben Sie mich in die Irre führen wollen?«

»Das war nichts im Vergleich zu dem, was der alte Sanna mit Ihnen angestellt hat. Sie glauben doch nicht wirklich, dass er Sie hierher geschickt hat, damit Sie seinen Sohn suchen.«

»Und wozu dann?«

»Pagano, seien Sie nicht so naiv. Sanna wollte, dass das alles passiert. Aber ich habe mit der Sache nichts zu tun.«

»Ach nein? Warum haben Sie dann vor ein paar Tagen einen Anwalt zu seiner Frau geschickt und ihr eine Stange Geld angeboten?«

Diese Villa kam mir allmählich vor wie ein Theater. Ich wohnte einer Vorstellung bei, in der jeden Abend dieselben Gesten und derselbe Text gezeigt wurden. Ganci klammerte sich jetzt nämlich mit beiden Händen an den Tisch, erhob sich mühsam – und packte mich wieder am Kragen meines Poloshirts.

»Wie haben Sie davon erfahren?«, keuchte er mit hochrotem Kopf, die Finger immer noch in mein Shirt gekrallt. Seine Stimme und sein Gesichtsausdruck zeugten von Schrecken und Verzweiflung. Ein Mann in einer ausweglosen Lage.

»Sannas Anwältin hat es mir erzählt.«

Da ließ er sich wieder auf die Bank fallen und schüttelte den Kopf. »Ich musste Geld in die Hand nehmen, um mich von diesem Albtraum zu befreien. Eine Entschädigung anbieten für etwas, das ich gar nicht getan hatte.«

»Und wen haben Sie entschädigt?«

»Diejenigen, die Ihr Auftraggeber mit Ihrer Hilfe aus der Ruhe bringen wollte.«

»Die Brüder Canu?«

»Wen sonst?«

»Und Aristarco ist ihr Unterhändler?«

»Ja. Sie haben ihn zu mir geschickt, um ihren Anteil einzufordern.«

»Und Sie kommen ihnen nun entgegen, indem Sie Ihre Ländereien zu einem Schleuderpreis verkaufen. Weshalb Ihre Frau Sie verhöhnt und verspottet.«

»Genau. Dabei versuche ich doch bloß, alles für sie in Ordnung zu bringen. Für sie und Vincenzo. Aristarco hat schon Käufer für meine Ländereien gefunden, was ihn kaum Mühe gekostet hat. Ich verkaufe zu einem Preis, der jedem das Wasser im Munde zusammenlaufen lässt. Mir rennt die Zeit davon, wissen Sie? Ich muss vor meinem Tod alles regeln.«

Als auf der anderen Seite des Hauses ein Motor gestartet wurde, sah Ganci mich mit einer Bestürzung an, die ich mir nicht erklären konnte. Er wirkte wie ein Kind, das sich davor fürchtet, allein gelassen zu werden.

»Wo fahren die beiden hin?«, stammelte er.

»Eine Sache kapiere ich nicht ganz«, nahm ich unbeeindruckt unser Gespräch wieder auf. »Warum sollte Sanna die Canu-Brüder aufstöbern wollen, wenn sie die Diebesbeute gar nicht haben?«

»Fragen Sie das nicht mich. Nach dem Coup ist unter den Halunken wohl ein erbitterter Krieg ausgebrochen. Jemand hat Mario Canu umgebracht und sich vielleicht so die ganze Beute gesichert. Die anderen sind davon überzeugt, dass ich derjenige war. Aber ich habe mit der Sache nichts zu tun. Mein gesamtes Vermögen habe ich allein durch meine Geschäfte erworben. Ich habe jahrelang hart gearbeitet, um all diesen Reichtum anzuhäufen.«

»Und Vincenzos Vater? Hatte der auch nichts damit zu tun?«

Resigniert schüttelte Ganci den Kopf. »Nein. Giovanni war schwer in Ordnung. Die Polizei ist nie dahintergekommen, wer ihn getötet hat.«

»Immerhin hatte er eine Pistole Kaliber .22 bei sich.«

Er sah mich überrascht an. Vielleicht sogar ein wenig bewundernd. »Das wissen Sie auch? Die Pistole hat er für seinen Job gebraucht. Er hat auf meinen Baustellen für Ordnung gesorgt.«

»Mit einer nicht registrierten Kaliber .22? Das können Sie sonst wem erzählen.«

Ob die Waffe registriert war oder nicht, wusste ich ehrlich gesagt gar nicht. Ich hatte das einfach so auf gut Glück gesagt. Anscheinend hatte ich mit meiner Behauptung voll ins Schwarze getroffen.

»Ich habe ihm vertraut«, antwortete er nur.

Es folgte ein langes Schweigen, in dem Ganci vielleicht spürte, wie sein fein säuberlich errichtetes Kartenhaus Stück für Stück zusammenfiel. Die Situation erschien mir vollkommen absurd. Sein verzweifelter Wunsch, die Dinge in Ordnung zu bringen, würde den

Verdacht seiner Verfolger nur bestätigen. Wenn er, wie er mir gerade weismachen wollte, tatsächlich nichts mit der Sache zu tun hatte, warum sollte er dann zulassen, dass die Leute ihn für jemanden hielten, der er gar nicht war? Für den Banditen, der nach dem Mord an Mario Canu und der Erbeutung des Diebesgutes kurz vor seinem Tod Reue zeigte und jedem seinen Anteil aushändigte?

Er forschte in meinem Blick, und vielleicht erriet er sogar meine Gedanken, da er ganz unvermittelt erklärte: »Sie hätten besser nicht herkommen sollen.«

»Glauben Sie wirklich, dass man Sie dann in Frieden hätte sterben lassen?«

»Bevor Sie herkamen, um Sannas Sohn zu suchen, haben sie mich in Ruhe gelassen.« Mit einer Geste, die all seine Mutlosigkeit zum Ausdruck brachte, barg er das Gesicht in den Händen und schüttelte wieder den Kopf. »Aber was soll's … mittlerweile ist sowieso alles egal.«

»Wie meinen Sie das?«, drängte ich ihn, weiterzusprechen.

»Der Tod macht mir keine Angst. Es geht um sie. Ich tue das alles doch nur für Martine. Was, glauben Sie, würde passieren, wenn ich sterben würde und sie all meine Ländereien verwalten müsste?«

»Vincenzo ist ja auch noch da.«

»Der Junge hat jede Menge Mumm und Muskeln, aber keinen Grips. Sie würden Kleinholz aus den beiden machen. Im Handumdrehen.«

»Hat Aristarco Ihnen das eingeredet?«

»Das war nicht notwendig. Es ist offensichtlich.«

»Sind Sie sicher, dass Ihre Frau das alles interessiert?«

Er musterte mich misstrauisch und ein wenig gereizt. Fast als mimte ich den Anwalt des Teufels und wollte seine Pläne durchkreuzen. Seine Lippen waren zu einer leidenden Grimasse verzogen, und in seinen Mundwinkeln hatte sich etwas Speichel angesammelt. Jetzt erst bemerkte ich, dass ihm Schweißperlen auf der Stirn standen.

»Was wollen Sie damit sagen?«, fragte er.

»Ich hatte den Eindruck, dass Ihre Frau das ganze Geld nicht im Mindesten kümmert.«

»Martine hasst mich«, sagte er unvermittelt. Es klang wie ein Röcheln, in dem das ganze Grauen ihrer kleinen alltäglichen Hölle lag. »Deshalb wollte sie auch nie ein Kind von mir.«

»Mir hat sie gesagt, dass sie nicht wollte, dass ihr Körper aus der Form gerät.«

»Ihr Körper, klar. Auf den hat sie immer wahnsinnig aufgepasst. Aber nur, weil sie nicht mehr daran geglaubt hat, eine Seele zu besitzen.« Er schien sie gut zu kennen. Besser als irgendjemand sonst. »Das war allerdings nicht der Grund. Hat sie Ihnen je erzählt, wie wir uns kennengelernt haben?«

»Die Geschichte mit dem Korsen?«

»Hat sie Ihnen auch gesagt, wie ich sie dem Mann abgeluchst habe?«

»Sie erzählte mir, dass Sie ihn bedroht hätten.«

Sein Blick verschleierte sich, und das Blau seiner Augen wurde so trüb, dass es fast grau erschien. »Sie hat gelogen. Der Kerl war eine kleine Nummer, doch wenn ich ihm gedroht hätte, wären die Zuhälter der gesamten Côte d'Azur hinter mir her gewesen. Sie dulden keine Überläufer, denn jede durchgebrannte Hure dient den anderen Mädchen als Vorbild und untergräbt ihre Macht. Ich wollte Martine um jeden Preis, und um sie zu bekommen …« Er verstummte, und sein Schweigen roch nach Scham und Demütigung. Er war dabei, mir die Wahrheit anzuvertrauen, die alles erklären würde. Das, was zwanzig Jahre Hass genährt hatte. »Ich habe den Mann bezahlt.«

»Sie meinen …«

»Ich habe sie gekauft. Genau wie die Weinberge, die Ställe und das Land.«

»Und Ihre Frau wusste das?«

Meine Kehle und mein Mund fühlten sich trocken an. Ich kam mir vor wie der letzte Trottel, ein waschechter Vollidiot, der zwar flink mit der Faust war, aber nicht dazu in der Lage, seinen Verstand zu benutzen. Auch meine Frage war dumm, aber nun war sie ausgesprochen.

Ganci beantwortete sie dennoch. »Eine Frau weiß stets alles von ihrem Mann. Sie kann sich blind stellen, aus Berechnung oder um des lieben Friedens willen, trotzdem entgeht ihr nichts. Martine hat mir nie etwas vorgemacht. Sie hat es mir nie verziehen, dass ich sie wie eine Sklavin gekauft hatte. Und mit den Jahren steigerte sich ihr Hass immer mehr, bis sie mir irgendwann sogar ins Gesicht sagte, dass sie hoffe, mich würde jemand umbringen.«

»Sie umbringen?«

»Ich traue Aristarco nicht über den Weg. Und ich weiß nicht, was die Gebrüder Canu in Wirklichkeit von mir wollen.«

»Fürchten Sie etwa, dass auch Ihre Frau in die Sache verwickelt ist?«

»Daran will ich gar nicht denken.«

Einmal mehr kamen mir Virgilios Worte in den Sinn. *Diese Frau ist vom Hass zerfressen. Sie kann eine Sache ganz besonders gut: wehtun – und zwar sich selbst und anderen.* Doch das Ganci zu sagen, wäre gewesen, wie auf ein verwundetes Tier zu schießen. Ich versuchte, das Ganze herunterzuspielen.

»Aber war es denn nicht so«, warf ich ein, »dass Sie Ihre Frau dadurch von der Straße geholt haben? Sie haben das doch nur getan, um sie freizukaufen.«

Er sah mich an, als wäre ich ein geistig Minderbemittelter, der in Jubel ausgebrochen ist, weil er den Mond in einem Brunnen entdeckt hat.

»Ich glaube nicht, dass Martine das genauso sieht«, antwortete er mit einem sarkastischen Lächeln. »Huren sind es gewöhnt, ihren Körper zu verkaufen. Er ist ihre einzige Ware, und zumindest die weitsichtigen unter ihnen achten darauf, ihn so lange wie möglich in einem guten Zustand zu erhalten. Martine hat das tadellos hinbekommen, finden Sie nicht? Mit der Seele dagegen sieht es ein bisschen anders aus.«

»Ich habe schon Nutten in den Fängen internationaler Sexbanden kennengelernt, richtige Sklavinnen, deren Leben weniger wert war als eine kurze Nummer auf dem Rücksitz. Ich könnte Ihnen nicht mit Gewissheit sagen, ob diese Frauen ihren Körper verkauft haben oder ihre Seele.«

»Man merkt, dass Sie meine Frau noch nicht richtig kennengelernt haben. Das sind menschliche Wesen!

Sie müssen doch ihre Seele bewahren! Sonst werden sie früher oder später umgebracht oder bringen sich selbst um.«

»Das heißt, Sie haben die Seele Ihrer Frau gekauft?«

»Nein, aber ich glaube, dass sie es so sieht.«

»Was hätten Sie gemacht, wenn er Ihnen Martine nicht überlassen hätte?«

»Hat er aber. Ich habe sie jedenfalls hinters Licht geführt. Ich habe sie in dem Glauben gelassen, dass ich sie gewaltsam befreit hatte. Dabei habe ich sie gekauft, genau wie ihre Freier auf der Promenade des Anglais, nur eben für alle Zeiten.«

Kopfschüttelnd stand ich auf. »Ihre Frau ist ein Prachtexemplar der unfreiwilligen Komik. In einem Groschenroman würde sie als romantische Heldin, die ihr Leben auf dem Altar ihres Wahns opfert, eine großartige Figur abgeben. Aber Sie haben ein Vermögen angehäuft, auf welche Weise auch immer. Lassen Sie sich von Ihrer Frau nicht länger auf der Nase herumtanzen. Und vor allem, versuchen Sie, Ihre Haut zu retten, solange es noch geht!«

Ganci sah mich bestürzt, aber auch mit einer Spur Dankbarkeit an.

»Sie werden mir also helfen?«

»Ich werde Ihnen helfen, so lange wie möglich am Leben zu bleiben«, antwortete ich und ging ohne ein weiteres Wort davon.

Während ich über den Hof lief, ließ ich mir seine Worte noch einmal durch den Kopf gehen. *Eine Frau weiß stets alles von ihrem Mann. Sie kann sich blind stellen, aus Berechnung oder um des lieben Friedens willen, trotzdem entgeht ihr nichts.* Ich musste an Clara denken. An Mara. An all die Frauen, die ich hatte ziehen lassen und die ich hätte halten können, wenn sie nur so getan hätten, als merkten sie nichts. Auch sie hatten letztendlich keine Gnade walten lassen. Glücklicherweise begnügte sich die eine mit einer angemessenen Unterhaltszahlung und die anderen mit ein paar glücklichen Erinnerungen, die sie im Hinterhofgarten ihres Lebens kultivieren konnten. Keine von ihnen hatte je den unseligen Wunsch geäußert, mich tot zu sehen. Und keine hatte bisher ein Komplott zu meiner Beseitigung geschmiedet.

Der Geruch des Todes

Ich machte mich zu Fuß auf den Heimweg die Nuraghen-Straße hinunter. Die Haustür stand wie immer offen. Aglaja war nicht da. Beim Mittagessen hatte sie erklärt, dass sie am Nachmittag an den Strand gehen wolle, weshalb ich beschloss, mir ausnahmsweise keine Sorgen zu machen. Am nächsten Morgen würde sie ohnehin mit Virgilio, Laura und Angelica nach Cagliari fahren, dann war sie endgültig in Sicherheit. Aus der Schublade der Anrichte nahm ich meine Sonnenbrille und hinterließ auf dem Tisch einen Zettel, den ich wieder mit der bewährten Bierflasche fixierte: *Ich fahre nach Tertenia und bin bald zurück. Du kannst mich per Handy erreichen. Papa.*

Nachdem ich die dunkle Brille aufgesetzt hatte, stieg ich auf die Vespa und fuhr mit Vollgas los. Inzwischen war die Hitze noch stärker geworden, und unter der fürchterlich stechenden Sonne schien der Asphalt regelrecht zu glühen. Darüber hing wie eine dunstige Glocke der opalfarbene Himmel. Die Berge hatten in der flimmernden Schwüle all ihre Tiefe eingebüßt und wirkten wie leere, auf eine Kinoleinwand projizierte Umrisse.

Auf der Straße herrschte kein Verkehr. Oben auf dem Arco di Sarrala hielt ich kurz an. Der Meerblick, der sich mir von hier aus bot, gab mir ein Stück Gelassenheit zurück. In meinem chaotischen Leben zählte er zum Schönsten, was ich je gesehen hatte, und war etwas, das ich tief in meinem Herzen trug. Der Arco di Sarrala war ein Ort, an dem man neue Kräfte tanken und der Existenz wieder ein bisschen Sinn abgewinnen konnte, hier verging die Zeit so langsam, dass sie fast stehen zu bleiben schien, kleine, scheinbar unbedeutende Dinge zogen wieder meine Aufmerksamkeit auf sich und traten so aus dem Limbus heraus, in den ein rastloser, sinnentleerter Alltag sie verbannt hatte. Das Zirpen einer Grille oder Zikade. Der Gesang einer Nachtigall. Der hohe Flug eines Falken. Das Leben reduzierte sich hier wieder auf das Wesentliche: essen, trinken, ein gutes Buch. Mehr oder weniger so, wie es damals im Gefängnis gewesen war, nur dass ich allein entscheiden konnte, wann ich was machte. Und dazu wurde ich noch jeden Morgen vom Meer geweckt. Es rief mich, indem es sanft an den Sandstrand schwappte, und lockte mich mit dem Versprechen eines Bades, warm und weich wie eine mütterliche Umarmung.

Im Dorf, das völlig leer und verlassen dalag, war keine Menschenseele zu sehen, nicht einmal vor den zahlreichen Bars, die sich auf der Hauptstraße aneinanderreihten. Virgilio hatte mir erklärt, dass Aristarco kein eigenes Büro besitze. Er brauche keines. Für gewöhnlich halte er sich in einer der Bars im Zentrum des Ortes auf, inmitten von Rentnern, Bauern und Hirten, und wickle dort auch seine Geschäfte ab. Als ich am Straßenrand den alten Ford Escort stehen sah, fuhr ich rechts ran und parkte die Vespa.

Die Bar war so gut wie leer. Nur vier alte Männer, jeder eine *coppola* auf dem Kopf, spielten schweigend *scopone*. Am Tresen stand ein dünner, ganz in Schwarz gekleideter junger Mann, wahrscheinlich ein Hirte. Er trank Bier und verfolgte leicht zerstreut eine Klatschsendung im Fernsehen.

Aristarco saß im hinteren Teil des Lokals und war ganz in das Studium einiger großer Papierbögen vertieft. Vor ihm auf dem Tisch befanden sich außerdem noch ein Bierglas und eine alte Ledermappe voller Schreibutensilien. Zielstrebig ging ich auf ihn zu. Er bemerkte mich erst, als ich direkt vor ihm stand.

Mit leicht verärgertem Gesichtsausdruck sah er auf.

»Was tun Sie denn hier?«

»Ich muss mit Ihnen reden.«

»Nehmen Sie Platz«, erwiderte er unwirsch und deutete auf einen leeren Stuhl auf der anderen Seite des Tisches. Im Gegensatz zu Madame Ganci schien Aristarco meine Worte vom Abend zuvor ganz und gar nicht verdaut zu haben. Er nahm die Brille ab und ließ sie in der Brusttasche seines Hemdes verschwinden.

Ich bestellte eine Flasche Ichnusa und setzte mich. Mein Gegenüber ließ sich nicht einmal dazu herab, die Papiere und die Ledermappe etwas zur Seite zu schieben.

»Ich habe mit Otello Ganci gesprochen«, begann ich.

»Na, das ist ja mal ganz was Neues«, gab er sarkastisch zurück.

»Glauben Sie etwa immer noch, dass ich für ihn arbeite? Ich dachte, Martine Ganci hätte Sie inzwischen aufgeklärt. Ihr zu vertrauen, sind Sie ja wohl verpflichtet. So ist es doch, oder?«

»In meinem Beruf habe ich gelernt, dass man niemandem trauen darf.«

»Da scheinen Sie aber einen ziemlich miesen Beruf zu haben. Fast noch schlimmer als meiner. Ich vertraue wenigstens hin und wieder mal jemandem.«

»Kommen Sie zur Sache.«

Sein eisiger Ton stand in krassem Gegensatz zu der schwülen Luft in der Bar, die nach kaltem Tabak stank. Zwar hielten Besitzer und Gäste sich an das Rauchverbot, doch der Geruch nach Zigarren und Zigaretten, die hier über Jahre hinweg geraucht worden waren, hatte sich für immer in den Polstern und Wänden festgesetzt. Der Wirt, ein kleiner, untersetzter Mann mittleren Alters mit dunklem Teint und ungepflegtem Bart, servierte mir die Bierflasche mit einem Glas und hatte seine Mühe, alles auf dem überfüllten Tisch unterzubringen.

Ich nahm einen tiefen Schluck von dem eiskalten

Bier, das stark schäumte und ein unglaubliches Wohlgefühl in mir auslöste, als es mir die Kehle hinunterlief, aber auch große Lust, dem guten Signor Aristarco ein paar Probleme zu bereiten.

»Mein Auftraggeber will Ihre Kontakte nutzen.«

»Wer?«, fragte er vollkommen überrascht.

»Sie wissen genau, für wen ich arbeite.«

»Im Dorf wissen alle, wer Gabriele Sanna ist. Und auch, was er getan hat.«

»Sie werden doch jetzt nicht den Moralapostel spielen.«

»Die Menschen hier mögen keine Banditen.«

»Dann würden Sie gut daran tun, die Finger von dieser Angelegenheit zu lassen. Aber wir beide wissen ja nur zu gut, dass Sie keine Skrupel haben und das niemals tun werden. Nicht wahr?«

»Sind Sie hergekommen, um mich schon wieder zu beleidigen?«

»Ich bin hergekommen, weil mein Kunde ein Anwesen kaufen will und der Meinung ist, dass Sie ihm helfen können.«

»Ihr neuer Freund ist doch gerade dabei, alles zu veräußern. Warum fragen Sie nicht ihn?«

»Weil Sanna sich nicht für die Ländereien von Ganci interessiert. Er will ein Landgut der Familie Canu erwerben.«

Aristarcos angeborenes Misstrauen verwandelte sich jetzt in offene Feindseligkeit. Resolut packte er die Papiere in die Ledermappe, ganz offensichtlich in der Absicht, mich in dieser Bar mit meinem Bier sitzen zu lassen.

»Sie vergeuden nur Ihre Zeit. Wenn Sie Spielchen treiben wollen, müssen Sie schon woanders hingehen.«

»Das sind keine Spielchen. Ich meine es ernst.«

»Die Canus haben alles, was sie hatten, über die Jahre verkauft, um ihren armen Jungen wiederzufinden.«

»*Dieser arme Junge* war ein Bandit. Ein Bankräuber. Genau wie mein Kunde.«

»Passen Sie auf, was Sie sagen. Solche Unterstellungen beschädigen das Ansehen einer anständigen Familie, und wenn jemand das hört, könnte es Sie in gewaltige Schwierigkeiten bringen.«

»Wollen Sie mir drohen?«

»Ich bedrohe niemanden. Meine Arbeit besteht darin, Verkäufer und Käufer zusammenzubringen. Und meine Klienten kaufen ...«

»Ohne einen Cent in der Tasche zu haben?«

»Da müssen Sie schon Ihren Freund fragen. Er ist es schließlich, der verkauft.«

»Ich frage aber Sie. Was genau verkauft Ganci den Canu-Brüdern?«

Ich war ziemlich laut geworden. Unsere Diskussion hatte bereits die Aufmerksamkeit der anderen Gäste erregt, einschließlich des Wirts, der dem jungen Hirten gerade ein weiteres Bier hinstellte.

»Lassen Sie endlich die Hosen runter, Aristarco! Was verhandeln Sie *wirklich*?«

Er kam sichtlich ins Schleudern. Ihn herunterzuputzen hatte den gleichen Effekt, als hätte ich eine Pistole auf ihn gerichtet. Er musste seinen Ruf verteidigen. Jetzt war er dazu verdammt, meine Fragen zu beantworten – in der Hoffnung, dass unser Gespräch dann wieder eine normale Lautstärke annehmen würde, die eine gewisse Diskretion ermöglichte. Daher schlug er nun einen betont kühlen, professionellen Ton an.

»Ein großes Ding«, versuchte er es, halb flüsternd. »Es hat vielen potenziellen Käufern Appetit gemacht, da sie ein Riesengeschäft wittern ...«

»Nein, mein Freund«, unterbrach ich ihn. »Dahinter steckt Rache. Und das Einzige, das man da wittert, ist der Geruch des Todes.«

Wenn ich ihm einen Faustschlag versetzt hätte, wäre die Wirkung vermutlich weitaus geringer gewesen. Sein Mondgesicht verzog sich zu einer entsetzten Grimasse, und er wurde knallrot.

»Der Tod hat keinen ... Geruch«, stammelte er schließlich.

»Dann gehen Sie mal in Gancis Villa, dann wissen Sie, was ich meine. Da hängt ein Modergeruch in der Luft, der alles durchdringt. Ich wette, den hat auch das Geld schon angenommen.«

»Welches Geld?«

»Gleich platzt mir der Kragen. Sagen Sie schon: Was bekommt Ganci für seine Ländereien?«

Er stellte sich begriffsstutzig. »Was er bekommt?«

»Vielleicht ein paar Tage Lebenszeit?«

»Ich habe keine Ahnung, wovon Sie sprechen.«

»Nein, Aristarco, ich bin es, der hier nichts versteht.«

»Meine Arbeit besteht einzig und allein darin, Grundstücksverkäufe abzuwickeln.«

»Jetzt erzählen Sie mir keine Märchen! Sie wissen genauso gut wie ich, dass es sich bei dieser Transaktion weder um Immobilien noch um Vieh oder Grund und Boden handelt.«

»Ach nein? Worum geht es denn dann?«

»Um Leben und Tod.«

»Sie sind ein Opfer Ihrer kranken Fantasie. Soll ich Ihnen den Vertrag zeigen, mit dem Ganci der Mutter der beiden Canu-Brüder seine beiden Ländereien überschrieben hat?«

»Und? Haben Sie Ihre vier Prozent Provision schon kassiert?«

»Zwei Komma fünf. Wir haben hier viel niedrigere Prozentsätze als auf dem Festland.«

»Zwei Komma fünf von Ganci und sicher noch mal so viel von den Canus. Das macht insgesamt fünf Prozent. Von einer Million Euro. Das ist eine respektable Summe.«

»Habe ich mich vielleicht beschwert?«

»Dabei ist das alles doch bloß Show. Der Alte hat nichts zu verschenken, schon gar nicht an diese Leute.«

»Er ist der reichste Mann ...«

»Ihre Kunden interessiert Gancis Reichtum doch gar nicht. Ich frage Sie noch einmal: Was bekommt Ganci dafür?«

»Ich kann Ihnen nicht folgen.«

»Elender Mistkerl!«, zischte ich durch die Zähne. »Wenn er Ihnen eine Provision bezahlt, dann erwartet er wohl auch eine Gegenleistung von Ihnen. Ich will nur wissen, ob Sie wirklich was dafür tun oder ob das Ganze ein Bluff ist.«

»Sie verschwenden Ihre Zeit. Ich weiß nicht, wovon Sie sprechen.« Jetzt wagte er sich etwas aus seiner Deckung hervor und wandte sich mit einer Vertraulichkeit an mich, die fast schon an Hohn grenzte. »Mal angenommen, Sie hätten recht, dann erklären Sie mir bitte eins: Wenn Sie für diesen Mann nicht arbeiten, wieso liegt Ihnen dann sein Schicksal so sehr am Herzen?«

»Weil ich mich verantwortlich fühle.«

»Weil Sie sich verantwortlich fühlen? Für Ganci?«

Ich antwortete ihm nicht, sondern stand auf. Mein Glas war noch halb voll, aber die warme Brühe konnte sowieso keiner mehr trinken. Ich nahm die Sonnenbrille vom Tisch, ging zum Tresen, bezahlte mein Bier und seines gleich mit, und ging dann noch einmal zurück zum Tisch. Als ich vor ihm stand, beugte ich mich zu ihm hinunter.

»Gehen Sie eigentlich gern auf die Jagd, Aristarco?

»Als junger Mann ja«, antwortete er, bass erstaunt über meinen Themenwechsel. »Auf Wildschweinjagd.«

»Ah ja. Das hätte ich schwören können.«

»Wieso?« Er kniff die wasserblauen Augen zu einem schmalen Spalt zusammen.

»Weil es Ihre Spezialität ist, das Wild aufzustöbern. Aber dieses Mal haben Sie den Falschen in die Enge getrieben. Ganci ist nicht Ihr Mann.«

»Das sagen Sie. Der Alte ist eine Goldgrube.«

»Sie haben sich von der Französin blenden lassen; diese Frau will ihren Mann um jeden Preis tot sehen. Sagen Sie es Ihren Kunden, bevor es zu spät ist.«

»Was soll ich ihnen sagen?!«

»Dass Ganci bei dem Überfall auf den Geldtransporter nicht dabei war.«

»Woher wollen Sie das wissen?«

Ohne ein weiteres Wort machte ich auf dem Absatz kehrt. An der Tür drehte ich mich noch einmal um.

»Das hat mir jemand erzählt, der auf jeden Fall dabei war«, rief ich quer durch die ganze Bar. »Und er hat sich dabei gehörig die Finger verbrannt.«

Draußen auf der Straße herrschte eine so brütende Hitze, dass ich nach Luft schnappen musste. Ich lief zu meiner Vespa, in deren Gepäckfach ich meine Pfeife und den Tabak gelassen hatte. Während ich die nagelneue Brebbia stopfte, die ich mir selbst zu Weihnachten geschenkt hatte, ging ich noch einmal zurück in die Bar und spähte durchs Fenster. Nur um zu sehen, ob meine Behauptung etwas bewirkt hatte. Und tatsächlich: Das Handy am Ohr redete Aristarco hektisch auf irgendjemanden ein. Ich konnte ja leider nicht hören, was gesprochen wurde, aber ich hatte nicht den Eindruck, dass er den Köder geschluckt hatte. Er schien mir nicht der Typ dafür zu sein. Außerdem hatte er es mir unmissverständlich gesagt: Ganci war für ihn eine Goldgrube. Auch wenn der Alte nicht der gesuchte Bankräuber war, blieb er für ihn doch eine gut genährte Milchkuh, die es bis auf den letzten Tropfen zu melken galt.

Eigentlich war das wirklich nicht die Zeit für ein gemütliches Pfeifchen, weshalb ich Tabak und Pfeife zurück ins Gepäckfach legte, den Helm aufsetzte und auf meine 200 PX stieg. Aristarcos Verhalten hatte mich davon überzeugt, dass ich kurz vor der Lösung des Falls war. Ich wusste nicht, ob er mit seinem Telefonat die Ereignisse aufhalten oder vorantreiben wollte, aber in jedem Fall würde ich nicht untätig bleiben.

An der Abzweigung nach Sarrala bog ich wieder auf die steile Küstenstraße ab, die hinauf zum Arco di Sarrala führte. Ich fuhr mit Vollgas und schnitt die Kurven, wann immer es ging, wobei meine schon etwas platten Reifen auf dem glühenden Asphalt immer wieder ins Rutschen gerieten. So hatte ich den Pass ziemlich schnell erreicht; als ich jedoch auf der abfallenden Straße hinunterraste, schlugen mir auf einmal dicke Rauchschwaden entgegen, sodass ich die Geschwindigkeit drosseln musste, weil ich fast nichts mehr sah. Auf der mit Sträuchern bewachsenen Böschung oberhalb der Straße schwelte ein Feuer, das gerade erst ausgebrochen sein musste. Die Flammen schlugen schon hoch, hatten sich aber noch nicht weit ausgebreitet. Mitten auf der Straße standen ein alter Transporter und ein weißer Fiat Uno quer auf der Fahrbahn und behinderten den Verkehr in beiden Richtungen, sodass ich mit der Vespa nicht durchkam. Zwei wie Schafhirten gekleidete Männer mittleren Alters mit grau melierten Schnurr- und Backenbärten hatten am Berghang ein paar Lentiskenzweige abgerissen und versuchten, damit die Flammen auszuschlagen. Einer der beiden war dick und stämmig, der andere hager und gut einen Meter achtzig groß. Sie fluchten auf Sardisch. Ich hielt etwa zehn Meter vor dem Transporter. Ohne den Helm abzunehmen, stieg ich ab, ließ den Motor der Vespa aber laufen.

»Kommen Sie, wir brauchen jede Hand!«, schrie mir der Dicke zu.

»Das war sicher wieder so ein Vollidiot, der seine Zigarettenkippe aus dem Auto geworfen hat«, rief der andere.

»Das schaffen Sie allein«, rief ich. »Hören Sie, könnten Sie kurz den Transporter zur Seite fahren? Ich muss ganz dringend nach Sarrala. Es geht dabei um Leben und Tod!«

»Je eher wir das Feuer gelöscht haben, desto eher kommen wir hier alle weg«, antwortete der andere nur trocken.

Da nahm ich auf einmal neben dem stechenden Rauch noch einen anderen unverwechselbaren Geruch wahr. Für einen kurzen Augenblick wehte er aus der brennenden Böschung zu mir herüber. Kein Zweifel – das war Benzin. Das Fahrzeug auf der Straße war aber zweifellos ein Diesel. Ich runzelte die Stirn und ging auf den Transporter zu.

Kaum bemerkten die beiden es, sprangen sie herunter auf die Straße.

»He, mein Freund«, brüllte der Dicke, »so geht das nicht!«

»So was Verantwortungsloses. Hier brennt die Macchia, und Sie kümmern sich einen feuchten Kehricht darum!«, fluchte der andere.

Ich war nicht stehen geblieben, sodass ich nun einen Blick in das Führerhaus des Transporters werfen konnte. Und wie ich's mir gedacht hatte: Auf der Beifahrerseite lag am Boden ein leerer Kanister, und aus dem Seitenfenster schlug mir Benzingeruch entgegen. Auf einmal spürte ich den Druck einer Hand auf der rechten Schulter.

»Hat Ihnen keiner beigebracht …«

Ich ließ ihn nicht ausreden. Ich ballte die Fäuste, spannte Bein- und Beckenmuskeln an, vollführte eine blitzschnelle Drehung mit dem Oberkörper und hieb ihm wie mit einem Vorschlaghammer eine rein. Es war der kleine Dicke, den ich an der linken Schläfe traf. Er prallte mit dem Kopf heftig gegen den Laderaum des Transporters und geriet ins Taumeln wie ein Betrunkener.

Ohne mich weiter darum zu scheren, riss ich die Wagentür auf und setzte schon einen Fuß auf das Trittbrett, um auf den Fahrersitz zu klettern, als ich von hinten am Poloshirt gepackt wurde. Ich drehte mich um – und sah gerade noch rechtzeitig, wie der Dünne mit seinen knochigen Pranken ausholte. Zum Glück war er langsam, sodass ich mich wegducken konnte und seine Gerade meinen Kiefer nur streifte. Reflexartig ließ ich meine Faust vorschnellen, die genau auf seiner Nase landete. Er schwankte kurz und fiel dann nach hinten, während ihm das Blut schon in Strömen über Mund und Kinn lief.

Schnell kletterte ich auf den Fahrersitz des Transporters. Ich musste nur auf die Kupplung treten und die Handbremse lösen, schon rollte er ein paar Meter zur Seite und ließ genügend Platz frei für meine Vespa. Ich zog die Handbremse wieder an, doch als ich aussteigen wollte, sah ich, dass der Dicke auf einmal von irgendwoher einen kurzen, dicken Stock besorgt hatte, mit dem er nun erneut auf mich losgehen wollte. Kurz wartete ich, bis er nahe genug war, dann stieß ich mit einem Ruck die Fahrertür auf, sodass er voll dagegenrannte. Sein Reaktionsvermögen war jedoch deutlich besser ausgeprägt als das seines hageren Kameraden, denn irgendwie konnte er sich im Fallen mit den Armen abstützen, weshalb er keine allzu großen Blessuren davontrug. Ich sprang aus dem Führerhaus und wollte zurück zu meiner Vespa rennen, da hatte er sich schon wieder aufgerappelt und schwenkte bedrohlich den Knüppel.

Unterdessen hatte sich der Brand ungestört weiter ausgebreitet, und der weiße Rauch um uns herum wurde dichter und dichter. Ich hatte keine Wahl. Wenn ich so schnell wie möglich in Foxi Manna sein wollte, musste ich mich auf einen Kampf einlassen. Den Stock in der Hand stand der Dicke vor meiner Vespa, breitbeinig, den Arm auf halber Höhe, bereit, zuzuschlagen. An ihm vorbeidrücken konnte ich mich nicht, dazu war die Straße zu schmal. Ich musste also aufs Ganze gehen und den Angriff so gut wie möglich abwehren. Schnell überlegte ich, wie ich dem Hieb am besten ausweichen konnte, und bereitete mich schon mental auf den Schmerz vor, wenn gleich der Knüppel auf mich niedersausen würde, als mich ein harter Schlag in den Rücken niederstreckte. Es war, als würde ich von einem fahrenden Zug überrollt, und mir wurde kurz schwarz vor Augen.

Ich fand mich bäuchlings auf dem Asphalt wieder, mein Rücken schmerzte höllisch und fühlte sich an wie eine breiige Masse. Offensichtlich war sein hagerer Kumpel, dem ich die Nase gebrochen hatte, wieder auf die Beine gekommen und hatte mich mit einer Eisenstange oder etwas Ähnlichem niedergestreckt, anders konnte ich es mir nicht erklären. Ich wollte mich umdrehen, da knallte auch schon der Knüppel mit einem dumpfen Schlag auf mein Schulterblatt. Ich hörte ein knirschendes Geräusch, das nichts Gutes verhieß, und mit einem Mal blieb mir die Luft weg. Ich rang nach Atem, und meine Augen brannten höllisch von dem vielen Rauch ringsum.

Zu meinem Glück schien die Tatsache, mich so geschunden auf der Straße liegen zu sehen, den beiden genügend Mitleid einzuflößen, um erst mal von mir abzulassen. Das erlaubte mir immerhin, mich vor Schmerz stöhnend auf die Seite zu drehen und mir einen Überblick über die Lage zu verschaffen. So sah ich, womit der Dünne, dessen Nase noch immer blutete, mir diesen höllischen Schlag versetzt und mich zu Fall gebracht hatte: In der Hand hielt er eine große Schaufel, die er vermutlich von der Ladefläche des Transporters geholt hatte.

Ich wollte mich aufrichten, doch nun hob der Dicke erneut den Knüppel, um ihn mir über den Kopf zu ziehen. Jetzt war eindeutig Schluss mit lustig. Ich spannte die Muskeln an, wehrte den Hieb mit dem Arm ab, so gut ich konnte, und trat meinem Angreifer dann mit voller Wucht gegen das Schienbein, worauf er umkippte wie ein Kegel und ich mich auf ihn rollte, um ihm den Stock zu entreißen. Die abrupte Bewegung kam mich allerdings teuer zu stehen: Ein heftiger Stich fuhr mir in den Rücken, weshalb ich vor Schmerz aufheulte. Zu allem Übel presste er den Stock so fest an sich, als wäre er sein leibliches Kind.

Das Gerangel dauerte gerade mal wenige Sekunden, was dem Dünnen dennoch ausreichend Zeit ließ, mir einen gewaltigen Tritt in die Seite zu verpassen. Spätestens da war ich mir sicher, dass ich am Ende war. Wenn ich in eine heftige Prügelei geriet, lief es immer gleich ab. Es gab immer eine Schmerzgrenze, jenseits welcher der Körper sich selbst betäubte. Dann wurde ich zuerst zu einer Art Highlander, doch irgendwann resignierte ich völlig und fügte mich in mein Schicksal, indem ich bewusstlos wurde.

Zum Glück war es noch nicht so weit. Wie eine Furie sprang ich blitzschnell auf, packte mit beiden Händen den Stiel der Schaufel und zog. Darauf war er nicht vorbereitet gewesen, weshalb er sie völlig perplex losließ. Ich tänzelte einen Schritt zurück, holte kurz aus, schlug ihm das Schaufelblatt ins Gesicht, sodass er vor Schmerz aufschrie, drehte mich dann in Windeseile um – und sah gerade noch, wie der Knüppel des Dicken auf meinen Kopf niedersauste. Der Helm war meine Rettung. Einen zweiten Schlag konnte ich mit der Schaufel abwehren und mich zum Glück auch auf den Beinen halten, doch dann versetzte mir der Dicke, der wendiger war, als ich dachte, mit seinen schweren Bergschuhen einen gezielten Tritt mitten ins Gesicht, sodass meine Lippen aufplatzten und sich mein Mund augenblicklich mit Blut füllte; er musste vorher noch durch einen Stall gelaufen sein, denn meine Zunge und meine Nase nahmen das unverwechselbare Aroma von Ziegenmist wahr.

Der Tritt war von ungeheurer Wucht gewesen, trotzdem rappelte ich mich noch einmal auf. Jetzt hatte meine Kampfeswut ein Stadium erreicht, in dem ich noch eine letzte Chance hatte. Als der Dicke sich anschickte, erneut mit dem Knüppel zuzuschlagen, konnte ich ihn mit dem Schaufelstiel abwehren, den ich ihm dann gleich noch in den Magen rammte, woraufhin er in die Knie ging, als wollte er beten.

Der Dünne hielt wohlweislich fünf, sechs Meter Abstand von meiner Schaufel. Vielleicht hatten ihn die Schläge, die er eingesteckt hatte, vorsichtig gemacht. Sein Hemd und seine Hose waren blutbefleckt, seine gebrochene Nase musste höllisch schmerzen, und auf seiner Stirn prangte ein großer rötlicher Bluterguss. Meine Vespa stand jetzt direkt hinter mir, noch immer mit laufendem Motor. Die Schaufel angriffsbereit, ging ich ganz langsam rückwärts darauf zu, während ich die beiden im Auge behielt.

Inzwischen hatte sich das Feuer immer weiter ausgebreitet, und der Rauch hing dick über der Straße, sodass man kaum noch etwas sehen konnte. Meine Angreifer versuchten, sich weiter gefährlich zu geben, der Dicke hatte sich erhoben, aber irgendwie schienen sie selbst nicht mehr davon überzeugt zu sein, den Kampf gewinnen zu können. So verharrten wir alle drei lauernd. Plötzlich hörten wir ein Auto näher kommen, der Wagen hielt und zwei Türen wurden kräftig zugeschlagen.

Es waren zwei Männer um die fünfzig. Aufgrund des dichten Rauchschleiers konnten sie nicht sehen, was sich zwischen uns drei schemenhaften Gestalten abspielte.

»He, was macht ihr da? Seht ihr nicht, dass hier alles brennt?«, schrien sie uns auf Sardisch zu.

»Schnell, reißt Zweige von den Büschen. Wir müssen den Brand löschen!«

Während wir hörten, wie der eine fluchend ein paar

Zweige von den Büschen brach, um damit die Flammen auszuschlagen, rief der andere mit seinem Handy wohl die Feuerwehr. Da wir uns immer noch nicht bewegten, machte der Erste schließlich ein paar Schritte auf uns zu und erkannte endlich den Dickwanst.

»Ach, du bist es, Zi' Salvatore.«

»Wer?«, rief der andere, der neben dem Auto stehen geblieben war und die ganze Zeit in sein Handy geschrien hatte.

»Salvatore Canu«, rief ihm sein Begleiter zu, worauf ich die Unaufmerksamkeit der vier nutzte, zu meiner Vespa lief, mich auf die Sitzbank schwang und den Gang einlegte.

»He!«, konnte der Mann mit dem Handy nur noch brüllen, da war ich auch schon an ihm vorbei und brauste davon.

In wenigen Sekunden hatte ich sie hinter mir gelassen und raste in Richtung Foxi Manna davon.

Rücken, Gesicht und Arme taten mir höllisch weh, und die Augen brannten, als steckten Tausende Nadeln darin. Der ätzende Rauchgeruch hatte sich in meinen Lungen festgesetzt und mischte sich mit dem Ziegenmist und dem süßlichen Geschmack des Blutes auf meiner Zunge, und ich spürte, wie mir der Schweiß hinunterrann. Sicher stank ich wie ein Ziegenbock. Aber das war noch gar nichts. Viel mehr machte mir ein ganz anderer Geruch zu schaffen. Ich hatte ihn vom allerersten Nachmittag auf der Insel an wahrgenommen. Er hatte mich bis in Gancis Villa verfolgt und war mir auch in der Bar von Tertenia begegnet, wo ich Aristarco getroffen hatte. Wie schleichendes Gift oder eine Droge hatte er sich in meine Poren gesetzt, hielt mich in ständiger Alarmbereitschaft und verstärkte in mir das Gefühl, dringend handeln zu müssen, während die Angst immer größer wurde, nicht rechtzeitig am Ort des Geschehens zu sein. Etliche Male hatte ich ihn auch vorher schon in der Nase gehabt, und ich wusste nur zu gut, was das war.

Es war der Geruch des Todes.

»Dieses kleine Miststück von Tochter …«

Die Vespa brachte mich in Windeseile zu der Abzweigung nach Melisenda und Barisoni. Ich passierte die ersten Häuser von Foxi Manna, raste an dem kleinen Fußballplatz und am Supermarkt vorbei, ließ die Pizzeria und die sich über den Berghang erstreckenden Weinberge hinter mir, um nach dem Eingangstor des Loi-Anwesens nach links abzubiegen und auf der Nuraghen-Straße weiterzufahren. Auf der Fahrt ließ ich noch einmal die jüngsten Ereignisse Revue passieren. Von der Begegnung der Französin mit Aristarco bis hin zu dem Brand, den die Canu-Brüder gelegt hatten. Aristarco musste sie mit seinem Anruf vorgewarnt haben. Darüber hinaus ließen die verdächtige Freundlichkeit von Martine Ganci am Nachmittag und ihre eilfertigen Beschwichtigungsversuche nach meinem Zusammenprall mit Vincenzo in mir den Verdacht aufkeimen, dass diese Frau einen konkreten Plan verfolgte, der keine Abweichungen zuließ.

Als ich die weißen Säulen der Einfahrt zur Villa passierte, beschlich mich noch deutlicher als das erste Mal das Gefühl, als käme ich auf einen Friedhof. Der Hof lag leer und verlassen da.

Die Schwüle hatte weiter zugenommen und hüllte das Haus in einen feinen Dunst, wie in einen Schleier des Vergessens, und irgendwie wurde ich das Gefühl nicht los, dass sich hier inzwischen etwas abgespielt hatte, was nicht mehr rückgängig zu machen war. Als ich von der Vespa abstieg, durchzuckte mich vom Schulterblatt ausgehend ein fürchterlicher Schmerz. Meine Lippe war geschwollen, und vielleicht würde mir auch noch der eine oder andere Zahn ausfallen. Mit meinen rauchgeschwärzten, von Blut und Erde verklebten Fingern tastete ich sie vorsichtig ab, doch zum Glück schien keiner zu wackeln. Auch der Arm, mit dem ich den Stockhieb abgewehrt hatte, tat höllisch weh, schien aber wider Erwarten noch heil zu sein.

Auch dieses Mal fesselte mich der Blick auf die Bucht. Eingerahmt von der Marinebasis und vom Abba Urci lag das Meer still vor mir, nur leicht vom Scirocco gekräuselt, und wirkte auf mich wie ein Bühnenbild, bei dem nach dem letzten Akt der Vorhang fällt. Mir wurde bewusst, dass auch ich ihm so etwas wie einen letzten Gruß entbot, schließlich wusste ich nicht, ob ich jemals wieder nach Sarrala zurückkehren würde, auch wenn das zärtliche Gefühl, das mich mit Virgilio, Angelica und Laura verband, sehr tief war. Doch nach den jüngsten Ereignissen würde nichts mehr wie früher sein.

Langsam ging ich auf die Veranda zu, der Kies knirschte unter meinen Füßen.

»Signor Ganci? Sind Sie zu Hause?«, rief ich so laut ich konnte.

Meine Stimme prallte auf eine Mauer aus Schweigen. Die Terrassentür, die zum Wohnzimmer führte, war verschlossen. Die späte Nachmittagssonne, die sich in den Scheiben spiegelte, erlaubte keinen Blick nach drinnen. Aus der Hosentasche zog ich ein Papiertaschentuch und umwickelte meine Hand damit, um keine Spuren zu hinterlassen. Als ich die Klinke niederdrückte, sprang die Tür auf, und sofort schlug mir wieder dieser erdrückende Geruch nach Desinfektionsmitteln und Medikamenten entgegen.

Ich nahm die Sonnenbrille ab. Und da sah ich ihn. Otello Ganci. Er saß genau dort, wo ich ihn zum ersten Mal gesehen hatte. Die Decke war auf den Boden gerutscht, und sein Körper saß zusammengesunken in dem großen Ledersessel. Die Arme hingen über die Armlehnen, sein Kopf war nach vorn gefallen, das Kinn ruhte auf der Brust. Der Morgenrock, die Hausjacke, die Pyjamahose, die Pantoffeln waren blutdurchtränkt. Am Hals hatte er eine tiefe Wunde von dem Messer, mit dem man ihm die Kehle durchgeschnitten hatte. Aus dem halb geöffneten Mund schien ein dünnes Rinnsal aus Speichel und Blut zu fließen, das jedoch schon geronnen war. Seine Augen waren geschlossen. Ich fragte mich, ob der Mörder sie ihm in einer letzten Anwandlung von Mitgefühl zugedrückt oder ob er sie im Herannahen des Todes selbst geschlossen hatte.

Wie es aussah, hatte er keinen Widerstand geleistet. Hatte der Mörder sich ihm von hinten genähert, während er schlief? Das würde ich wohl nie erfahren, ebenso wenig wie all die anderen Geheimnisse, die niemand je ergründen würde. Ehrlich gesagt glaubte ich auch nicht, dass die Justiz, auf die mein Freund Pertusiello nach wie vor blind vertraute, es jemals schaffen würde, den Fall vollständig aufzuklären.

Ich ging wieder ins Freie. Meine Schmerzen hatten zugenommen, doch ich biss die Zähne zusammen, stieg auf die Vespa und machte mich auf den Rückweg.

Als ich auf Virgilios Hof fuhr, bremste ich abrupt ab. Vor dem Haus stand ein Jeep der Carabinieri. Da niemand im Wagen saß, nahm ich an, dass die Polizisten gerade eine Erkundungstour über das Gelände machten. So schnell ich konnte lief ich ins Haus und brüllte Aglajas Namen, doch meine Tochter antwortete nicht. Das Haus war leer. Panik machte sich in mir breit, und ich verfluchte die Tatsache, dass die vier noch nicht nach Cagliari aufgebrochen waren. Ich griff nach dem Handy und wählte ihre Nummer. Ihr Telefon war ausgeschaltet. Dann versuchte ich mir einzureden, dass kein Grund zur Sorge bestünde, da das Verbrechen längst geschehen war und ich nichts unternommen hatte, um es zu verhindern. Warum also sollte sich jemand an meiner Tochter vergreifen?

Ich ging wieder hinaus und hastete über den Pfad durch die Weinberge hinunter zum Meer, während ich mir inständig wünschte, ja sogar betete, dass Clara wirklich so unsagbar blöd gewesen war und mir die Carabinieri auf den Hals gehetzt hatte. Nachdem ich die Düne und die Lentisken-Sträucher hinter mir gelassen hatte, arbeitete ich mich noch ein paar Meter durch den Sand, bis ich den ganzen Strand überblicken konnte. Vereinzelte Badegäste, ein paar noch geöffnete Sonnenschirme und eine Handvoll junge Leute, die im Meer schwammen – aber von Aglaja keine Spur. Dafür entdeckte ich zwei Carabinieri, die gerade von der Holzveranda der Bar herunterkamen, die Patronentaschen schräg über der Brust. Die beiden hatten mich ebenfalls entdeckt und sahen mich so durchdringend an, dass kein Zweifel daran bestand, dass sie genau mich suchten.

Auf der Sanddüne waren die ersten Meerlilien erblüht. Die beiden Carabinieri standen mir inzwischen direkt gegenüber. Der eine war extrem jung und von besorgniserregender Magerkeit, trug einen Kinnbart und hielt sich ein paar Schritte hinter dem anderen. Der ältere musste zwischen vierzig und fünfzig Jahre alt sein und hatte einen kräftigen Körperbau, sicher trug das beschauliche Leben in der Provinz nicht gerade dazu bei, ihn in Form zu halten.

»Guten Tag«, sprach er mich an und salutierte mit der Hand an die Schläfe. »Signor Giovanni Battista Pagano?«

»Ja, der bin ich«, antwortete ich. »Ist meiner Tochter etwas zugestoßen?«

»Das wollen wir mal nicht hoffen«, meinte er in beruhigendem Ton. »Ich bin Maresciallo Giraudo von der Polizeiwache in Tertenia.«

Da entspannte ich mich ein wenig und drückte ihm kräftig die Hand, als ob das die einzige Möglichkeit wäre, ihm meine Erleichterung zu bezeugen. »Angenehm«, sagte ich.

Dann gab ich auch dem jüngeren, der mir als Carabiniere Zonin vorgestellt wurde und einen starken piemontesischen Akzent hatte, die Hand.

»Was haben Sie denn angestellt?«, fragte mich der Maresciallo. »Ihre Lippe ist ja ganz geschwollen …«

»Das ist eine lange Geschichte«, erwiderte ich ausweichend, in der Hoffnung, dass er Wichtigeres zu tun hatte, als sich über mein Aussehen zu wundern.

Dem war auch so. »Wir haben ein Fax von Signor Lucarelli, Richter am Tribunal in Genua, erhalten«, sagte er mit ernster Miene. »Es geht um die minderjährige Aglaja Pagano. Ist das Ihre Tochter?«

»Ja, das ist meine Tochter.«

»Das Mädchen hält sich zurzeit bei Ihnen auf?«

»Ja, sie verbringt hier ihre Ferien.«

»Der Richter hat angeordnet, dass sie unverzüglich zur Kindesmutter geschickt werden soll, wohnhaft in Chiavari …«

»Aha«, unterbrach ich ihn. »Können Sie mir die Anordnung zeigen?«

»Selbstverständlich. Wenn Sie uns bitte zu unserem Fahrzeug folgen würden.«

Der Maresciallo schien ein gewissenhafter Mensch zu sein. Bevor er sich auf die Suche nach mir gemacht hatte, hatte er offensichtlich den Gerichtsbeschluss genau studiert. Wir marschierten los und schlugen den Pfad zurück in Richtung Haus ein.

»Wo ist das Mädchen überhaupt?«, fragte der Maresciallo.

»Ich weiß es nicht«, sagte ich und fuhr mir mit den Händen durch das schweißnasse Haar. »Ehrlich gesagt mache ich mir Sorgen. Ich war auf der Suche nach ihr. Ihr Handy ist ausgeschaltet, seit vier Uhr heute Nachmittag ist sie verschwunden und hat keine Nachricht hinterlassen.«

»Was soll das heißen, *verschwunden*?«, fragte der Vorgesetzte alarmiert.

»Das heißt, dass ich von meinem Besuch in der Villa von Signor Ganci heimgekehrt bin und meine Tochter nicht angetroffen habe. Apropos«, fügte ich hinzu, »ich an Ihrer Stelle würde unverzüglich in die Villa des alten Herrn fahren. Signor Ganci ist nämlich ermordet worden.«

Giraudo meinte wohl, ich wolle ihn auf den Arm nehmen, jedenfalls brüllte er sichtlich irritiert: »Sie machen Scherze!«

»Nein, Maresciallo. Er liegt wirklich mit durchgeschnittener Kehle in seinem Sessel. Ich glaube, er ist mit einer *pattada* erstochen worden. Ich könnte Ihnen ja eine Menge anderer Details zu diesem Mord erzählen, aber wenn ich meine Tochter nach Chiavari zurückbringen muss …«

Inzwischen waren wir auf Virgilios Hof angelangt. Sein Pick-up stand unter einem der Feigenbäume. Schnell lief ich zum Mitsubishi, in dem Laura saß und einen Dylan-Dog-Krimi las.

»Wo ist Aglaja?«, fragte ich nervös.

»Ich habe sie seit heute Morgen nicht mehr gesehen«, erwiderte sie achselzuckend, ohne von ihrem Comic aufzublicken.

Ihre Antwort war für mich wie ein Schlag in die Magengrube, und ich wurde sofort wieder unruhig. Konnte es wirklich sein, dass meine Tochter so lange weg war, ohne mir eine Nachricht zu hinterlassen? Das war unmöglich. Es sei denn …

Da packte mich Maresciallo Giraudo am Arm.

»Woher wissen Sie das überhaupt?«

»Tja, in den letzten Tagen hat sich so einiges ereignet«, erwiderte ich. »Ich bin als Privatdetektiv hierhergekommen, um nach einem jungen Mann zu suchen.«

»Sagten Sie nicht gerade, dass Sie hier Urlaub machen?«

»Meine Tochter macht hier Urlaub. Sie ist gegen den Willen ihrer Mutter hergekommen. Wir leben getrennt.«

Er nickte wortlos, um mir zu bedeuten, dass er verstand, als mein Freund gerade aus dem Haus gerannt kam.

»Was ist denn mit dir passiert? Und wo ist Aglaja?«, rief Virgilio völlig außer sich.

»Ganci ist tot«, erklärte ich ihm und fuhr mir mit der Handkante über die Kehle. »Von Aglaja weiß ich nichts. Ich habe sie gegen drei Uhr zum letzten Mal gesehen, gleich nach dem Mittagessen.«

»Oh Gott …!«, war das Einzige, was er hervorbrachte.

Auf seinem Gesicht zeigten sich von einem Moment auf den anderen Sorge und Traurigkeit. Letzteres wegen Otello Ganci, dem Mörder von Mario Canu. Und das, obwohl er den Mann immer gehasst und sich all die Jahre von ihm ferngehalten hatte. Sicher wunderte er sich selbst über seine emotionale Reaktion.

»Wie?«, schaltete sich der Maresciallo wieder ein, während er in den Jeep stieg. »Sie haben Ihre Tochter also nach dem Mittagessen zum letzten Mal gesehen?«

»Ich bin um drei Uhr zu Gancis Villa gefahren ...«

»Und da haben Sie ihn tot aufgefunden?«

»Nein, Maresciallo. Um die Uhrzeit hat er noch gelebt. Bei ihm waren seine Frau und sein ...«, mir fiel der richtige Begriff nicht gleich ein, »... Leibwächter, Vincenzo Puddu.«

»Und weiter?«

»Die beiden sind mit dem Auto weggefahren, nachdem ich mir einen Faustkampf mit Puddu geliefert hatte ...«

»Der Ihnen die Lippe blutig geschlagen hat.«

»Nein, nein. Wenn Sie gestatten – ich habe ihn ohne Probleme außer Gefecht gesetzt. Ein Kinderspiel.«

»Und weiter?«, fragte der Carabiniere ungeduldig, denn immerhin wartete ein Mordopfer auf ihn.

»Bei meinem Gespräch mit Signor Ganci ist mir klar geworden, dass die beiden ihn beseitigen wollten.«

»Sie waren also allein mit Signor Ganci, bevor er gestorben ist?«

»Ja, ich glaube, ich war der Letzte, der ihn lebend gesehen hat – und auch der Erste, der ihn tot aufgefunden hat.«

»Das ist nicht möglich«, wandte er ein.

»Wieso nicht?«

Wie eine kurze Böe huschte ein zufriedenes Lächeln über sein Gesicht. Doch er verkniff es sich sogleich und nahm schnell wieder die steife Diensthaltung an, mit der er seine Uniform ausfüllte.

»Weil das der Mörder war.«

Damit hatte er recht. Dieses Privileg war jemand anders zugefallen.

»Und weiter?«, fragte er mich zum dritten Mal.

»Gegen vier Uhr bin ich nach Hause gegangen, um meine Vespa zu holen, und da war meine Tochter schon nicht mehr da. Dann bin ich nach Tertenia gefahren und habe mit Signor Aristarco gesprochen, der eine nicht unbedeutende Rolle in der ganzen Geschichte spielt. Auf dem Rückweg nach Sarrala haben mich die Canu-Brüder aufgehalten, die mit einem Kanister Benzin Feuer gelegt hatten. Bei der Schlägerei mit den beiden habe ich mir diese Verletzungen hier zugezogen.«

»Mit den beiden?«

»Sie waren zu zweit. Der dritte war, glaube ich, hier in Sarrala.«

»In Sarrala? Weshalb das denn?«

»Das müssen Sie schon ohne mich herausfinden, Maresciallo. Sie werden doch wohl nicht erwarten, dass ich die ganze Arbeit für Sie mache. Nur lassen Sie mich Ihnen einen Rat geben. Überprüfen Sie die Handys der drei Brüder und das von Aristarco. Sie werden sehen, dass sie zwischen drei und fünf Uhr nachmittags geglüht haben.«

Jetzt hatte er endgültig genug.

»Halten Sie sich zu unserer Verfügung«, wies er mich streng an und befahl dann dem jungen Carabiniere, der bereits am Steuer saß, den Motor zu starten.

»Sie haben etwas vergessen, Maresciallo.«

»Und was, bitte?«

»Die Kopie des Gerichtsbeschlusses.«

»Oh ... Stimmt.« Er schlug sich mit der Hand an die Stirn und zog zwei Blätter aus einem Ordner vom Rücksitz des Jeeps. »Lesen Sie sich das hier durch. Und unterschreiben Sie die Empfangsbestätigung.«

Ich deutete einen Militärgruß an und sah dem Geländewagen nach, wie er auf die asphaltierte Straße bog, als ich Virgilios sorgenvolle Stimme hinter mir hörte.

»Wo kann Aglaja bloß sein, verdammt noch mal?«

»Ich habe da einen Verdacht, und ich hoffe von ganzem Herzen, dass ich recht behalte«, sagte ich nur.

Er sah mich mit gerunzelter Stirn, aber erwartungsvoll an, doch im gleichen Moment zog das Dröhnen eines Motors unsere Aufmerksamkeit auf sich.

»Da kommt sie ja schon«, sagte ich und legte den richterlichen Beschluss auf der Motorhaube des Mitsubishis ab. »Dieses kleine Miststück von Tochter ist doch tatsächlich reiten gegangen.«

Epilog

Der blaue Cherokee von Vincenzo Puddu hielt direkt vor dem Hoftor. Aus dem Auto stiegen Martine Ganci und Aglaja, beide mit einem strahlenden Lächeln auf den Gesichtern, in denen sich die letzten Sonnenstrahlen wie Blicke in glitzerndem Blendwerk verfangen hatten. Martine Ganci war noch genauso gekleidet wie bei unserer Begegnung in der Villa, als ich ihren Mann zum letzten Mal lebend gesehen hatte. Vincenzo blieb bei laufendem Motor hinterm Steuer sitzen; sicher konnte er sich noch gut an die Faustschläge erinnern, die er am Nachmittag eingesteckt hatte, vielleicht fürchtete er sich aber auch vor weiteren. Die Französin legte meiner Tochter einen Arm um die Schultern, so, als wolle sie sie vor mir beschützen.

»*Bonsoir à tout le monde*«, zwitscherte sie.

»Ciao, Pa«, sagte Aglaja unbekümmert – und erschrak, als sie meinen versteinerten Blick und mein geschundenes Gesicht sah. »Was ist denn mit dir passiert?«

»Was haben Sie gemacht, Monsieur Pagano?«

Meinem eisigen Schweigen hatte die Französin nichts anderes entgegenzusetzen als eine Unbekümmertheit, die so falsch war, dass sie wie Plastik wirkte.

»Wieso schauen Sie so zornig?«, flötete sie, während sie noch immer meine Tochter umschlungen hielt. »Aglaja hat sich heute beim Ausreiten doch köstlich amüsiert.«

»Nehmen Sie gefälligst die Hände von meiner Tochter!«, schnauzte ich sie außer mir vor Wut an.

»Wie bitte?«, fragte Martine völlig perplex.

»Pa, drehst du jetzt völlig durch?«, fragte Aglaja verwundert.

Meine Tochter hatte nicht einmal Zeit, das Unheil kommen zu sehen. Meine Ohrfeige traf sie mitten ins Gesicht, sodass sie mit dem Kopf gegen ihre Beschützerin prallte. Es war das erste Mal in Aglajas Leben, dass ihr Vater ihr eine runterhaute. Dass überhaupt ein Mann ihr eine runterhaute. Denn ich war mir sicher, dass Giovanni sich nie dazu hatte hinreißen lassen.

Aglaja stand unbeweglich da und starrte mich an. Auf ihrer Wange zeichnete sich der Abdruck meiner Finger ab. Ihre Augen füllten sich mit Tränen, aber sie weinte nicht. Ihre Lippen bebten, ihre Hände zitterten, sie ballte sie zur Faust. Dann lief ihr Gesicht rot an. Sie glühte vor Wut. Scham. Rebellion. Es vergingen ein paar Sekunden in absoluter Stille. Unendlich lange Sekunden. Alle Blicke ruhten entsetzt auf uns. Nur in Virgilios Gesicht glaubte ich, ein winziges Grinsen zu bemerken. Aber vielleicht bildete ich mir das auch nur ein.

Endlich holte Aglaja tief Luft.

»Mach das nie wieder!«, zischte sie.

»Du weißt ja noch nicht mal, wieso du die gefangen hast«, entgegnete ich. »Du gehst sofort ins Haus und auf dein Zimmer.«

»Ich denke nicht dran. Ich fahre zurück zu meiner Mutter!«, erwiderte sie und eine wahre Tränenflut drohte ihre sonnenverbrannten Wangen zu überschwemmen.

»Mach, was du willst, aber wage es nie wieder, mich so zu hintergehen.«

Da drehte Aglaja sich wortlos um und rannte ins Haus, um nicht vor aller Augen loszuweinen.

Die Französin hatte die Szene beobachtet, ohne ein Wort zu sagen; sie war nur ein bisschen blasser geworden. Als ich zugeschlagen hatte, war sie zusammengezuckt, so als hätte ich ihr die Ohrfeige gegeben. Aber sie hatte nicht eingegriffen. Sie hatte keinen von uns in Schutz genommen. Weil sie Angst hatte.

»Und?«, fauchte ich sie an. »Wollen Sie mich gar nichts fragen?«

»Was sollte ich denn fragen?«

»Na, vielleicht ob ich ihn schon gefunden habe.«

»Von wem sprechen Sie?«

»Dreimal dürfen Sie raten, Madame Ganci.«

Ihre Augen wanderten von einem zum andern. Sie suchte erst Lauras Blick, dann den von Virgilio. Aber es war, als würde sie an einer Gummiwand abprallen.

»Die Idee, meine Tochter zu benutzen, war das Mieseste, was Sie sich ausdenken konnten!«

»Ihre Tochter zu benutzen?«, stammelte sie. »Sind Sie jetzt völlig durch den Wind? Was wollen Sie überhaupt von mir?«

»Gehen Sie zu Ihrem Kretin und sagen Sie es ihm! Sagen Sie ihm, dass er sich an der Nase hat herumführen lassen. Dass er seine Arbeit nicht ordentlich gemacht hat.«

»Seine Arbeit?«

»Ja, Madame. Er ist verdammt gut dafür bezahlt worden, damit er Ihren Mann beschützt.«

»Wieso *worden*?«

»Das können Ihnen die Carabinieri erklären, die bei Ihnen zu Hause auf Sie warten. Denen können Sie dann Ihre Version der Geschichte erzählen. Aber lassen Sie sich ja nicht einfallen, meine Tochter als Alibi zu benutzen. Sie wissen, dass ich eine Knarre habe. Ich würde Sie überall aufspüren und dafür bezahlen lassen.«

Da drehte sich Martine Ganci um und ging zu dem Jeep zurück. Ohne etwas zu erwidern. Ohne etwas einzuwenden. Ohne noch etwas zu fragen.

Laura hatte sich unterdessen davongestohlen und war ins Haus gegangen, um nach Aglaja zu sehen. Virgilio kam zu mir und fasste mich am Arm.

»Wie du zugerichtet bist«, sagte er kopfschüttelnd. »Komm mit rein und mach dich erst mal frisch.«

Wir gingen gemeinsam in Richtung Veranda, während er die Französin nicht aus den Augen ließ, die langsam die Tür des Cherokee öffnete und sich neben ihren Liebhaber setzte. Im Blick meines Freundes entdeckte ich einen Anflug von Mitleid. Aber vielleicht war auch das nur Einbildung.

»Ich habe dich noch nie so sprechen hören. Verachtest du sie so sehr?«

Ich schüttelte den Kopf. Ein stechender Schmerz im Nacken zwang mich, eine Hand fest gegen die Halswirbelsäule zu drücken. »Das ist keine Verachtung. Das ist Wut.«

»Weil sie ihren Mann hat umbringen lassen?«

»Das wissen wir nicht. Vielleicht hat sie ja auch nur ein bisschen nachgeholfen. Aber das Motiv bringt mich auf die Palme: einzig und allein ihre operettenhaften Wahnvorstellungen!«

Virgilio schüttelte den Kopf.

»Glaubst du immer noch, dass der Junge nichts damit zu tun hat?«, fragte er schließlich. Doch die Antwort kannte er schon. Daher fügte er nach kurzem Schweigen hinzu: »War das mit dem Ausritt nicht Gancis Idee?«

»Ja, schon, nur hat er sich so sein eigenes Grab geschaufelt.«

In diesem Moment fing mein Handy an zu läuten. Wenn es Clara gewesen wäre, hätte ich ihr erklärt, dass ihre Tochter beschlossen hatte, nach Hause zu kommen. Es war jedoch nicht Clara. Es war Gina Aliprandi. Ich hatte nicht die geringste Lust, mit ihr zu sprechen, und drückte daher Virgilio das Telefon in die Hand.

»Tu mir den Gefallen, und red du mit ihr.«

Ich ließ ihn einfach im Hof stehen und ging hoch auf die Veranda, wo ich mich gegen das Geländer lehnte. Der Blick von hier hatte schon immer eine ganz besondere Faszination auf mich ausgeübt. Die Sonne sah aus wie eine vollreife, saftige Frucht, die langsam hinter den Bergen von Sarrala versank. Sie sprenkelte den Feigenbaum mit orangefarbenen Lichtpunkten und tauchte den Himmel, an dem bereits die fahle Sichel des Mondes zu sehen war, in gleißende Farben. Vielleicht sollte ich langsam daran denken, nach Hause zu fahren, um den Sonnenuntergang wieder im Schatten des Monte Beigua zu erleben.

Das Telefonat mit Gina war offensichtlich beendet, denn Virgilio hatte das Handy zugeklappt und kam nun die Stufen zur Veranda hoch.

»Sie haben Valentino Sanna gefunden«, teilte er mir mit. »Er hat Genua nie verlassen, sondern lag in einer heruntergekommenen Wohnung in der Altstadt, bis oben hin vollgepumpt mit Heroin. Morgen fährt er in die USA zu einer Entziehungskur. Auf Kosten deines Auftraggebers.«

»Na, das ist doch schön«, antwortete ich trocken. »Dann sind jetzt alle zufrieden. Ich müsste dich übrigens noch um einen Gefallen bitten.«

»Soll ich mit Maresciallo Giraudo sprechen wegen Aglaja?«

»Wegen Aglaja? Wieso? Nein, ich möchte, dass du mit deinem Schwager sprichst, dem Hirten. Frag ihn mal, ob er einen *caglio di capretto* zu verkaufen hat. Ich muss noch ein Versprechen einlösen.«